中国古代名著全本译注丛书

人间词话

译注

王国维　著

施议对　译注

图书在版编目（CIP）数据

人间词话译注／王国维著；施议对译注. —上海：
上海古籍出版社，2016.7（2024.11重印）
（中国古代名著全本译注丛书）
ISBN 978-7-5325-8153-5

Ⅰ.①人… Ⅱ.①王… ②施… Ⅲ.①词（文学）—诗
词研究—中国—古代②《人间词话》—译文③《人间词话》
—注释 Ⅳ.①I207.23

中国版本图书馆 CIP 数据核字（2016）第 149573 号

中国古代名著全本译注丛书
人间词话译注
王国维　著
施议对　译注

上 海 古 籍 出 版 社出版发行
（上海市闵行区号景路159弄1-5号A座5F　邮政编码 201101）
（1）网址：www.guji.com.cn
（2）E－mail：guji1@guji.com.cn
（3）易文网网址：www.ewen.co
江阴市机关印刷服务有限公司印刷
开本 890×1240　1/32　印张 13　插页 5　字数 461,000
2016 年 7 月第 1 版　2024 年 11 月第 8 次印刷
印数 32,701—35,800
ISBN 978-7-5325-8153-5
I·3087　定价：28.00 元
如有质量问题,请与承印公司联系

前　言

这是拙著《人间词话译注》的一个增订本，应香港某出版社之邀而作。由于好事多磨，尽管已经到达植字制作的最后阶段，但终究还是未能付印。

这本书由大陆到台湾，再由台湾经香港，返回大陆，其间种种，似颇有某些未曾为外人道，或未曾完全为外人道者，谨借此机会，记述如下。

一、著书立说与里程标志

在武夷山召开的中国首届柳永学术研讨会闭幕式上，应邀讲话，我曾说过："过去一百年，乃著书立说之一百年。"然而，是否人人著书、人人都曾立说呢？到了世纪之末，某些人不仅立说，而且立学，其"说"与"学"究竟在哪里呢？此"说"与"学"是个什么物事，能不能拿出来看看？这一切，看来都应当问个究竟。而依我所见：一百年当中，有意立说，并且真正立了说的学者，可能只有两个人。一为王国维，一为胡适。王国维标榜"词以境界为最上"，倡导境界说，这是划时代的创立；胡适提出"大胆的设想，小心的求证"，虽与一般意义上的学说有异，但其开天辟地的创立，却不能不承认其为"时或称而道之"（《庄子·天下篇》）的百家学说中之一家。二氏创立，皆甚有功翰苑。

就词学而论，王国维与胡适之所创立，主要体现在分期、分类上。分期与分类，是从纵横两个不同角度所进行的一种判断与划分。《文赋》称"操斧伐柯"，所指应当就是这么一种本事。这是一种大本事。面对千年词业，无论怎么繁复多样，千头万绪，只要巨斧一挥，就看得一清二楚。如曰"词以境界为最上"，有最上者，必有最下，那就是没有境界的词。是分类，也是分期。以前论本色，看似与非似，而今说境界，看有与无有。这就是非常清楚的一道分界线。以此划分今与古，判断新与旧，旗帜鲜明。这是王国维对于千年词业的判断与划分。而胡适之所谓词本身历史（805—1250年）、词替身历史（1250—1650年）、词鬼历史（1650—1900年）三个大时期以及第一个大时期之三个阶段——歌者的词、诗人的词、词匠的词，其划分、判断，亦十分干脆利落。一个着眼于意和境，以有尽、无穷评定优劣、高下；一个着眼于人和事，以匠手、天才评定高下、优劣。前者以治哲学方法治词，能写、能观，善入、善出，充满睿智；后者以治史学方法治词，设想、求证，选择、去取，代表识见。二氏皆不愧为二十世纪的大学问家。

操斧伐柯，分期、分类，这是做学问的方法，也是一种标准。人人著书，是否人人都曾立说？于此似可看个究竟。在一定意义上讲，方法似乎更为重要。例如胡适，他的半部哲学史和半部文学史可以不要，而方法则不能不要，千秋万代之后，可能依旧用得着。有感于此，我也曾尝试对中国词学史进行判断与划分。依据文学批评模式的传承及运用，我将全部词学史划分为二段：古词学与今词学。二段划分，以1908年为界线，因为这是王国维《人间词话》手订稿发表的年份。在此之前，通行本色论；在此之后，出现境界说。所以，词界也就有了旧与新之分以及古与今之别。这一意思，本书"导读"（香港版）已说明。在这一基础之上，再将今词学划分为开拓期（1908—1918年）、创造期（1919—1948年）、蜕变期（1949—1995年）三个时期，并将蜕变期划分为三个阶段——批判继承阶段（1949—1965年）、再评价阶段（1976—1984年）、反思探索阶段（1984—1995年）。这是1908至1995年间事。1995年以后，属于新的开拓期。经此划分与判断，对于全部词学史，相信已有了个印象。

有此印象，我曾进一步尝试，将李清照"别是一家"说、王国维境界说以及吴世昌词体结构论，看作中国词学史上的三座里程碑。三座里程碑，三段里程，三个里程标志。第一段，一千年，属于李清照地段；第二段，一百年，属于王国维地段；第三段，吴世昌地段，目前尚无立足之地，可能是今后一千年。李清照主本色，讲求似与非似；王国维主意境，讲求有与无有；吴世昌主结构，讲求生与无生。三个代表人物，各有目标，各有创立，容当小心求证，细加论列。2002年9月6日，我在北京师范大学一百周年校庆的演讲，可看作是一种大胆的设想，有机会将继续加以发挥。

二、人文精神与文化阐释

一部《人间词话》，一百五十六则，其价值究竟何在？是不是只在词学上面？恐怕未必。历年来，讲授"古典文学专题"，我曾与诸生共同探研这一问题。以为：这是牵涉到天、地、人三者关系的问题，属于一种人文精神思考，并非只是在词学上面讨生活，宜深入一层加以推究。如曰：

> "我瞻四方，蹙蹙靡所骋"。诗人之忧生也。"昨夜西风凋碧树。独上高楼，望尽天涯路"似之。"终日驰车走，不见所问津"。诗人之忧世也。"百草千花寒食路。香车系在谁家树"似之。

又曰：

> 尼采谓："一切文学，余爱以血书者。"后主之词，真所谓以血书者也。宋道君皇帝《燕山亭》词亦略似之。然道君不过自道身世之戚，后主则俨有释迦、基督担荷人类罪恶之意，其大小固不同矣。

又曰：

> 诗人对宇宙人生，须入乎其内，又须出乎其外。入乎其

内，故能写之。出乎其外，故能观之。入乎其内，故有生气。出乎其外，故有高致。美成能入而不能出。白石以降，于此二事皆未梦见。

三段话，敷陈排列，皆于两相对比中，展示观感。忧生与忧世，担荷人类罪恶与自道身世之戚，大与小之不同，明显可见。能入、能出，有生气、有高致，与于此二事皆未梦见者相比，其优与劣之区别，亦判若黑白。这就是一种人文精神思考。既有远大的追求，又有具体的方法与途径。一部《人间词话》，其价值我看就在于此。

这是两个不同层面的问题：表层与深层，或者"域于一人一事"与"通古今而观之"。对于二者的认识与把握，王国维确实有其高明之处。明白这一点，以其思考读词，必有所得。

例如，李煜《虞美人》：

春花秋月何时了。往事知多少。小楼昨夜又东风。故国不堪回首月明中。　　雕栏玉砌应犹在。只是朱颜改。问君能有几多愁。恰似一江春水向东流。

这首词作于宋太宗（赵光义）太平兴国二年（977）正月，乃作者被俘至汴京之第二年。说人间，说天上；说过去，说现在。无穷无尽忧愁。所创造境界，已将人间、天上界限打通。说明作者所想，并非局限于以往的人和事，诸如故国、故宫等等，因而也就不同于道君皇帝（赵佶）之自道身世之戚；其所想，乃一种大承担。用王国维的话讲，就是对于人类罪恶的一种大承担。这就是一种超越。所以，每次演讲，解读此词，我将"往事"理解为"春花秋月"，以为春花秋月一般美好的人和事。一千年前，作者如此想象；一千年后，读者亦如此想象。这首词也就传之久远。

这是因王国维思考所引发的联想。王国维思考，贯通古今之变，洞察人天之际，所谓文化阐释，应当可从中得到启示。

三、走出误区与回归本位

《人间词话》的价值，超出于词学，而就其命题看，又明显为着词学。因此，探研有关问题，还得回到词学上面来。

《人间词话》问世至今，将近一百年。如上文所说，这是属于王国维的地段。但是，这一百年，所经历的道路却不平坦。本书"导读"（香港版）将其划分为两段：一为清末民初至四十年代末期之四十馀年，一为五十年代以后之四十馀年。两个四十馀年，两段经历。于前一段，境界说的倡导，不仅取代不了本色论，而且被推衍为风格论，在词界并不怎么受重视。尽管已有若干读本及评介著述出版，词界所通行的也还是本色论。于后一段，风格论盛极一时，境界说的回归与再造，迟迟未能实现。

在王国维地段，境界说之被推衍为风格论，是二三十年代的事，由胡适、胡云翼二氏所促成。具体步骤，我曾有专文列述（见《以批评模式看中国当代词学——兼说史才三长中的"识"》），此不赘。以下着重说境界说的回归与再造。

境界说之被推衍，就是被异化，由"词以境界为最上"，变成词以豪放为最上。异化过程，由前一个四十馀年，延伸至后一个四十馀年，历经创造期三十年，乃至蜕变期的三个阶段。批判继承阶段，以风格定高下，不仅重豪放、轻婉约，以豪放为最上，而且推主流、反逆流，以爱国主义为最上。再评价阶段，拨乱反正，一切翻转过来，其所奉行，仍然是风格论。当其时，风格论既已被推向极顶，因而也就面临着绝境。反思探索阶段，二派说或者二分法失去支持，多元论出现，既讲主体风格，又讲其他风格。某些有一定创造精神的风格论者，进而改弦易辙，回归境界说。这就是美学阐释和文化阐释。

过去一百年，从境界说之被推衍、被异化，到回归与再造，走了一大圈，终于返回本位。当中有些事情，恐为王国维所料想不到。不过，这一百年，毕竟属于王国维，属于王国维地段，属于王国维时代，王氏于地下有知，当感到欣慰。

步入新世纪，元亨利贞，万物资始，王国维的人文精神思考，必将重新引起注视；《人间词话》亦将越来越显示其价值。

我的这一增订本，于此时返回大陆，应犹未晚。希望对于当下之"学"与"思"，能够提供参考。不妥之处，亦盼大方之家，有以教之。

施议对
二〇〇二年夏历壬午冬至（十二月二十二日）
于濠上之赤豹书屋

凡　　例

一、本书凡四卷。卷一、本编，六四则；卷二、删稿，四九则；卷三、附录，二九则；卷四、补录，一四则。合计一五六则。

一、王国维《人间词话》手稿各则原无标题，书中标题，均依各则内容所拟。

一、各则正文后，依次为题解、注释、译文。

一、各则正文与王国维手稿之异同处，或在正文中，或在题解中，或在注释中，随行文之需予以说明，不另作校记。

一、各则正文之注释，为行文之便，偶有合并说明之处，不尽依原文顺序，故正文部分不标注释序号。为注释之眉目清晰起见，注释部分按顺序标明序号。

一、书中转述引文，凡勘误处，均保留误字，在其后（　）内注明正字，不另作校勘记。

一、书中所征引唐宋人歌词作品，参见张璋、黄畬《全唐五代词》（上海古籍出版社1986年版）及唐圭璋《全宋词》（中华书局1965年版）。作品标点依谱书及有关格式规定标识，不尽依以上两书。

目　录

卷一　人间词话本编

一　词以境界为最上

词以境界为最上。有境界则自成高格，自有名句。五代北宋之词所以独绝者在此。

【题解】

境界说是王国维《人间词话》论词的理论核心。王国维认为，历来诗论，有的标举兴趣说，有的标举神韵说，大多仅能"道其面目"，未能探其本源，因特地拈出"境界"二字，以为衡量词的高下、优劣的唯一标准。

与前代诗论相比较，王国维的境界说确是较为可取的。前代诗论中的兴趣说，以禅理参诗理，强调一时的创作冲动，强调"妙悟"（严羽《沧浪诗话·诗辨》）；神韵说则"专以冲和淡远为主"（翁方纲《七言诗三昧举隅》，据《清诗话》第291页），强调寄之于言外的风神气韵，强调"兴会俱到""神到不可凑泊"（王士禛《带经堂诗话》卷三）的艺术效果。兴趣说与神韵说都把诗的艺术形象神秘化，片面地夸大了诗人主观精神的作用。王国维所说"境界"，有着较为具体、较为明确的内容，其理论依据是从《诗经》中的"思无邪"引申出来的"意无穷"（详本则注释），并在此基础上引进了叔本华关于"世界是我的表象"的思想，将"言有尽而意无穷"作为"境界"之本。王国维的境界说，具有一定的科学性：第一，王国维所说境界，既强调诗人的主观精神，又顾及客观物境。他所说"境界"是主观与客观融合为一的艺术整体。这在一定程度上，纠正了叔本华的谬误，也突破了前代诗论的局限。第二，王国维所说"境界"，其实际含义是在对于大量诗词作品的鉴赏与评述当中显示出来的。他的论述，接触到艺术创作中的反映论原理、创作方法、艺术构思以及语言运用等一系列重要问题。他的见解，有的至今仍有一定的参考价值。

当然，将"境界"二字作为文艺批评的术语，并非始自王国维。而且，王国维说"境界"，在某种程度上也带有一定神秘色彩，尚未能为读者指示具体的入门途径。但是，王国维毕竟因此而建立了新的文艺观，提出了新的艺术标准，为近代文艺批评开辟了一个新天地。这是应予充分肯定的。

【注释】

〔1〕境界：本指一定的疆土范围（地域范围）。《新序·杂事》曰："守封疆，谨境界。"班昭《东征赋》曰："到长垣之境界，察农野之居民。"（《文选》卷九）后经佛家借用，表明参悟禅机佛理所达到的深度。《无量寿经》（卷上）曰："比丘白佛，斯义弘深，非我境界。"诗家所说境界，包括物境、情境、意境三境（王昌龄《诗格》，《诗学指南》卷三。乾隆敦本堂本）。王国维所说"境界"，亦在诗中三境之内，但是，王国维所说乃由《诗经》中拈出。他将《鲁颂·駉》首章之"思无疆"（朱熹注："言其思之深广无穷也。"据《诗集传》卷二十），引申为"意无穷"，认为"言有尽而意无穷"（《沧浪诗话·诗辨》，据郭绍虞《沧浪诗话校释》第26页。人民文学出版社，1961年5月北京第一版），才是"境界"之本。因此，王国维认为，他的境界说，真正道及诗歌创作的本源。

〔2〕最上：王国维所说不仅包括严羽所指"最上乘"（《沧浪诗话·诗辨》，见《沧浪诗话校释》第2页）之义，即从"识"的角度所作的主观判断，而且，还从作品的客观存在看其"格"（文格及人格）之高下，故其所说兼有高尚之义。

〔3〕高格：指高尚的文格及人格。王国维《文学小言》（卷七）曰："三代以下之诗人，无过于屈子、渊明、子美、子瞻者。此四子者，苟无文学之天才，其人格亦自足千古。故无高尚伟大之人格，而有高尚伟大之文学，殆未之有也。"（《静安文集》续编，《海宁王静安先生遗书》第五册。）王国维将"人格"看作是境界创造的首要条件，所以说"有境界则自成高格"。但是，有高格之作，是否便有境界？王国维又指出：空有"格调"，"无情""乏韵"，亦不足以言境界（详本编四二、四三两则）。在

王国维看来，境界高于一切，它是"高尚伟大之人格"与真情、真境的艺术结合。因此，有此结合之境界，自然就有崇高的格调。

〔4〕名句：主兴趣说者，将"气象"与佳句相对立，反对"寻枝摘叶"，不主名句（《沧浪诗话·诗评》，据《沧浪诗话校释》第158页）。王国维主名句，由"句"而及于"篇"，而及于"气象"。所谓名句，是具有句外之意，能够达到"无疆""无穷"之境的佳句。王国维将讲求名句作为境界创造的手段之一。在王国维看来，所谓"有名句"，或曰"有句"，这是与"无句"相对立的。"无句"，便是"一直说将去"，"一日作百首也得"（朱熹语，详删稿二八则）。这是王国维所鄙视的。

【译文】

词以有无境界为标准判断高下优劣，有境界的词才是最高尚的词。因为有了境界就自然形成崇高的格调，自然有名句。五代、北宋时期的词之所以能够独擅胜场，原因就在这里。

二 造境与写境

有造境，有写境，此理论与写实二派之所由分。然二者颇难分别。因大诗人所造之境，必合乎自然，所写之境，亦必邻于理想故也。

【题解】

王国维将境界创造方法分为"造境"与"写境"两种，即虚构与写实。他认为："造境"与"写境"是区分艺术创作中理想主义与写实主义两大流派的主要依据，但二者又不能截然分开。因为：作家所虚构的境界必须与现实生活相符合，即"所造之境，必合乎自然"；而所谓"写实"也必须带有"理想"的倾向，即"所写之境，亦邻于理想"。在王国维看来，"造境"与"写境"既不是脱离现实的虚构，也不是自然主义的模拟。"造境"与"写境"，尽管各有侧重，或强调主观意识，强调"理想"，或强调客观存在，强调"自然"，但是，二者都是通过艺术构思创造出来的，二者同样要求生活真实与艺术虚构的和谐统一。因此，王国维所阐发的艺术创作的方法论，应当说，还是比较正确的。

【注释】

〔1〕造境：属于理想主义，亦即浪漫主义的创作方法，侧重于艺术虚构，即由艺术家创造之想象，缔造文学之境界。

〔2〕写境：属于写实主义，亦即现实主义的创作方法，但并不排斥对

于宇宙人生的观察与分析，不排斥艺术上的提炼与概括，带有一定的理想
倾向。

【译文】

　　境界创造方法，有造境和写境两种。造境和写境，这是区分理
想主义和写实主义两个不同流派的主要依据。但是，造境和写境，
二者又很难辨别清楚。这是因为大诗人所造的境必然和自然界的境
相符合，所写的境也必然和心中理想的境相接近的缘故。

三 有我之境与无我之境

有有我之境，有无我之境。"泪眼问花花不语，乱红飞过秋千去"。"可堪孤馆闭春寒，杜鹃声里斜阳暮"。有我之境也。"采菊东篱下，悠然见南山"。"寒波澹澹起，白鸟悠悠下"。无我之境也。有我之境，以我观物，故物皆著我之色彩。无我之境，以物观物，故不知何者为我，何者为物。古人为词，写有我之境者为多，然未始不能写无我之境，此在豪杰之士能自树立耳。

【题解】

"有我之境"与"无我之境"，实际上就是由"造境"与"写境"两种不同的创作方法所创造出来的两种不同的艺术境界。王国维在解释这两种境界时说："有我之境"，即"以我观物，故物皆著我之色彩"；"无我之境"，即"以物观物，故不知何者为我，何者为物"。论者以为，这完全来源于叔本华的抒情诗理论。指出：叔本华认为在抒情诗中"诗人仅仅鲜明地意识到他自己的心理状态并且描写它"，"主观的心情，意志的影响，把它的色彩染上所见的环境"。这就是王国维所说的"有我之境，物皆著我之色彩"。论者并指出：叔本华认为抒情诗可以表现诗人"心如明境，无动于衷"这种"宁静的观照"，"能够唤起一种幻觉，仿佛只有物而没有我存在……物与我就完全溶（融）合为一体"。这就是王国维所说的"无我之境，不知何者为我，何者为物"。（滕咸惠《略论王国维的美学思想》，据《人间词话新注》修订本，齐鲁书社，1986 年 8 月济南新 1 版）这种联系、对照，是有一定依据的。但是，王国维"引进"叔本华思想，并不生搬硬套，而是有所去取。例如，对于"有我之境"，王国维不仅仅是着眼于作者的主观意识、心理状态，他所说"以我观物"，其中就离不开客观现实中的"物"，只不过是"我"的情感，驱使"物"去抒写，"物皆著我之色彩"而已。这一境界，并非有"我"而无"物"。对于"无我之境"，王国维所说"以物观物"，同样有个"我"存在其中，只是这个"我"，在观物的过程中，已经"心凝神释，与万化冥合"（柳宗元《始得西山宴游记》，据《柳宗元集》第二十九卷），"我"的情感、个性，已经完全溶化于客观物境当中，即这个"我"，已经"物"化。但这一"物"化了的境界，同样并非有物而无"我"。这里，在强调主观体验的同时，顾及客观物境，强调客观物境，又看到"我"的存在，"我"与"物"的结合，就是王国维境界说的特色，也是王国维之所以比片面强调主观体验的前代诗论家及片面追求"宁静的观照"的西方美学家较为高明的原因之所在。总之，王国维所说"有我之境"与"无我之境"这两种艺术境界，"有我"与"无我"，并不那么绝对化，"我"与"物"之间，也并不互相排斥。换另外一句话，这两种境界常常是"互相错综，能有所偏重，而不能有所偏废也"（附录二二则）。也就是说，这两种境界既有所区别，又互相联系。一者"出于观我者，意馀于境"，一者"出于观物者，境多于意"（同上）。两种境界所构成的艺术形象是主观与客观、理想与现实、情感与理智统一的艺术整体，这就是王国维对于境界说的总的认识。

【注释】

〔1〕"有我之境，以我观物，故物皆著我之色彩。无我之境，以物观物，故不知何者为我，何者为物"。原稿作"有我之境，物皆著我之色彩。无我之境，不知何者为我，何者为物。此即主观诗与客观诗之所由分也"。

〔2〕有我之境与无我之境：有我之境，谓有作者自己的思想感情注入所寓之境中，无我之境则但写客观环境之景物现象，自然高妙，而与我无涉。

〔3〕"泪眼"二句：冯延巳词句。冯延巳《鹊踏枝》十四首，其第十二首云："庭院深深深几许。杨柳堆烟，帘幕无重数。玉勒雕鞍游冶处。楼高不见章台路。 雨横风狂三月暮。门掩黄昏，无计留春住。泪眼问花花不语。乱红飞入（别作"过"）秋千去。"（据四印斋本《阳春集》，李清照《临江仙》序称欧阳公作，误。）

〔4〕"可堪"二句：秦观词句。秦观《踏莎行》："雾失楼台，月迷津渡。桃源望断无寻处。可堪孤馆闭春寒，杜鹃声里斜阳暮。 驿寄梅花，鱼传尺素。砌成此恨无重数。郴江幸自绕郴山，为谁流下潇湘去。"（据唐圭璋编《全宋词》第460页。中华书局，1965年6月北京第1版。）

〔5〕"采菊"二句：陶潜诗句。陶潜《饮酒》诗第五首云："结庐在人境，而无车马喧。问君何能尔，心远地自偏。采菊东篱下，悠然见南山。山气日夕佳，飞鸟相与还。此中有真意，欲辨已忘言。"（据逯钦立辑校《先秦汉魏晋南北朝诗》卷十七《晋诗》，中华书局，1983年9月北京第1版）

这首诗，王国维用作"无我之境"的典型。诗篇所表现的归隐真意，即诗人的主观意识，并未直接道出。"采菊东篱下，悠然见南山"。诗人在东篱下采菊，偶然间望见南山的日夕佳景，望见飞鸟自由自在地飞归南山。此时，诗人忽然悟出真意：自己仿佛归鸟一般，也飞入南山。究竟"我"是归鸟，或归鸟是"我"，已经难以分辨；此时，人与物已进入了融合为一的境界。

〔6〕"寒波"二句：元好问诗句。元好问《颍亭留别》（同李冶仁卿、张肃子敬、王元亮子正分韵得"画"字）云："故人重分携，临流驻归驾。乾坤展清眺，万景若相借。北风三日雪，太素秉元化。九山郁峥嵘，了不受陵跨。寒波淡淡起，白鸟悠悠下。怀归人自急，物态本闲暇。壶觞负吟啸，尘土足悲咤。回首亭中人，平林淡如画。"（据《四部备要》本《元遗山诗集笺注》卷一）

这首诗也是"无我之境"的典型。诗人的主观意识是"怀归"，心情是并不悠闲的。但是，寒波与白鸟，却显得十分"闲暇"。这里，作者用"闲暇"的物态，反衬自己"怀归人自急"的心情。画幅中没有"我"，但"我"已融入画幅中。这也是传统的融情于境的范例。

〔7〕物皆著我之色彩：叔本华云："在歌咏诗和抒情状态中……主观的心境，意志的感受，把自己的色彩反映在直观看到的环境上。"（《作为意志和表象的世界》第346页。商务印书馆，1982年11月北京第1版）

〔8〕不知何者为我，何者为物：叔本华云："只要我们上升到这些对象的纯客观的观审，并由此而能够产生幻觉，以为眼前只有那些对象而没有

我自己了。……就会作为认识的纯粹主体而和那些对象完全合一。"（同上第 277～278 页）

〔9〕以我观物与以物观物：邵雍《皇极经世绪言》云："圣人之所以能一万物之情者，谓其能反观也。所以谓之反观者，不以我观物也。不以我观物者，以物观物之谓也。既能以物观物，又安有（我）于其间哉。"又云："以物观物，性也；以我观物，情也。性公而明，情偏而暗。"（黄粤洲注云："皇极以观物也，即本物之理观乎本物，则观者非我，物之性也。若我之意观乎是物，则观者非物，我之情也。性乃公，公乃明。情乃偏，偏致暗。"）

【译文】

有"有我之境"和"无我之境"两种不同的境界。"泪眼问花花不语，乱红飞过秋千去"。"可堪孤馆闭春寒，杜鹃声里斜阳暮"。这就是"有我之境"。"采菊东篱下，悠然见南山"。"寒波澹澹起，白鸟悠悠下"。这就是"无我之境"。"有我之境"，就是用"我"的内在意识去观察外界物境，所以外界物境都染上了"我"的主观色彩。"无我之境"，就是用"物"化了的"我"去观察外界物境，所以分不清哪个是主观的"我"，哪个是客观的"物"。古代人写词，写"有我之境"的比较多，但是这并不意味着不能写"无我之境"，对于这个问题，有才华的作家是能够自己有所建树的。

四　优美与壮美（宏壮）

无我之境，人惟于静中得之。有我之境，于由动之静时得之。故一优美，一宏壮也。

【题解】

优美与壮美（宏美）是从叔本华那里移植过来的一对重要美学范畴。王国维在《红楼梦评论》（《静庵文集》，据《海宁王静安先生遗书》第五册）中对此曾作过介绍。说："美之为物有二种：一曰优美，一曰壮美。苟一物焉，与吾人无利害之关系，而吾人之观之也，不观其关系，而但观其物；或吾人之心中无丝毫生活之欲存在，而其观物也，不视为与我有关系之物而但视为外物，则今之所观者非昔之所观者也。此时吾心宁静之状态，名之曰：优美之情，而谓此物曰优美。若此物大不利于吾人，而吾人生活之意志为之破裂，因之意志遁去，而知力得为独立之作用，以深观其物，吾人谓此物曰壮美，而谓其感情曰：壮美之情。"在《叔本华之哲学及其教育学说》（《静庵文集》）中，王国维又说："美之中又有优美与壮美之别。今有一物，因人忘利害之关系，而玩之而不厌者，谓之曰优美之感情。若其物不利于吾人之意志，而意志为之破裂，惟由知识冥想其理念者，谓之曰壮美之感情。"这里，优美之物与壮美之物是由优美之情与壮美之情所决定的，即客观存在的物境，必须受到"我"的主观意志的支配，这就是叔本华美学思想的本质特征。但是，王国维将这一头脚倒置的理论"引进"境界说，用以阐发

"有我之境"与"无我之境"这两种不同形式的美，却带有一定的合理性。

【注释】

〔1〕静中得之与由动之静时得之：我静物亦静，我与物之间没有利害关系，我只是将物当作外物，当作客观存在的物境，心中对它不存有丝毫欲望，由此观物，即可于静中得之；我动物亦动，但动中有静，正如叔本华所说，物象与意志对抗，并以其不可抵抗的力量使得意志感到威胁，如果欣赏者默默静观那些威胁意志的物象，他就充满了崇高感，这就是"于由动之静时得之"。

【译文】

"无我之境"，人们只有在静观当中才能得到。"有我之境"，在由动到静的运动过程中，时时可以得到。所以，一个是优美之境，一个是宏壮（壮美）之境。

五　写实家与理想家

自然中之物，互相关系，互相限制。然其写之于文学及美术中也，必遗其关系、限制之处。故虽写实家，亦理想家也。又虽如何虚构之境，其材料必求之于自然，而其构造，亦必从自然之法则。故虽理想家，亦写实家也。

【题解】

这里所说"互相关系，互相限制"，不仅仅是自然界各种事物之间的互相关系与互相限制，还包括"我"与"物"之间的互相关系与互相限制。这种"关系"与"限制"，指的就是客观事物之间以及"我"与客观事物之间的利害关系与矛盾冲突。在王国维看来，这种利害关系与矛盾冲突是一种不完全的美（原稿于"互相关系，互相限制"后，有"故不能有完全之美"句）。所以，他提出，艺术创作"必遗其关系、限制之处"。王国维提出的问题，已接触到文艺与现实的关系这一带有根本性的问题。他的理论大致包括两个方面的意义：（一）认为文艺反映现实并非机械地照搬，而必须进行艺术虚构，但由这种虚构所形成的境界，"其材料必求之于自然，而其构造，亦必从自然之法则"。实际上，这已经是艺术创作过程中的提炼与概括的问题。在这个意义上讲，王国维对于文艺与现实关系的认识，并不是自然主义的。（二）王国维所说"遗其关系、限制之处”，就是要求“以物观物”，即以自然本身的构造方式构造自然，不参与知性的侵扰。这一认识带有“意境两忘，物我一体”的倾向，与他“超然于利害之外”（《红楼梦评论》）的艺术无功利性的主张是相一致的。这是王国维艺术论中唯心主义的体现。王国维所论述的这两个方面，或侧重于虚构，或侧重于自然，是艺术创造方法的两个方面，是“造境”与“写境”理论的补充及进一步发挥。

【注释】

〔1〕互相关系，互相限制：指外物与内物之间的关系与限制，即“物”与“我”之间的关系与联系。外物属自然，内物属人，若有为之过渡者，故曰互相关系，互相限制。及其写于文学也，外物内物之间，不着一字，故曰遗其关系、限制之处（详参靳德峻笺证、蒲菁补笺本《人间词话》第6～7页，四川人民出版社，1981年9月成都第1版）。另说，指自然界中各物之间的关系与限制。谓：“自然界各物之存在，必有其存在条件。然此物生存之条件，与彼物生存之条件，每呈现错综之状态，既有相互关系，复有个别之限制。任举一花一草为例；凡此花草之种种营养条件，如天时、土壤、水分以及其他营养料等，皆无非此花或此草与一切外物之关系；而此花或此草又有个别之限制，以表现其各种之特征，如所具雌雄之数以及显花、隐花、单子叶生、双子叶生等皆是。然此等并为生物学家之所详究，而为文学家状物时所略而不道者也。”（许文雨编著《人间词话讲疏》第172～173页，成都古籍书店，1983年5月成都第1版）二说可供参考。

〔2〕理想家亦写实家：叔本华云：“这一切以科学为共同名称的（学术）都在根据律的各种形态中遵循这个定律前进，而它们的课题始终是现象，是现象的规律与联系和由此发生的关系。——然则在考察那不在一切关系中，不依赖一切关系的，这世界唯一真正本质的东西，世界各现象的真正内蕴，考察那不在变化之中因而在任何时候都以同等真实性而被认识的东西，一句话在考察理念，考察自在之物的，也就是意志的直接而恰如其分的客体性时，又是哪一种知识或认识方式呢？这就是艺术，就是天才的任务。”（《作为意志和表象的世界》第258页）又云：“人们的意见是（艺术是）以摹仿自然（来创造美的）。……（这是）一种颠倒的未经思考的意见。……只有借助于这样的预期，才可能在大自然在个别事物中真正成功了的地方认识到美。”（同上第307～309页）

【译文】

　　自然界中各种事物之间，是互相关系、互相限制的，并不是孤立存在的。但是，要将它们反映到文学与美术中来，就一定要摒弃它们相互关系、相互限制的地方。所以，虽然是写实家，同时也应当是理想家。而且，虽然是虚构的物境，它的材料一定是从自然界得来的，而它的结构方法，也一定顺应自然界事物的构造法则。这就是说，艺术创造中的理想家，同时也是写实家。

六　有境界与无境界

境非独谓景物也。喜怒哀乐，亦人心中之一境界。故能写真景物、真感情者，谓之有境界。否则谓之无境界。

【题解】

这是对于"境界"一词所含内容的补充说明。王国维认为，所谓"境界"，当包括两个方面：一是外物之境，另一是内心之境。两个方面兼而有之，而且显得真切、可感，就称作"有境界"。否则，就是"无境界"。外物之境，就是一般所说景物；内心之境，即心境。原稿说："感情亦人心中之境界。"通行本说："喜怒哀乐，亦人心中之一境界。"后者进一步将"感情"的内容具体化。这里，王国维特别强调一个"真"字。谓此境界所表现的，必须是"真景物、真感情"，不管是造境或是写境，也不管是虚构之境或自然之境，都必须是"真"的体现。王国维将这个"真"字当作创造"境界"的标准，这也是一切艺术创作所必须具备的首要条件。

【注释】

〔1〕能写真景物、真感情者，谓之有境界：王国维《文学小言》云："'燕燕于飞，差池其羽。''燕燕于飞，颉之颃之。''睍睆黄鸟，载好其音。''昔我往矣，杨柳依依。'诗人体物之妙，侔于造化，然皆出于离人孽子征夫之口，故知感情真者，其观物亦真。"

【译文】

　　所谓境界，并非只是说景物的境。喜、怒、哀、乐，同样也是人心中的一种境界。所以，凡是能够写出真景物、真感情的，就是有境界，不然的话就是无境界。

七 "闹"字与"弄"字的妙用

"红杏枝头春意闹",著一"闹"字,而境界全出。"云破月来花弄影",著一"弄"字,而境界全出矣。

【题解】

上则,王国维标举一个"真"字,作为创造境界的标准。但是,要符合这一标准,还要善于表达。这是创造境界的另一项要求。陆机《文赋》曰:"恒患意不称物,文不逮意,盖非知之难,能之难也。"(《文选》卷十七)可见,要将内心真切的感受,包括真景物与真感情表达出来,做到意与物称,文能逮意,并非易事。所以,王国维特地以实际词例揭示善表达的奥秘。例如"红杏枝头春意闹"和"云破月来花弄影",着一"闹"字和"弄"字,而境界全出。王国维称颂这二字的妙用,把它们当作善于出境界的范例。在词史上,这两首词的作者宋祁和张先,都曾因此一字之工而负盛誉,一个被称为"红杏枝头春意闹"尚书,一个被称为"云破月来花弄影"郎中,皆名擅一时。(详参胡仔《苕溪渔隐丛话》前集卷三十七引《遯斋闲览》语)但也有不同看法。李清照说:张子野、宋子京等人"虽时时有妙语,而破碎何足名家"(《词论》,据《苕溪渔隐丛话》后集卷三十三及《诗人玉屑》卷二十一)。吴子臧(世昌)师说:"'闹'字、'弄'字,无非修辞格中以动词拟人之例,古今诗歌中此类用法,不可胜数。"(据拙作《吴世昌先生唐宋词新解》）王国维如此抬举，难免有过誉之嫌。

【注释】

〔1〕"红杏"句：宋祁词句。宋祁《玉楼春》（春景）云："东城渐觉风光好。縠皱波纹迎客棹。绿杨烟外晓寒轻，红杏枝头春意闹。 浮生长恨欢娱少。肯爱千金轻一笑。为君持酒劝斜阳，且向花间留晚照。"（据《全宋词》第 116 页）

〔2〕闹：吴世昌指出，"'闹'字乃宋人俗语，谓鲜艳惹眼，故有'闹妆'、'闹娥儿'，非吵闹之意"（据拙作《吴世昌先生唐宋词新解》，1987 年 11 月 11 日《北京晚报》）。

〔3〕"云破"句：张先词句。张先《天仙子》（时为嘉禾小倅、以病眠不赴府会）云："水调数声持酒听。午醉醒来愁未醒。送春春去几时回，临晚镜。伤流景。往事后期空记省。 沙上并禽池上暝。云破月来花弄影。重重帘幕密遮灯，风不定。人初静。明日落红应满径。"（据《全宋词》第 70 页）

【译文】

"红杏枝头春意闹"，用上一个"闹"字，便将充满生机的春天的境界显示出来；"云破月来花弄影"，用上一个"弄"字，也将月下花前的境界写活了。

八 境界不以大小定优劣

境界有大小，然不以是而分高下。"细雨鱼儿出，微风燕子斜"，何遽不若"落日照大旗，马鸣风萧萧"。"宝帘闲挂小银钩"，何遽不若"雾失楼台，月迷津渡"也。

【题解】

王国维说"境界"，有"有"与"无"之分和"大"与"小"之别。他把能否写出"真景物、真感情"作为评判"有境界"与"无境界"的标准，因此，便不用"大"与"小"以评判境界的高下、优劣。这正是王国维强调文艺真实性的体现。王国维认为：诗人于郊外水槛散步遣心见到细雨微风当中，鱼儿、燕子快乐和谐的活动场景，产生了羡慕之情，所写场景真切动人。在这一画幅中，"物"与"我"已是难以区别。此景此情，诗人仿佛也像鱼儿、燕子一般，自由自在地出没飞翔。这样的境界，虽不如塞外沙场、落日大旗、西风马鸣那样壮阔，那么具有声势，然其写出真感受、有境界，也就不见得有何逊色。同样，女主人公于金闺宝帘当中，所见飞花、丝雨，轻如春梦、细如春愁，虽不及雾中楼台和月下津渡那么高远，然其缠绵不断，却也具有深长意味。王氏的艺术体验是可供借鉴的。但是，小中见大，也是应当提倡的，不可以"小"自限。

【注释】

〔1〕"细雨"二句：杜甫《水槛遣心》（二首之一）云："去郭轩楹敞，无村（一作"材"）眺望赊。澄江平少岸，幽树晚多花。细雨鱼儿出，微风燕子斜。城中十万户，此地两三家。"（据《全唐诗》第四函第三册，上海古籍出版社，1986 年 10 月上海第 1 版）

〔2〕"落日"二句：杜甫《后出塞》（五首之二）云："朝进东门营（一作"营门"），暮上河阳桥。落日照大旗，马鸣风萧萧。平沙列万幕，部伍各见招。中天悬明月，令严夜寂寥。悲笳数声动，壮士惨不骄。借问大将谁（天宝二年，禄山入朝，进骠骑大将军），恐是霍嫖姚。"（据《全唐诗》第四函第一册）

〔3〕"宝帘"句：秦观《浣溪沙》（五首录一）："漠漠轻寒上小楼。晓阴无赖似穷秋。淡烟流水画屏幽。　　自在飞花轻似梦，无边丝雨细如愁。宝帘闲挂小银钩。"（据《全宋词》第 461 页）

〔4〕"雾失"句：秦观《踏莎行》词句，词见三则注释。

【译文】

境界有大、小之分，但却不能用它来评定境界的高与下或优与劣。"细雨鱼儿出，微风燕子斜"，为什么就不如"落日照大旗，马鸣风萧萧"？而"宝帘闲挂小银钩"，为什么就不如"雾失楼台，月迷津渡"呢？

九 兴趣说、神韵说与境界说

严沧浪《诗话》谓:"盛唐诸公（诗话"公"作"人"），唯在兴趣。羚羊挂角，无迹可求。故其妙处，透澈（"澈"作"彻"）玲珑，不可凑拍（"拍"作"泊"）。如空中之音、相中之色、水中之影（"影"作"月"）、镜中之象，言有尽而意无穷。"余谓:北宋以前之词，亦复如是。然沧浪所谓兴趣，阮亭所谓神韵，犹不过道其面目;不若鄙人拈出"境界"二字，为探其本也。

【题解】

王国维在词话第一则提出境界说，经过上述数则不断阐释、补充，说明了境界说所包含的内容及其创造方法。这一则，是对境界说的总结。

王国维自视甚高，以为前代诗论中的兴趣说及神韵说，都只能道其面目，不如他的境界说能探其本源。但是，对于兴趣说及神韵说，王国维并未采取全盘否定的态度。他认为:《沧浪诗话》论唐诗，以为盛唐诸公"唯在兴趣"，即专求意兴情趣，研究言外之意以及象外之趣，这不仅切合唐诗创作实际，而且北宋以前的词也是如此。这里，王国维肯定沧浪的兴趣说，着重在"妙悟"，即在迹象之外求其意趣，这和他的"言有尽而意无穷"的要求是共通的。

【注释】

〔1〕严沧浪：严羽，字仪卿、丹丘，号沧浪逋客，福建邵武人。南宋诗论家。所著《沧浪诗话·诗辨（五）》曰："夫诗有别材，非关书也；诗有别趣，非关理也。然非多读书，多穷理，则不能极其至。所谓不涉理路，不落言筌者，上也。诗者，吟咏情性也。盛唐诸人惟在兴趣，羚羊挂角，无迹可求。故其妙处透彻玲珑，不可凑泊，如空中之音，相中之色，水中之月，镜中之象，言有尽而意无穷。"（据郭绍虞《沧浪诗话校释》第 26 页）

〔2〕羚羊挂角：佛教用语。《传灯录》（卷十六）载："（义存禅师谓众曰）我若东道西道，汝则寻言逐句；我若羚羊挂角，你向什么处扪摸？"又卷十七载："（道膺禅师谓众曰）如好猎狗，只解寻得有踪迹底；忽遇羚羊挂角，莫道迹，气亦不识。"（转引自郭绍虞《沧浪诗话校释·诗辨》）按：羚羊似羊而大，角有圆绕蹙文，夜则悬挂其角于木上，示无形迹可寻，以避患焉。（参见许文雨《人间词话讲疏》第 175 页）此处用以喻诗，谓只能"妙悟"，而不能于文字间求其踪迹。

〔3〕不可凑拍：亦作"揍泊"。佛教用语。《传灯录》（卷十三）载："（善昭禅师曰）照用同时，你作么生当抵；照用不同时，你又作么凑泊。"（转引自郭绍虞《沧浪诗话校释·诗辨》）又朱熹《答辅汉卿》云："又无朋友共讲。间有一二，则其钝者既难揍泊，敏者又不耐烦。"这里，佛家强调照用同时，反对生凑泊，勉强凑泊。诗家认为，愚钝的人不易凑泊，故主张自然而然的领会，即"妙悟"。

〔4〕空中之音、相中之色：赵与时《宾退录》（卷二）载张芸叟评本朝名公诗云："王介甫如空中之音、相中之色，欲有寻绎，不可得矣。"

〔5〕水中之月、镜中之象：《五灯会元》（卷八）祥禅师曰："（僧问）应物现形如水中月，如何是月？师提起拂子。"（同上）

以上四个"中"字所说，均反对通过具体踪迹，如音、色、月、象，去求其意趣，而主张于踪迹之外悟其情趣。对此，钱钟书曾持有异议，谓其所说，"几同无字天书"。并曰：诗自是文字之妙，非言无以寓言外之意；水月镜花，固可见而不可捉，然必有此水而后月可印潭，有此镜而后花能映影（《谈艺录》第 100 页。中华书局，1984 年 9 月北京第 1 版）。这说明，不能未得鱼兔而先弃筌蹄（王炎《读易笔记·自序》，转引自《谈艺录》第 100 页）。

〔6〕神韵：王士禛的神韵说，包括"词简味长，不可明白说尽"（王士禛《带经堂诗话》卷二十九），"触发兴怀，情来神会"（《带经堂诗话》卷二十九附录），"品格风神、冲和淡远"（翁方纲《七言诗三昧举隅》）等

内容。钱钟书谓其"天赋不厚，才力颇薄，乃遁而言神韵妙悟，以自掩饰"；谓其"病在误解沧浪，而所以误解沧浪，正为文饰才薄，将意在言外，认为言中不必有意，将弦外馀音，认为弦上无音，将有话不说，认作无话可说"。〔《谈艺录》第 114 页，开明书店，民国三十七年（1948）六月上海初版〕此说可参考。

【译文】

　　严羽（沧浪）《沧浪诗话》说："盛唐诸公，唯在兴趣。羚羊挂角，无迹可求。故其妙处，透澈玲珑，不可凑拍。如空中之音、相中之色、水中之影、镜中之象，言有尽而意无穷。"我认为：北宋以前的词，也还是像沧浪所说的那样。但是，沧浪所说的"兴趣"，阮亭所说的"神韵"，还仅仅是说到它们的面目而已，不如我所拈出的"境界"二字，可以探寻得到它们的本源。

一〇　太 白 气 象

太白纯以气象胜。"西风残照，汉家陵阙"，寥寥八字，遂关千古登临之口。后世唯范文正之《渔家傲》，夏英公之《喜迁莺》，差足继武，然气象已不逮矣。

【题解】

所谓"气象"，王国维论词曾多处提及。例如："太白纯以气象胜"。"词至李后主而眼界始大，感慨遂深，遂变伶工之词而为士大夫之词。……《金荃》《浣花》能有此气象耶"？"幼安之佳处，在有性情，有境界。即以气象论，亦有'横素波、干青云'之概，宁后世龌龊小生所可拟耶"？在王国维看来，气象与境界，既一样又不太一样。"眼界始大，感慨遂深"，谓之有境界亦可，谓之有气象亦未尝不可。气象与境界实质上并无太大区别。气象也是境界中的一境，近乎情境，但气象之境侧重于"气"，即感慨、气概。在这个意义上讲，气象与境界又有所区别。所以，王国维在肯定幼安有性情、有境界之后，特别论其气象。这里，王国维论李白，以为"纯以气象胜"，指的就是李白诗歌中所体现的"清人心神，惊人魂魄"（任华《寄李白》诗中语，据《全唐诗》第四函第八册）的气象。李白以诗名世，词作甚少，而他的《忆秦娥》能将诗中的气象带入其中，这就是他的词之所以能够独擅胜场的原因。王国维说："'西风残照，汉家陵阙'，寥寥八字，遂关千古登临之口（稿本作"独有千古"）。"他所称道的就是诗人纵横古今、睥睨一切、豪放俊逸、兴酣笑傲的精神及气象。

【注释】

〔1〕太白：李白（701—762），字太白，号青莲居士，绵州昌隆（今四川江油）人。唐代著名诗人。所作词《忆秦娥》，亦名于世。云："箫声咽。秦娥梦断秦楼月。秦楼月。年年柳色，霸陵伤别。　　乐游原上清秋节。咸阳古道音尘绝。音尘绝。西风残照，汉家陵阙。"（据张璋、黄畬编《全唐五代词》第36页，上海古籍出版社，1986年2月上海第1版）

〔2〕西风残照，汉家陵阙：以西风、残照映衬汉家陵阙，谓汉代烜赫一时之帝王业，已成为过去。正如浦江清所说："夫西风乃一年之将尽，残照是一日之将尽，以流光消逝之感，与帝业空虚，人生事功的渺小，种种反省，交织成悲壮的情绪。"（《词的讲解》，据《浦江清文录》第131页，人民文学出版社，1958年10月北京第1版）

〔3〕范文正：范仲淹（989—1052），字希文，谥文正。江苏吴县（今苏州市）人。北宋文学家。所作《渔家傲》（秋思）云："塞下秋来风景异。衡阳雁去无留意。四面边声连角起。千嶂里。长烟落日孤城闭。　　浊酒一杯家万里。燕然未勒归无计。羌管悠悠霜满地。人不寐。将军白发征夫泪。"（据《全宋词》第11页）论者或谓："予久羁塞外，每诵此词，风景宛然在目，未尝不为之慨叹也。"（瞿佑《归田诗话》卷上，据《历代诗话续编》下册）可见此词所写景象及气概乃颇为真切可感。

〔4〕夏英公：夏竦（984—1054），字子乔，封英国公，卒谥文庄，江州德安（今江西德安）人。北宋词人。所作《喜迁莺》云："霞散绮，月沉钩。帘卷未央楼。夜凉银汉截天流。宫阙锁清秋。　　瑶阶曙。金盘露。凤髓香和烟雾。三千珠翠拥宸游。水殿按凉州。"（《全宋词》第9页）黄昇《花庵词选》注云："景德（1004—1007）中，水殿按舞时，公翰林内直，上遣中使取新词，公援毫立成以进，大蒙天奖。"

【译文】

李白（太白）纯粹以气象取胜。他的"西风残照，汉家陵阙"，寥寥八个字，竟使千古以来所有登临词章未敢匹敌。后世作者，只有范仲淹（文正）的《渔家傲》，夏竦（英公）的《喜迁莺》，勉强可以相承接，但气象已是大所不及。

一一 温 飞 卿 词

张皋文谓："飞卿之词，深美闳约。"余谓：此四字唯冯正中足以当之。刘融斋谓，"飞卿精艳（当作"妙"）绝人"。差近之耳。

【题解】

温庭筠（飞卿），史称"能逐弦吹之音，为侧艳之词"（《旧唐书》卷一九〇下《温庭筠传》），是我国词史上第一个专业词人。清代常州派开山大师张惠言以"意内言外"之旨说词，认为温庭筠所作"深美闳约"，把温庭筠一些抒写艳情的辞章当成"感士不遇"之作，未免牵强附会。王国维不同意张氏论断，以为评价太高，在唐五代词人中，只有冯延巳当得起这四字评语，如果用刘熙载的另外四字评语——"精艳（妙）绝人"以评温词，那还差不多。王国维论温词，反对"深文罗织"（删稿二五则），敢于揭示其"艳"的实质，对于认识其真面目有一定启发作用，但他说温词之"精艳"，似乎侧重其外表，如谓其"句秀"（一四则），谓其所造意境，不及正中之深厚（附录二二则）等，其论断则不尽公允。

【注释】

〔1〕张皋文：张惠言（1761—1802），字皋文，江苏武进（今常州）人。清代词人。

〔2〕飞卿：温庭筠（812—约870），本名岐，字飞卿，太原（今山西

祁县）人。晚唐诗人。与李商隐齐名，世称"温李"。更出馀力，依新兴曲调作歌词，与韦庄并称"温韦"。有《握兰》《金荃》等集，已佚。《彊村丛书》有《金荃集》，并收韦庄诸人之作。《花间集》收其词六十六首，《全唐诗》附词收其词五十九首，《金奁集》收其词六十二首。近人刘毓盘辑《金荃词》一卷（北京大学排印本《唐五代宋辽金元名家词集》六十种），得其词七十六首。

〔3〕深美闳约：张惠言《词选叙》云："自唐之词人李白为首，其后韦应物、王建、韩翃、白居易、刘禹锡、皇甫淞（松）、司空图、韩偓并有述造，而温庭筠最高，其言深美闳约。"（清董毅录道光十年（1830）刊本）周济《介存斋论词杂著》云："词有高下之别，有轻重之别。飞卿下语镇纸，端已揭响入云，可谓极两者之能事。"又云："皋文曰：'飞卿之词，深美闳约。'信然。飞卿酝酿最深，故其言不怒不慑，备刚柔之气。针缕之密，南宋人始露痕迹，'花间'极有浑厚气象。如飞卿则神理超越，不复可以迹象求矣；然细绎之，正字字有脉络。"（人民文学出版社，1959 年 10 月北京第 1 版）深，深厚。闳，阔大。约，含蓄。深美闳约，包括两层意思：一指温柔敦厚，符合诗教原则；另一指寓深闳意旨于言外，即有寄托。

〔4〕冯正中：冯延巳（904—960），字正中，广陵（今江苏扬州）人。南唐元老重臣。著乐章百馀阕，有《阳春集》一卷行世。有四印斋刻本。冯延巳为五代一大作家，与温、韦分鼎三足。前期所作与"尊前""花间"，一路，后期正当国势岌岌之际，他的某些作品，将其经历及体验带入其中，含有亡国亡家的感慨。陈廷焯《白雨斋词话》（卷一）曰："正中词，极深郁之致，穷顿挫之妙，缠绵忠厚，与温、韦相伯仲也。"陈廷焯承袭张惠言的词论，谓冯延巳和温、韦所作词均有所寄托。王国维将他们一分为二，认为有寄托的唯有冯延巳。

〔5〕刘融斋：刘熙载（1831—1881），字伯简，一字融斋，江苏兴化人。清代文学家。所著《艺概·词曲概》云："温飞卿词精妙绝人，然类不出乎绮怨。"（上海古籍出版社，1978 年 12 月上海第 1 版）王国维赞成刘熙载的意见，将温庭筠所作当作艳词读，这是正确的，但认为温庭筠仅是外表美（句秀）而缺乏深厚的意境，却是不全面的。

【译文】

　　张惠言（皋文）说："飞卿之词，深美闳约。"我认为：这四个字只有冯延巳（正中）真正担当得起。刘熙载（融斋）说，温庭筠（飞卿）的词"精艳（妙）绝人"，这还相差不远。

一二　飞卿、端己、正中三家词品

"画屏金鹧鸪"，飞卿语也，其词品似之。"弦上黄莺语"，端己语也，其词品亦似之。正中词品，若欲于其词句中求之，则"和泪试严妆"，殆近之欤？

【题解】

温庭筠（飞卿）、韦庄（端己）、冯延巳（正中）是唐五代时期三位重要词人，因其生活道路、创作道路不同，三家词品也各不相同。王国维从三家词中各觅得一句用来分别说明其词品。谓："画屏金鹧鸪"，这是飞卿词中语，也是他的词品；"弦上黄莺语"，这是端己词中语，也是他的词品；而冯正中，其词品则与他的"和泪试严妆"相近。王国维所说词品，指的当是词的格调以及艺术风格。就温、韦说，词史上二人并称，均为"花间"重要作家，但其所作，在外部特征以及内部品格上确有不同。一般说来，温以塑造贵族妇女形象见长，常以华贵的陈设和艳丽的服饰以烘托其内心世界，他的词，布置细密，色彩浓重，具有十分富贵态，用"画屏金鹧鸪"作比还是很恰当的；韦虽也写艳词，但其善于"运密入疏，寓疏于淡"〔况周颐《历代词人考略》卷五，据龙榆生编选《唐宋名家词选》（上海古籍出版社，1980年1月第1版）转引〕，显得疏淡、清脆，也正与"弦上黄莺语"相合。至于冯延巳，他的身世与"花间"词人不同，周师南侵，他处于危苦烦乱之中，其忧生念乱、郁不自达之情，常常在词中流露出来，才有"和泪试严妆"之

语，王国维评正中词，其着眼点即在于此。总的看，王国维说飞
卿、端己、正中三家词品，就词论词，还是有一定依据的。三家
词，王国维最是抬举冯延巳，对于温庭筠的评价则不尽公允。王国
维论温词，仅着眼其外表，有人引申他的话，说："飞卿词正像画屏
上的金鹧鸪，精丽华美，具有普天下的鹧鸪所共有的美丽，而没有
任何一只鹧鸪所独有的生命。"（郑骞语，转引自叶嘉莹《迦陵论词
丛稿》第 19 页。上海古籍出版社，1980 年 11 月上海第 1 版）这
就是说，温词没有个性，缺乏生命力。其实，温词外表之华丽，并
非虚设。如"画屏金鹧鸪"，既极奢华，又成双成对，这正与主人
公孤寂的心境相映衬，字面上越是堆金砌玉，内心越显得不自在，
其意味甚深长。这就是温词的个性特征。王国维论三家词，褒贬中
难免带着偏见。

【注释】

〔1〕"画屏"句：温庭筠《更漏子》云："柳丝长，春雨细。花外漏
声迢递。惊塞雁，起城乌。画屏金鹧鸪。　香雾薄。透帘幕。惆怅
谢家池阁。红烛背，绣帘垂。梦长君不知。"（据《全唐五代词》第 206
页）"画屏金鹧鸪"，这是抒情主人公于夜深人静时，听到雨声所产生的
联想：仿佛画屏上的金鹧鸪也和"塞雁""城乌"一样，为雨声而惊起。
王国维用以表示温庭筠词品，即以为温词似有精艳之外表美，而缺乏生
命力。

〔2〕端己：韦庄（836—910），字端己，长安杜陵（今陕西西安东
南）人。官至史部侍郎兼平章事。谥文靖。五代前蜀词人。所作《菩萨
蛮》云："红楼别夜堪惆怅。香灯半卷流苏帐。残月出门时。美人和泪
辞。　琵琶金翠羽。弦上黄莺语。劝我早归家。绿窗人似花。"（据《全
唐五代词》第 526 页）"弦上黄莺语"，用弦间之莺语，清脆、婉转，以比
喻美人的声音。王国维以之比韦词，谓之"像一曲清丽宛转，充满生命和
感情的'弦上黄莺语'"（《迦陵论词丛稿》第 70 页）。

〔3〕"和泪"句：冯延巳《菩萨蛮》云："娇鬟堆枕钗横凤。溶溶春水
杨花梦。红烛泪阑干。翠屏烟浪寒。　锦壶催画箭。玉佩天涯远。和泪
试严妆。落梅飞晓霜。"（据《全唐五代词》第 417 页）"和泪试严妆"，谓
主人公"悦己无人，而犹施膏沐，有带宽不悔之心"（俞陛云《唐五代两
宋词选释》第 108 页。上海古籍出版社，1985 年 9 月第 1 版）王国维借

用以评冯词。"严妆"指浓丽,"和泪"指哀伤,谓"透过浓丽的彩色来表现悲哀"(参见《迦陵论词丛稿》第 74 页)。

【译文】

　　"画屏金鹧鸪",这是温庭筠(飞卿)词中的一句话,他的词品正是如此。"弦上黄莺语",这是韦庄(端己)词中的一句话,他的词品也是如此。冯延巳(正中)词品,如果在他自己的词句中寻取,那么,"和泪试严妆"大概比较合适吧?

一三　南唐中主词

　　南唐中主词："菡萏香销翠叶残，西风愁起绿波间。"大有"众芳芜秽"、"美人迟暮"之感。乃古今独赏其"细雨梦回鸡塞远，小楼吹彻玉笙寒"。故知解人正不易得。

【题解】

　　李璟的《摊破浣溪沙》，描绘了一幅西风败荷图，并将自己的怨恨情绪寄寓其中。菡萏香销，翠叶凋残，这是自然物境。"不堪看"，由自然物境转入社会人生。鸡塞梦回，玉笙吹寒，这是念远情境。"倚阑干"，将物境与情境贯穿于同一个画面当中。上下起首二句，都较为成功。五代时，李璟的"细雨梦回鸡塞远，小楼吹彻玉笙寒"曾与冯延巳的"风乍起，吹皱一池春水"同时传为美谈（详马令《南唐书·冯延巳传》）。入宋，王安石也认为此二句比李煜的"一江春水向东流"为好（《雪浪斋日记》，《苕溪渔隐丛话》前集卷五十九引）。后世词家，也独赏此二句。但是，王国维以为不然。他认为，"菡萏香销翠叶残，西风愁起绿波间"二句更好，因此二句"大有'众芳芜秽''美人迟暮'之感"。王国维将自然现象与社会人生联系在一起，从中发掘其深长意味。就全词所造意境看，"细雨"二句所写乃眼前实景，主要体现时间的推移，不过为照应首二句，以加强时光易逝、人生易老的感慨而已，其主旨乃在首二句。王国维之所以敢于推倒千古定论，我看就在于把握了这首词的主旨。

【注释】

〔1〕南唐中主：李璟（916—961），初名景通，改名瑶，后名璟，字伯玉，徐州（今属江苏）人，一说湖州（今属浙江）人。南唐开国君主李昪之子。二十八岁继位，在位十九年，史称中主。传词四阕。所作《摊破浣溪沙》云："菡萏香销翠叶残。西风愁起绿波间。还与韶光共憔悴，不堪看。　　细雨梦回鸡塞远，小楼吹彻玉笙寒。多少泪珠无限恨，倚阑干。"（据《全唐五代词》第439页）

〔2〕众芳芜秽：屈原《离骚》云："余既滋兰之九畹兮，又树蕙之百亩。畦留夷与揭车兮，杂杜衡与芳芷。冀枝叶之峻茂兮，愿俟时乎将刈。虽萎绝其亦何伤兮，哀众芳之芜秽。"（据朱熹《楚辞集注》卷一）

〔3〕美人迟暮：屈原《离骚》云："日月忽其不淹兮，春与秋其代序。惟草木之零落兮，恐美人之迟暮。"（同上）

〔4〕古今独赏其"细语"二句：马令《南唐书·冯延巳传》云："元宗乐府云：'小楼吹彻玉笙寒。'延巳有'风乍起，吹皱一池春水'之句。皆为警策。元宗尝戏延巳曰：'"吹皱一池春水"，干卿何事？'延巳曰：'未若陛下"小楼吹彻玉笙寒"。'元宗悦。"（据《墨海金壶》本）又胡仔《苕溪渔隐丛话》前集卷五十九引《雪浪斋日记》云："荆公问山谷：'作小词曾看李后主词否？'云：'曾看。'荆公云：'何处最好？'山谷以'一江春水向东流'为对。荆公云：'未若"细雨梦回鸡塞远，小楼吹彻玉笙寒"，又"细雨湿流光"最好。'"按：王安石误把南唐中主词和冯延巳词当作后主词。（参见《人间词话新注》修订本）

〔5〕解人正不易得：吴梅《词学通论》（第六章）云："中宗诸作，自以《山花子》二首为最。……此词之佳在于沉郁。夫'菡萏销翠''愁起西风'与'韵光'无涉也，而在伤心人见之，则夏景繁盛亦易摧残，与春光同此憔悴耳。故一则曰'不堪看'，一则曰'何限恨'。其顿挫空灵处，全在情景融洽，不事雕琢，凄然欲绝。至'细雨''小楼'二语，为'西风愁起'之点染语，炼词虽工，非一篇中之至胜处，而世人赏此二语，亦可谓不善读者矣。"〔上海商务印书馆，民国二十一年（1932）再版〕吴氏与王国维所见略同。

【译文】

南唐中主李璟词："菡萏香销翠叶残，西风愁起绿波间。"这两句话包含着"众芳芜秽""美人迟暮"的无限感慨。但是，古往今来，人们偏偏称赏他的另外两句话："细雨梦回鸡塞远，小楼吹彻玉笙寒。"可见，要能真正理解人是非常不容易的。

一四　句秀、骨秀与神秀

温飞卿之词，句秀也。韦端己之词，骨秀也。李重光之词，神秀也。

【题解】
王国维曾以"画屏金鹧鸪"及"弦上黄莺语"说温、韦两家词品，其褒贬态度似不很鲜明。这里，他以句秀和骨秀评温、韦词，其褒贬态度则很鲜明。意即：温词之秀美只在字面、在语句，韦词之秀丽，并见骨力，韦比温更有其内在美。但是，无论是温，或者是韦，王国维对他们的赞扬都是很有限度的。王国维曾经将温、韦置于冯延巳之下，这里，他又把温、韦置于李煜之下。他认为，李煜词之秀美在神，而不仅仅在字面、在骨力。联系王国维评李煜的另外几段话（详下则），可知所谓"神秀"，乃指以赤子之心体现的真性情、真感慨所具有的"内美"；王国维把它当作是艺术创造的最高境界。

【注释】
〔1〕李重光：李煜（937—978），字重光，初名从嘉，徐州（今属江苏）人，一说湖州（今属浙江）人。南唐中主李璟之第六子。建隆二年（961）继位，在位十五年。开宝八年（975）宋将曹彬攻破金陵，煜出降。明年至京师，封违命侯。太平兴国三年（978）七夕服牵机药而死，年四十二。传世词作，有明万历庚申（1620）吕远墨华斋刊《南唐二主词》

本，存后主词三十二首，《全唐诗》载后主词三十四首。近人詹安泰编注
《李璟李煜词》，得后主词三十四首，又补遗若干首，较为完备。胡应麟
《诗薮》（杂编卷四）云："南唐中主、后主，皆有文。后主一目重瞳子。乐
府为宋人一代开山祖。盖温、韦虽藻丽，而气颇伤促，意不胜辞，至此君
方是当行作家，清便宛转，词家王、孟。"（中华书局上海编辑所，1958
年10月上海第1版）王鹏运曰："莲峰居士（煜别号）词，超逸绝伦，虚
灵在骨。芝兰空谷，未足比其芳华；笙鹤瑶天，讵能方兹清怨？后起之
秀，格调气韵之间，或月日至，但十一于千百。若小晏，若徽庙，其殆庶
几。断代南渡，嗣音阒然。盖间气所钟，以谓词中之帝，当之无愧色矣。"
（《半塘老人遗稿》，据《唐宋名家词选》转引）

【译文】

　　温庭筠的词，字面华丽，文句秀美。韦庄的词外表疏淡，骨格
秀美。李煜的词，质地天真，风神秀美。

一五　词至李后主而眼界始大

　　词至李后主而眼界始大，感慨遂深，遂变伶工之词而为士大夫之词。周介存置诸温韦之下，可谓颠倒黑白矣。"自是人生长恨水长东"，"流水落花春去也，天上人间"，《金荃》《浣花》，能有此气象耶？

【题解】

　　王国维论五代词，明确宣称：喜李后主、冯正中而不喜"花间"（附录二九则）。上则以"神秀"二字，将"花间"作者温庭筠及韦庄置于后主之下，本则及以下四则，具体阐述推尊后主词的原因。这一则是总说，谓：李后主变伶工之词为士大夫之词。谓：词至后主，眼界始大，感慨遂深。王国维将词史分作三期：唐末五代，北宋，南宋。他将后主及正中当作是开风气的作家。他认为：李后主之前的词，为伶工之词，均为代妓女立言，为应歌而作；李后主将伶工之词变为士大夫之词，就是为自己立言，写士大夫自己的身世与感慨。王国维以历史的眼光评后主词，肯定词的变革与进步，还是可取的。

【注释】

　　〔1〕周介存：周济（1781—1839），字保绪，一字介存，晚号止庵，荆溪（今江苏宜兴）人。常州词派词论家。所著《介存斋论词杂著》

云:"李后主词,如生马驹,不受控捉。毛嫱、西施,天下美妇人也。严妆佳,淡妆亦佳,粗服乱头,不掩国色。飞卿,严妆也;端己,淡妆也;后主,则粗服乱头矣。"按:周济说后主词粗服乱头而又不掩国色,美人资质未减,其评价乃甚高,并未将后主置于温、韦之下。王国维似未全面理会周济评语。

〔2〕"自是"句:后主《乌夜啼》云:"林花谢了春红。太匆匆。无奈朝来寒雨晚来风。　胭脂泪。留人醉。几时重。自是人生长恨水长东。"(据《全唐五代词》第449页)

〔3〕"落花"句:李煜《浪淘沙》云:"帘外雨潺潺。春意阑珊。罗衾不耐五更寒。梦里不知身是客,一晌贪欢。　独自莫凭阑。无限江山。别时容易见时难。流水落花春去也,天上人间。"(同上第478页)

〔4〕《金荃》:《金荃集》,温庭筠词集,今已不传。详一一则注释〔2〕。

〔5〕《浣花》:韦庄有诗集名《浣花集》,为其弟霭所编辑。其词收入《花间集》者四十七首,收入《金奁集》者四十八首,收入《全唐诗》所附词者五十二首,刘毓盘为辑《浣花词》一卷,得词五十五首(北京大学排印本《唐五代宋辽金元名家词集》六十种)。

【译文】

词到了李后主煜,视野开阔,内容深厚,因此就将专为歌儿舞女而作的伶工之词(或歌者之词)变为一般知识分子言情述志的士大夫之词。周济(介存)将后主煜置于温庭筠、韦庄二人下面,可说是颠倒黑白了。"自是人生长恨水长东""流水落花春去也,天上人间"。试问,《金荃》《浣花》,能有这样的气象吗?

一六　词人赤子之心

　　词人者，不失其赤子之心者也。故生于深宫之中，长于妇人之手，是后主为人君所短处，亦即为词人所长处。

【题解】

　　上一则说李后主对于词体演变所起的作用：变伶工之词为士大夫之词。这一则说李后主的赤子之心。王国维认为，李后主在词史上所获得的成功，全在其赤子之心。说：生于深宫之中，长于妇人之手。这是为人君所短处，也是为词人所长处。"赤子之心"，就是童心。一方面，因为不多阅世，少受外界影响，保留着绝假纯真的童心，为人君不能称职；另一方面，大胆地将其真情性写入词中，却能表现为眼界大、感慨深，足以担荷人类共有之悲哀。从李后主的创作实践看，充分肯定其率真是有一定依据的。而且，因其率真，他所抒写的情感能够让千百万人产生共鸣。原来只是供奉于"花间""尊前"，为应歌而创作的小歌词，即伶工之词，也因此大大拓展了视野，并和诗、文一样成为士大夫言情述志的工具。这也是事实。但是，王国维片面强调童心，将"赤子之心"作为艺术创作的来源，却是唯心主义文艺观的突出体现。是否可以这么说，如果不是亡国亡家的亲身经历，李后主在词中所体现的眼界就不一定那么开阔，所体现的感慨，也就不一定那么深沉；应当承认，亡国亡家的经历，也是阅世的一种方式。

【注释】

〔1〕原稿于文后尚有二句："故后主之词，天真之词也。他人，人工之词也。"

〔2〕赤子之心：即童心也。《孟子·离娄（下）》："孟子曰：'大人者，不失其赤子之心者也。'"（据《孟子正义》）袁枚《随园诗话》云："余常谓：诗人者，不失其赤子之心者也。"王国维《叔本华与尼采》引叔本华之《天才论》曰："天才者，不失其赤子之心者也。盖人生之七年后，知识之机关，即脑之质与量，已达完全之域，而生殖之机关，尚未发达。故赤子能感也，能思也，能教也。其爱知识也，较成人为深；而其受知识也，亦视成人为易。一言以蔽之曰：彼之知力盛于意志而已。即彼之知力作用，远过于意志之所需要而已。故自某方面观之，凡赤子皆天才也。又凡天才，自某点观之，皆赤子也。"（据《静庵文集》）因此，王国维将"赤子之心"看作是成就天才词人的一个重要因素。

【译文】

所谓词人，就是尚未丧失"赤子之心"的人。所以，生活在深宫，整天和妇人在一起，这是李后主作为国君的不足之处，但却是他作为词人所必须具备的长处。

一七　客观诗人与主观诗人

客观之诗人，不可不多阅世。阅世愈深，则材料愈丰富，愈变化，《水浒传》《红楼梦》之作者是也。主观之诗人，不必多阅世。阅世愈浅，则性情愈真，李后主是也。

【题解】

　　这一则强调少阅历，是上一则所谓不失赤子之心的补充。在王国维看来，因为多阅世，受到外界影响，多伪饰，性情就失真，就不能自然流露。但他也并非一概而论。他将艺术家分为两大类，一为客观之诗人，一为主观之诗人。他说，前者"不可不多阅世"，后者"不必多阅世"。认为：阅世愈深，材料愈丰富、愈变化，这是《水浒传》《红楼梦》所以成功的主要原因；而阅世愈浅，性情愈真，这是李后主所以成功的主要原因。对于王国维的这段话，应当作具体分析。王国维并非把词人分为"客观"与"主观"两种，而是把艺术家分为两大类。《水浒传》《红楼梦》是小说，等同于叙事诗，故称其作者为客观之诗人；后主词是抒情诗，故称其为主观之诗人。但是，王氏以为后主之成功在于阅世不深，也不尽妥当。后主如果没有国破家亡的经历，是写不出"以血书"的作品来的（详参万云骏《诗词曲的分界及其发展道路》，《中华诗词》第一辑。中国民间文艺出版社，1990 年 1 月北京第 1 版）。总的看，王国维的理论带有较浓厚的主观唯心主义的色彩，但他强调一个"真"

字，对于艺术创作却还是有一定意义的。

【注释】

〔1〕"不可不多阅世"，原稿作"不可不阅世"。

〔2〕《水浒传》：明代长篇小说。共有数种版本，著者亦有数人。明人大致三种说法：施耐庵著，罗贯中著，施、罗合著。学术界多以为施耐庵著。

〔3〕《红楼梦》：清代长篇小说。一名《石头记》。曹霑撰。霑，字梦阮，号雪芹，汉军正白旗人。

〔4〕客观之诗人与主观之诗人：别林斯基以作者思想倾向在作品中的不同体现来划分叙事诗与抒情诗，以为叙事诗中作者全隐，抒情诗中作者全显，而戏剧则是叙事诗与抒情诗二者的结合。词既然绝大多数是抒情诗，词人应当多为主观之诗人。有人曲解王国维原意，将词人强分为主观之诗人与客观之诗人两种，如把温庭筠称为客观诗人，把李煜称为纯情诗人（主观诗人），未免过于简单化（详参万云骏《诗词曲的分界及其发展道路》）。

【译文】

客观诗人，不能不更多地接触、了解社会现实生活。接触、了解社会越深入，那么他所掌握的材料就越丰富多彩，越千变万化，《水浒传》《红楼梦》的作者就是这样。主观诗人，不需要怎么深入地接触、了解社会现实生活。接触、了解社会越肤浅，他的性情就表现得越真实，李后主（煜）就是这样的人。

一八　后主之词以血书者也

尼采谓："一切文学，余爱以血书者。"后主之词，真所谓以血书者也。宋道君皇帝《燕山亭》词亦略似之。然道君不过自道身世之戚，后主则俨有释迦、基督担荷人类罪恶之意，其大小固不同矣。

【题解】

王国维论李后主，谓其阅世浅，在于突出其"赤子之心"。这一则，以"以血书者"说后主，进一步显现"眼界大"及"感慨深"的意义。他将宋徽宗（赵佶）与后主作比较，认为两人都是亡国之君，同样当过"阶下囚"，但两人所作词，其意义却有大小之分。他认为：宋徽宗的词，仅仅是"自道个人身世之戚"，而后主，却有"释迦、基督担荷人类罪恶之意"。在王国维看来，似乎宋徽宗所写，"知他故宫何处"，只是对于往昔帝王生活的"思量"，为的是一己之私，而后主所作，却带有更高的价值，就好像释迦、基督一样，俨然以"救世主"的身份出现。这就是所谓"眼界大""感慨深"的意义之所在。因此，王国维才用尼采的话赞美后主词，说"后主之词真所谓以血书者也"。将后主词当作是世界上最优秀、最可爱的文艺作品。对于王国维的这段话，历来就有不同看法。陈祥耀先生说："后主词以血书，不徒谓亡国之词，以血泪铸成，且当指其前后作品，一贯本诸赤诚天性也。其身份与平民有异，亡国之词，写来痛切，何遽不能引起后代遭遇国难者之共鸣乎？且其写欢乐与哀痛，皆洒然坦然，与延巳之务为怆恻不同。所谓'担荷人类罪恶'，则指词中不伪饰，不推诿，洒然坦然承受一切悲欢之胸怀也。童心赤子，近圣近佛，得毋然乎？"（据《唐宋词说》未刊稿）这一解释，大致不差。一说其"真"与"深"，一说其"大"，基本符合王氏话意。如果从艺术共鸣的角度看，应该说，后主与徽宗在词中所表现的一己之悲哀，其感人的效果有所不同。即：后主所写，更带普遍性、典型性，让人们看到美好的事物遭受破坏，反应更加强烈。至于后主如何像释迦、基督那样，为人类担荷罪恶，那就不必深究了。

【注释】

　〔1〕尼采：尼采（1840—1900），德国哲学家。所著《苏鲁支语录》曰："凡一切已经写下的，我只爱其人用血写下的。用血写书，然后你将体会到，血便是精义。"（梵澄译，《世界文库》本）

　〔2〕宋道君皇帝：宋徽宗赵佶（1082—1135），神宗（赵顼）第十一子。在位二十五年。内禅皇太子（赵桓），尊为教主道君太上皇帝。靖康二年（1127）为金人所俘，北去。绍兴五年（1135）卒于五国城，年五十四。近人曹元忠辑有《宋徽宗词》。在北行途中见杏花作《燕山亭》云："裁剪冰绡，打叠数重，冷淡燕脂匀注。新样靓妆，艳溢香融，羞杀蕊珠宫女。易得凋零，更多少、无情风雨。愁苦。闲院落凄凉，几番春暮。　　凭寄离恨重重，这双燕，何曾会人言语。天遥地远，万水千山，知他故宫何处。怎不思量，除梦里、有时曾去。无据。和梦也、新来不做。"（据《彊村丛书》本）

　〔3〕释迦：释迦牟尼，佛教始祖。

　〔4〕基督：耶稣基督，基督教始祖。基督，意同犹太教名词弥赛亚，即"救世主"。基督教声称：凡信奉者，灵魂可得到拯救，升入天堂。

【译文】

　　尼采说："一切文学，余爱以血书者。"后主（李煜）的词，真正是尼采所说的用血写下的作品。宋道君皇帝（徽宗赵佶）的《燕山亭》词，也和后主的词有点相似。但是道君不过是诉说自己身世的悲戚而已，后主却俨然有释迦牟尼和耶稣基督那种担当起全人类罪恶的意思，两者当中是有大小的分别的。

一九　冯正中开北宋一代风气

冯正中词虽不失五代风格，而堂庑特大，开北宋一代风气。与中后二主词皆在《花间》范围之外，宜《花间集》中不登其只字也。

【题解】

王国维论五代词，最为推尊后主，其次是冯正中。就意境看，以为正中"深美闳约"，温、韦皆不及其深厚；就词史地位看，以为正中与后主一样，都是开风气的人物，都不受时代限制。所以，王国维认为，冯正中及中、后二主词，没被收入《花间集》，这是理所当然的，并不是因为他们的文采为功名所掩。原稿本论中、后主时称："中后二主皆未逮其精诣。《花间》于南唐人词中虽录张泌作，而独不登正中只字，岂当时文采为功名所掩耶？"通行本将中、后二主与正中并提，以为都是超越时代的作家。其实，"花间"以地域结集，未将南唐君臣范围在内，根本无此用意，这不过是王国维借题发挥而已。

【注释】

〔1〕堂庑：堂以及堂周围的廊屋。这里引申为境界。堂庑特大，谓其境界加深、加广，因而更具有普遍性，而大大超越于一己感受之樊篱。

〔2〕《花间集》：《花间集》十卷，选录唐末五代词五百首。五代后蜀

赵崇祚编。龙榆生曰:"《花间集》多西蜀词人,不采二主及正中词,当由道里隔绝,又年岁不相及,有以致然。非因流派不同,遂尔遗置也。王说非是。"(《唐宋名家词选》,开明书店,1934 年上海版)此说可参。

【译文】

冯延巳(正中)的词,虽然仍旧保留着五代词的风格,但它所创造的境界特别宽阔,已为北宋词开了一代风气。正中的词与中主(李璟)、后主(李煜)的词都在"花间"的范围外面,难怪《花间集》中不曾登过一个字。

二〇　正中《醉花间》

正中词除《鹊踏枝》《菩萨蛮》十数阕最煊赫外，如《醉花间》之"高树鹊衔巢，斜月明寒草"，余谓韦苏州之"流萤度高阁"，孟襄阳之"疏雨滴梧桐"，不能过也。

【题解】

上一则论正中，谓其开风气之先。这一则论正中，谓其超越前修。王国维以正中《醉花间》与韦应物《寺居独夜寄崔主簿》及孟浩然"微云淡河汉，疏雨滴梧桐"相比，以为韦、孟二人均不及正中。三家作品，一为词，一为五律，一为联句，究竟如何相比？王国维主要看其境界及气象。正中《醉花间》四首，总写主人公念远之情。其一有句："高树鹊衔巢，斜月明寒草。"——这是闺阁外的景象，高树、斜月，宽阔、远大。而远行人此时正在何方？主人公因寒光下的细草，联想到行人的行踪，又从定巢乌鹊，联想到行人的归宿，意味甚深长。韦应物《寺居独夜寄崔主簿》同样写别离情绪。谓"幽人"一夜不寐，独自坐对青灯，一直到天破晓。其中，"寒雨暗深更，流萤度高阁"，颇能渲染其寂寞凄清气氛。不过，"寒雨"虽可以不断地下，直到深更，萤火虫虽有高大的殿阁任其流动，但所有景象毕竟尚未超越于寺门之外，因此让人想象的馀地较为有限。孟浩然联句，当时曾惊动四座，所写景象从天上的微云河汉，到地上的疏雨梧桐，确实很工整，很巧妙，让人无能为继。但二句所写仅仅是外界物景，虽可促使人们产生联想，给人以一种清绝的感受，却没有更为深厚的意思在其中。王国维论境界，不主张以大小定高下，但他强调深长意味，因此将正中置于韦、孟之上。

【注释】

〔1〕《鹊踏枝》《菩萨蛮》：冯延巳传词百馀首。《阳春集》载《鹊踏枝》十四首、《菩萨蛮》九首。《鹊踏枝》十四首，二五则注释及三三则注释各采录一首；《菩萨蛮》九首，一二则注释采录一首。今各补录三首以示例。《鹊踏枝》："梅落繁枝千万片。犹自多情，学雪随风转。昨夜笙歌容易散。酒醒添得愁无限。　　楼上春山寒四面。过尽征鸿，暮景烟深浅。一晌凭阑人不见。鲛绡掩泪思量遍。"又："谁道闲情抛掷久。每到春来，惆怅还依旧。日日花前常病酒。敢辞镜里朱颜瘦。　　河畔青芜堤上柳。为问新愁，何事年年有。独立小楼风满袖。平林新月人归后。"又："秋入蛮蕉风半裂。狼藉池塘，雨打疏荷折。绕砌蛩声芳草歇。愁肠学尽丁香结。　　回首西南看晚月。孤雁来时，塞管声呜咽。历历前欢无处说。关山何日休离别。"（据《全唐五代词》第362～364页）《菩萨蛮》："金波远逐行云去。疏星时作银河渡。花影卧秋千。更长人不眠。　　玉筝弹未彻。凤髻鸾钗脱。忆梦翠蛾低。微风凉绣衣。"又："画堂昨夜西风过。绣帘时拂朱门锁。惊梦不成云。双蛾枕上颦。　　金炉烟袅袅。烛暗纱窗晓。残月尚弯环。玉筝和泪弹。"又："梅花吹入谁家笛。行云半夜凝空碧。欹枕不成眠。关山人未还。　　声随幽怨绝。云断澄霜月。月影下重帘。轻风花满槛。"（同上书第415～416页）

〔2〕《醉花间》：冯延巳有《醉花间》四首，其三云："晴雪小园春未到。池边梅自早。高树鹊衔巢，斜月明寒草。　　山川风景好。自古金陵道。少年看却老。相逢莫厌醉金杯，别离多，欢会少。"（据《全唐五代词》第387页）

〔3〕韦苏州：韦应物（737—792或793），长安（今陕西西安）人。贞元五年（789）任苏州刺史，与顾况、秦系、孟郊、丘丹、孟浩然等均有酬唱往来。贞元七年（791）退职，寄居苏州永定寺。世称韦苏州。所作《寺居独夜寄崔主簿》曰："幽人寂不（一作无）寐，木叶纷纷落。寒雨暗深更，流萤渡高阁。坐使青灯晓，还伤夏衣薄。宁知岁方晏，离居更萧索。"（据《全唐诗》第三函第七册）

〔4〕孟襄阳：孟浩然（689—740），襄州襄阳（今湖北襄阳）人，世称孟襄阳。《全唐诗》第三函第三册收孟浩然断句云："微云淡河汉，疏雨滴梧桐。"注云："王士源云：'浩然常闲游秘省，秋月新霁，诸英联诗，次当浩然云云，举坐嗟其清绝，不复为缀。'"王士源《孟浩然集序》，所述大致相同，仅个别字面稍异。王序载《四部备要》本《孟浩然集》。

【译文】

冯延巳（正中）的词，除了《鹊踏枝》《菩萨蛮》这十数阕最为著名外，例如《醉花间》的"高树鹊衔巢，斜月明寒草"，也难比并。我认为：韦应物（苏州）的"流萤度高阁"以及孟浩然（襄阳）的"疏雨滴梧桐"，都不能超过它。

二一　绿杨楼外出秋千

欧九《浣溪沙》词："绿杨楼外出秋千"。晁补之谓：只一"出"字，便后人所不能道。余谓：此本于正中《上行杯》词"柳外秋千出画墙"，但欧语尤工耳。

【题解】

　　欧阳修《浣溪沙》描绘一幅春日游乐图。上片所写春水、画船、游人以及楼外秋千，人们各寻其乐，各乐其乐；前面两句是一般的铺叙，第三句"绿杨楼外出秋千"，却是一个特写镜头，用一个"出"字，特别引人注目。晁补之评此词，谓只一个"出"字，自是后人道不到处。下片因此转入抒写当时的情怀，并点明及时行乐的主题。王国维同意晁氏评语，以为全词皆绝妙，而一个"出"字，尤为绝妙。但他认为，欧词用"出"字是从冯延巳那里学来的，想以此为依据，说明冯延巳如何开北宋一代风气。其实，欧词中这一个"出"字，未必出自冯延巳。龙榆生指出："唐王摩诘《寒食城东即事》诗云：'蹴鞠屡过飞鸟上，秋千竟出垂杨里。'欧公用'出'字，盖本此。"（《唐宋名家词选》第72页）在龙榆生之前徐釚也曾揭示这一事实，并说：晁所记，乃"偶忘之"也。（《词苑丛谈》卷四）不过，我以为，王国维将这一"出"字的创作权归于冯延巳，并非缺考，而是为了说明欧阳永叔学冯正中的观点。

【注释】

〔1〕欧九：欧阳修（1007—1072），字永叔，号醉翁，晚号六一居士。吉州永丰（今属江西）人。北宋文学家。有《六一词》，见《宋六十名家词》本。又有《欧阳文忠公近体乐府》三卷及《醉翁琴趣外篇》六卷，见双照楼刊本。所作《浣溪沙》曰："堤上游人逐画船。拍堤春水四垂天。绿杨楼外（一作"梢外"）出秋千。　白发戴花君莫笑，六么催拍盏频传。人生何处似尊前。"（据《全宋词》第143页）

〔2〕晁补之：晁补之（1053—1110），字无咎，号归来子。济州巨野（今属山东）人，苏门四学士之一。吴曾《能改斋漫录》（卷十六）载，晁无咎评本朝乐章云："欧阳永叔《浣溪沙》云：'堤上游人逐画船。拍堤春水四垂天。绿杨楼外出秋千。'要皆妙绝。然只一'出'字，自是后人道不到处。"（中华书局上海编辑所，1960年11月上海第1版）

〔3〕冯延巳《上行杯》："落梅著雨消残粉。云重烟轻寒食近。罗幕遮香。柳外秋千出画墙。　春山颠倒钗横凤。飞絮入帘春睡重。梦里佳期。只许庭花与月知。"（据《全唐五代词》第423页）按：此词属调《偷声木兰花》，《阳春集》作《上行杯》，后世多为所误，王亦未察之。（此条承盛配先生见告）

【译文】

欧阳修（九）《浣溪沙》词有句："绿杨楼外出秋千。"晁补之说：只是这一个"出"字，便是后来作者所没办法说出的。我说：这一句话原是从冯延巳（正中）《上行杯》词"柳外秋千出画墙"而来的，只不过是欧阳修的语句更加工巧罢了。

二二　永叔、少游词品

梅圣（原误作"舜"）俞《苏幕遮》词："落尽梨花春事（当作"又"）了。满地斜（当作"残"）阳，翠色和烟老。"刘融斋谓：少游一生专学此种。余谓：冯正中《玉楼春》词："芳菲次第长相续。自是情多无处足。尊前百计得春归，莫为伤春眉黛蹙。"永叔一生似专学此种。

【题解】

欧阳修（永叔）、秦观（少游）词风格不同。这里，王国维以梅尧臣《苏幕遮》及冯延巳《玉楼春》说明二家区别。梅词所谓"落尽梨花春又了，满地残阳，翠色和烟老"正是秦观"天还知道，和天也瘦"（《水龙吟》）这一"伤心人"多愁善感的写照。秦观《淮海词》中，诸如"落红铺径水平池。弄晴小雨霏霏。杏园憔悴杜鹃啼。无奈春归"（《画堂春》）；"楼外残阳红满。春入柳条将半。桃李不禁风，回首落英无限。肠断。肠断。人共楚天俱远"（《如梦令》）等等，确实与梅词作风相近。刘熙载评秦观词，以小晏相比，以为"少游有小晏之妍，其幽趣则过之"，并以梅氏此词为"少游开先"。刘氏此说，道出了秦观词之渊源所自。王国维赞成刘氏看法，并进一步加以引申，以为欧阳修学冯延巳，其词也是有一定渊源的。谓欧阳修与冯延巳词品相似，刘熙载早已指出："冯延巳词，

晏同叔得其俊，欧阳永叔得其深"（《艺概》卷四）；而且，冯、欧
两家互见词例也可为佐证。王国维认为，冯延巳《玉楼春》所谓
"芳菲次第长相续。自是情多无处足。尊前百计得春归，莫为伤春
眉黛蹙"，可以代表欧公词品。冯延巳此词，或以为欧公所作，二
家集中互见，正是二家词品相似的例证。王国维说欧阳修、秦观词
品，仅说明其渊源，未说明其不同之处。据刘熙载论欧秦二家词，
其词品是否可以"深""幽"二字加以概括，即欧公学冯延巳"得
其深"，少游与小山同是古之伤心人，而少游"幽趣则过之"。读
欧、秦二家词，当细察之。

【注释】
　　〔1〕梅圣俞：梅尧臣（1002—1060），字圣俞，宣州宣城（今属安徽）
人。北宋诗人。有《宛陵集》。所作《苏幕遮》云："露堤平，烟墅杳。乱
碧萋萋，雨后江天晓。独有庾郎年最少。窣地春袍，嫩色宜相照。　　接
长亭，迷远道。堪怨王孙，不记归期早。落尽梨花春又了。满地残阳，翠
色和烟老。"（据《全宋词》第118页）
　　〔2〕刘熙载《艺概》卷四《词曲概》曰："少游词有小晏之妍，其幽
趣则过之。梅圣俞《苏幕遮》云：'落尽梨花春又了。满地斜阳，翠色和烟
老。'此一种似为少游开先。"
　　〔3〕冯延巳《玉楼春》："雪云乍变春云簇。渐觉年华堪送目。北枝梅
蕊犯寒开，南浦波纹如酒绿。　　芳菲次第长相续。自是情多无处足。尊
前百计得春归，莫为伤春眉黛蹙。"（据《全唐五代词》第430页）至于此
词归属，向有两种看法：一种意见以为，此词载罗泌校《欧阳文忠公近体
乐府》，未见《阳春集》。《尊前集》作冯延巳词，不知何据。《阳春集》既
不载，自难征信，当为欧作无疑；另一种意见以为，罗泌校本只云"此
篇《尊前集》作冯延巳，而《阳春集》不载"。朱翌《倚觉寮杂记》卷上
引"北枝梅蕊犯寒开"句，作冯延巳词，朱早于罗，所言当有依据。并以
为，董逢元未见《尊前集》，而所辑《唐词纪》以此首为冯词，亦必有据。
尚未能断定为"欧作无疑"也。两种意见均见通行本注文，尚须进一步查
考，才得定论。

【译文】
　　梅圣俞《苏幕遮》词所写："落尽梨花春事了。满地斜阳，翠

色和烟老。"刘熙载（融斋）认为，秦观（少游）一生似乎专门学习这种作风。我认为：冯延巳（正中）《玉楼春》词所写："芳菲次第长相续。自是情多无处足。尊前百计得春归，莫为伤春眉黛蹙。"这也正是欧阳修（永叔）一生所专门学习的作风。

二三　正中咏春草词

　　人知和靖《点绛唇》、圣（原误作"舜"）俞《苏幕遮》、永叔《少年游（原脱"游"）》三阕为咏春草绝调，不知先有正中"细雨湿流光"五字，皆能摄春草之魂者也。

【题解】

　　前人甚是赞赏林逋、梅尧臣、欧阳修三首咏春草词，以为难以企及。例如，吴曾《能改斋漫录》（卷十七）载："梅圣俞在欧阳公坐，有以林逋草词'金谷年年，乱生青草（按：《绝妙词选》《草堂诗馀》等书"青草"均作"春色"）谁为主'为美者。梅圣俞别为《苏幕遮》一阕，欧公击节赏之。又自为一词云：'阑干十二独凭春。晴碧远连云。千里万里，二月三月，行色苦愁人。　　谢家池上，江淹浦畔，吟魄与离魂。那堪疏雨滴黄昏。更特地、忆王孙。'盖《少年游》令也。不惟前二公所不及，虽求诸唐人温李集中，殆与之为一矣。今集不载此一篇，惜哉！"王国维以为不然，他指出，在林、梅、欧三者之前，正中早有咏春草词。并认为：以上咏春草词之所以值得赞赏，就在于"皆能摄春草之魂者也"。也就是说，能够传春草之神。所谓传春草之神，实则将春草拟人化，极写春草之美及其多情、恋人之神态。从这个角度上看，正中及林、梅、欧所作咏春草词，确是较为成功的。

【注释】

〔1〕和靖：林逋（967—1028），字君复，钱塘（今浙江杭州）人。布衣终身，卒谥和靖先生。北宋诗人。现存《林和靖诗集》四卷，补遗一卷，计三百首。有《四部丛刊》本。所作《点绛唇》（草）云："金谷年年，乱生春色谁为主。馀花落处。满地和烟雨。　　又是离歌，一阕长亭暮。王孙去。萋萋无数。南北东西路。"（据《全宋词》第7页）

〔2〕梅尧臣《苏幕遮》，见上则注释〔1〕。欧阳永叔《少年游》：阑干十二独凭春。晴碧远连云。千里万里，二月三月，行色苦愁人。　　谢家池上，江淹浦畔，吟魄与离魂。那堪疏雨滴黄昏。更特地、忆王孙。（据《全宋词》第158页）

〔3〕"细雨"句：冯延巳《南乡子》："细雨湿流光。芳草年年与恨长。烟锁凤楼无限事，茫茫。鸾镜鸳衾两断肠。　　魂梦任悠扬。睡起杨花满绣床。薄幸不来门半掩，斜阳。负你残春泪几行。"（据《全唐五代词》第400页）

【译文】

人们只知道林逋（和靖）《点绛唇》、梅圣俞《苏幕遮》及欧阳修（永叔）《少年游》三首词为词史上咏春草的杰作，但不知道在他们之前已有冯延巳（正中）的"细雨湿流光"五个字，这都是能够传春草的神情与态度的佳句。

二四 风人深致

《诗·蒹葭》一篇，最得风人深致。晏同叔之"昨夜西风凋碧树。独上高楼，望尽天涯路"，意颇近之。但一洒落，一悲壮耳。

【题解】

《诗经·蒹葭》是流传于秦地的一首情歌。朱熹说此诗，指出它"言秋水方盛时，所谓彼人者，乃在水之一方，上下求之而皆不可得。然不知其何所指也"（《诗集传》卷六）。仍然把它当作一首爱情诗看待。王国维谓其"最得风人深致"，并以晏同叔的《鹊踏枝》作比，以为二者立意颇相近。究竟何谓"风人深致"，王氏未加说明。笼统地说，所谓"风人深致"就是诗人风致。但王国维所说"风人深致"，究竟有何具体含义，仍须就其有关言论进一步加以体察。在《人间词话》中，王国维曾三处引用晏同叔《鹊踏枝》中的"昨夜西风凋碧树。独上高楼，望尽天涯路"。一处用以说"风人深致"，一处用以说"诗人之忧生"情怀，一处用以说成就大事业、大学问必须经历三种境界之第一种境界。晏同叔这首词，原是一首抒写离别相思的爱情词（或念远词），而王国维并不仅仅把它看作是一首爱情词。可见，王国维论诗说词似比朱熹更进一步。朱熹说《蒹葭》，"不知其何所指"，王国维则认为，其所指就在于"风人深致"。因此，如果将一诗一词合在一起看，就可发现，王国维所谓"风人深致"，除了指诗章具有一唱三叹的艺术妙趣之外，就是指一往情深、执著追求的精神。但是，王国维认为，所谓"风人深致"，在诗中及词中的表现形式，即情致，是不同的：一洒落，一悲壮。洒落，即洒脱。悲壮，当与第五则所说"宏壮"近似。《蒹葭》篇中，"所谓伊人"，"在水一方"，一次又一次上下追求，虽一再受到阻隔，但终究有个目标在。而《鹊踏枝》中的抒情主人公，虽望尽天涯路，伊人仍未可望。可能这就是造成洒落及悲壮两种不同情致的原因。

【注释】

〔1〕《诗经·蒹葭》："蒹葭苍苍，白露为霜。所谓伊人，在水一方。溯洄从之，道阻且长。溯游从之，宛在水中央。蒹葭凄凄，白露未晞。所谓伊人，在水之湄。溯洄从之，道阻且跻。溯游从之，宛在水中坻。蒹葭采采，白露未已。所谓伊人，在水之涘。溯洄从之，道阻且右。溯游从之，宛在水中沚。"（据朱熹《诗集传》卷六。上海古籍出版社，1980 年 2 月上海新 1 版）

〔2〕风人深致：即诗人深致。刘熙载《艺概·诗概》："雅人有深致，风人骚人亦各有深致。后人能有其致，则风、雅、骚不必在古矣。"三者所说皆为诗人深致，但风、雅、骚体裁不同，其情致也不同，当细察之。

〔3〕晏同叔：晏殊（991—1055），字同叔，抚州临川（今属江西）人。北宋政治家、文学家。有《珠玉词》三卷。汲古阁并为一卷，为《宋六十名家词》之首集，计词一百三十一首。《珠玉词》载《鹊踏枝》共七首，其六云："槛菊愁烟兰泣露。罗幕轻寒，燕子双飞去。明月不谙离恨苦。斜光到晓穿朱户。　　昨夜西风凋碧树。独上高楼，望尽天涯路。欲寄彩笺兼尺素。山长水阔知何处。"（据《全宋词》第 91 页）

【译文】

《诗经·秦风·蒹葭》一篇，含有深刻的哲理意味，最富有"风人"情致。晏殊（同叔）的"昨夜西风凋碧树。独上高楼，望尽天涯路"，意思跟它很相近。但是，一个洒落，一个悲壮，表现方式不同。

二五　忧生与忧世

"我瞻四方，蹙蹙靡所骋"。诗人之忧生也。"昨夜西风凋碧树。独上高楼，望尽天涯路"似之。"终日驰车走，不见所问津"。诗人之忧世也。"百草千花寒食路。香车系在谁家树"似之。

【题解】

忧生与忧世，似不宜截然分开，但因其所忧患之内容不同，二者又有所区别。"我瞻四方，蹙蹙靡所骋"。这是《诗经·节南山》第七章诗句。《诗经·节南山》是一篇穷究王政昏乱之由的诗篇。诗的前六章说尹氏厉威，任用小人，致使天下大乱。第七章"言驾四牡而四牡项领，可以骋矣。而视四方皆昏乱，蹙蹙然无可往之所，亦将何所骋哉"。意即：望尽天涯路，无有诗人可以安身立命之处所。这就是所谓"诗人之忧生也"。这里又是引用晏同叔《鹊踏枝》中的话："昨夜西风凋碧树。独上高楼，望尽天涯路。"说明诗人四方追求，仍未寻得自己的归宿。词与诗一样，都是对于自己命运的忧虑。而所谓"忧世"，似不尽相同。陶渊明《饮酒》诗，借酒以发泄不满现实的情绪。"终日驰车走，不见所问津"。这是《饮酒》诗之第二十首。诗人对于不重诗书、不重礼乐，"六籍无一亲"，忽视教化而导致"举世少复真"的世态极为不满。这就是所谓"诗人之忧世也"。这里，王氏联想到冯延巳《鹊踏枝》词中所写"百草千花寒食路。香车系在谁家树",以为作者所忧患的也与陶渊明相似。即：作者将自己在政治上失意情绪寄寓于对于情人的追寻当中。其实，晏同叔的《鹊踏枝》和冯延巳的《鹊踏枝》一样，写的都是男女情爱，未必另有深意。王氏引申，不过"见仁见智"之一例罢了，未可深究。

【注释】

〔1〕"我瞻"二句：《诗经·小雅·节南山》第七章云："驾彼四牡，四牡项领。我瞻四方，蹙蹙靡所骋。"（据《诗集传》卷十一）

〔2〕"昨夜"句：晏殊《鹊踏枝》词句，见上则注释。

〔3〕"终日"二句：陶潜《饮酒》二十首（之二十）云："羲农去我久，举世少复真。汲汲鲁中叟，弥缝使其淳。凤鸟虽不至，礼乐暂得新。洙泗辍微响，漂流逮狂秦。诗书复何罪，一朝成灰尘。区区诸老翁，为事诚殷勤。如何绝世下，六籍无一亲。终日驰车走，不见所问津。若复不快饮，空负头上巾。但恨多谬误，君当恕醉人。"（据《先秦汉魏晋南北朝诗》）

〔4〕"百草"二句：冯延巳《鹊踏枝》云："几日行云何处去。忘却归来，不道春将暮。百草千花寒食路。香车系在谁家树。　泪眼倚楼频独语。双燕飞来，陌上相逢否。撩乱春愁如柳絮。悠悠梦里无寻处。"（据《全唐五代词》第368页）

【译文】

"我瞻四方，蹙蹙靡所骋"。这是诗人对于个人命运的忧患。"昨夜西风凋碧树。独上高楼，望尽天涯路"。这也与上述诗句意思相近。"终日驰车走，不见所问津"。这是诗人对于世道人心的忧患。"百草千花寒食路。香车系在谁家树"。这也与上述诗句意思相近。

二六　成就大事业大学问的三种境界

古今之作大事业、大学问者，必经过三种之境界：
"昨夜西风凋碧树。独上高楼，望尽天涯路"。此第一境
也。"衣带渐宽终不悔。为伊消得人憔悴"。此第二境也。
"众里寻他千百度。回头蓦见（当作"蓦然回首"），那人
正（当作"却"）在，灯火阑珊处"。此第三境也。此等
语皆非大词人不能道。然遽以此意解释诸词，恐为晏、
欧诸公所不许也。

【题解】

王国维论词反对深文罗织、牵强附会，对于常州派所提倡的
"寄托说"并不赞赏，但他却颇重象征手法，不仅善于将西方哲学
思想引入词中，创作哲理词，而且善于运用词中形象表现主观联
想。这里，王氏将晏殊、柳永、辛弃疾原是说爱情的词，各截取其
若干片段，重新组合，用以说明古今成就大事业、大学问的三个境
界。谓："昨夜西风凋碧树。独上高楼，望尽天涯路"。这是第一种
境界，即求索阶段凭高望远，四顾苍茫，虽有孤独寂寞之感而又不
断寻觅所必须达到的境界。"衣带渐宽终不悔。为伊消得人憔悴"。
这是第二种境界，即经过求索而付出代价，为伊憔悴所达到的境
界。"众里寻他千百度。回头蓦见（原词当作"蓦然回首"），那人

正（当作"却"）在，灯火阑珊处"。这是第三种境界，即千百回求
之不得，而偶然得之所出现的境界。王氏所说此三种境界，既是自
身生活经历之深切体验，又富有普遍意义。以此说词，虽与作者原
意无涉，王氏也不曾将此一己之体验强加在作者身上，但此三种境
界，对于爱情的追求实际上也是适用的。

【注释】

〔1〕此则亦见《文学小言》，"三种之境界"作"三种之阶级"。"此
等语皆非……所不许也"作"未有不阅第一、第二阶级而能遽跻第三阶级
者。文学亦然。此有文学上之天才者所以又需莫大之修养也"。可见其所
谓大事业、大学问，当包括文学事业在内。

〔2〕"衣带"二句：柳永《凤栖梧》："伫倚危楼风细细。望极春愁，黯
黯生天际。草色烟光残照里。无言谁会凭阑意。 拟把疏狂图一醉。对
酒当歌，强乐还无味。衣带渐宽终不悔。为伊消得人憔悴。"（《全宋词》
第 25 页）此词又见欧阳修《近体乐府》卷二，故王国维定为欧公所作。
《全宋词》既收于柳词，又收于欧。一般以为柳词。

〔3〕"众里"句：辛弃疾《青玉案》（元夕）："东风夜放花千树。更
吹落、星如雨。宝马雕车香满路。凤箫声动，玉壶光转，一夜鱼龙
舞。 蛾儿雪柳黄金缕。笑语盈盈暗香去。众里寻他千百度。蓦然回
首，那人却在，灯火阑珊处。"（《全宋词》第 1884 页）

〔4〕以此意解释诸词，恐晏、欧诸公所不许也：蒲菁《人间词话》补
笺云：江津吴碧柳芳吉尝教于西北大学，某举此节问之，碧柳未能对。嗣
入都因请于先生（王国维）。先生谓第一境即所谓世无明王，栖栖皇皇
者。第二境是知其不可而为之。第三境非"归与归与"之叹与。《湘山野
录》："李后主神骨秀异，骈齿，一目有重瞳。笃信佛法。殆国势危削，叹
曰：'天下无周公、仲尼，吾道不可行。'著杂说百篇以见志。"然则具周
思、孔情乃为大词人。余持此说，亦恐晏、欧诸公所不许也。（四川人民
出版社，1981 年 9 月成都第 1 版）王国维这段话，由吴芳吉转述。可看
作是夫子自道，应是当时立论的原意。

【译文】

自古以来，凡是成就大事业、大学问的人，必须经过三种境
界："昨夜西风凋碧树。独上高楼，望尽天涯路"。这是第一种境界。

"衣带渐宽终不悔。为伊消得人憔悴"。这是第二种境界。"众里寻他千百度。蓦然回首，那人却在，灯火阑珊处"。这是第三种境界。这种语言，如果不是大词家、大手笔，无论如何是写不出来的。但是，如果用这一种意思解释以上几首词，恐怕要遭到晏、欧诸公的反对。

二七　欧阳修的《玉楼春》

永叔"人间（当作"生"）自是有情痴，此恨不关风与月"。"直须看尽洛城花，始与（当作"共"）东（当作"春"）风容易别"。于豪放之中有沉着之致，所以尤高。

【题解】

欧阳修的《玉楼春》抒写离别伤春情绪，这是词中的传统题材，但欧阳修所写却比一般作者高明。第一，善于透过现象看本质，将离别伤春情绪，即"恨"说得尤为深刻。例如"人生自是有情痴，此恨不关风与月"。认为：风与月乃自然之景象，与人事无关，正如春天一样，归去与归来，都无所谓悲与伤。但是，就痴情人眼中看出，却生出"恨"来。这里，表面上说"不关"，实际上密切相关。这就将人的主观情感——"情痴"及"恨"表现得十分深重，即沉着。第二，"于豪放中有沉着之致"。例如，"直须看尽洛城花，始共春风容易别"。明明因为离别而充满了"恨"，偏偏说到洛城看花，尽兴游玩，似乎很旷达，很不在意，即很豪放，实则心中的"恨"仍很沉重。尤其是"直须"与"始共"，说得越是决绝，其怨恨情绪则更加沉重。所以，王氏说此词，以为比人高出一筹。

【注释】

〔1〕"人间"二句及"直须"二句：欧阳修《玉楼春》："尊前拟把归期说。未语春容先惨咽。人生自是有情痴，此恨不关风与月。　离歌且莫翻新阕。一曲能教肠寸结。直须看尽洛城花，始共春风容易别。"（《全宋词》第 132 页）

【译文】

欧阳修（永叔）的"人生自是有情痴，此恨不关风与月"，"直须看尽洛城花，始共春风容易别"。这首词在豪放当中有沉着的韵致，所以比一般作者显得高明。

二八　淮海与小山

　　冯梦华《宋六十一家词选·序例》谓："淮海、小山，古之伤心人也。其淡语皆有味，浅语皆有致。"余谓此唯淮海足以当之。小山矜贵有馀，但可方驾子野、方回，未足抗衡淮海也。

【题解】

　　淮海与小山，最善于在词中抒写愁苦之情，故被称为古之伤心人也。冯煦评语（详此则引语）基本上符合二人实际。王国维认为，只有淮海才称得冯氏之评，小山不足与淮海抗衡。在《人间词话》中，仅五六处提及小山，且多并非专论，而有关淮海则将近二十处，并有专论。王国维称：以宋词比唐诗，则东坡似太白，欧秦似摩诘，耆卿似乐天，方回、叔原（小山）则大历十子之流（附录第一四则）。王氏始终将小山置于淮海之下。实际上，小山词所记悲欢离合之事，与淮海一样，同以真情动人。所谓"淡语皆有味，浅语皆有致"，确能体现二家词的特点。王国维只看到小山所谓"矜贵有馀"的一面，而忽视"其痴亦自绝人"的另一面。[1]所

---

〔1〕　黄庭坚《小山词》序：余尝论，叔原，固人英也，其痴亦自绝人。爱叔原者，皆愠而问其目。曰："仕宦连蹇，而不能一傍贵人之门，是一痴也。论文自有体，不肯一作新进士语，此又一痴也。费资千百万，家人寒饥，而面有孺子之色，此又一痴也。人百负之而不恨，已信人，终不疑其欺己，此又一痴也。"乃共以为然。（据《彊村丛书》本）

以，吴世昌先生评《人间词话》，曾指出："以小山不足比淮海，静
安非知小山者。"（据《罗音室学术论著》第二卷《词学论丛》。中
国文联出版公司，即出）

【注释】

〔1〕"但可方驾子野、方回，未足抗衡淮海也。"原稿作："但稍胜方回
耳。古人以秦七、黄九或小晏、秦郎并称，不图老子乃与韩非同传。"可
知，王国维最看不起方回，也看不起小山，认为不可与秦郎并称。

〔2〕冯梦华：冯煦（1843—1927），字梦华，号蒿庵，晚号高隐，江
苏金坛人。近代词人。冯氏曾从毛晋所刻《宋六十名家词》中，选其精
粹，为《宋六十一家词选》。王国维所谓《宋六十一家词选·序例》即为
冯选"例言"。冯选"例言"后辑为《蒿庵论词》，与《介存斋论词杂著》
《复堂词话》合刊。例言云："淮海、小山，真古之伤心人也。其淡语皆有
味，浅语皆有致，求之两宋词人，实罕其匹。"（人民文学出版社，1959
年10月北京第1版）

〔3〕淮海、小山：淮海，秦观（1049—1100），字少游，一字太虚，
号淮海居士，学者称淮海先生。高邮（今属江苏）人。北宋词人。陈振
孙《直斋书录解题》卷十七著录《淮海集》四十卷，后集六卷、长短句三
卷；卷二十一著录《淮海词》一卷。今存《淮海词》一卷，有《宋六十名
家词》刊本；《淮海居士长短句》三卷，有四部丛刊影明本及《彊村丛书》
等刊本。小山，晏几道，字叔原，号小山，殊之第七子。与殊齐名，号称
二晏。著有《补亡》一篇，即后世所传之《小山词》。

〔4〕唯淮海足以当之：冯煦云："少游以绝尘之才，早与胜流，不可
一世，而一谪南荒，遽丧灵宝，故所为词，寄慨身世，闲雅有情思，酒边
花下，一往而深，而怨悱不乱，悄乎得'小雅'之遗；后主而后，一人
而已。昔张天如论相如之赋云：'他人之赋，赋才也；长卿，赋心也。'予
于少游之词亦云：他人之词，词才也；少游，词心也。得之于内，不可
以传。虽子瞻之明隽，耆卿之幽秀，犹若有瞠乎后者，况其下邪？"（据
《蒿庵论词》）

〔5〕子野：张先（990—1078），字子野，乌程（今浙江湖州市）人。
北宋词人，与柳永齐名。有《张子野词》二卷（荛斐轩抄本）、补遗二卷。

〔6〕方回：贺铸（1052—1125），字方回，卫州（今河南卫辉市）人。
北宋词人。曾自编《东山乐府》。陈振孙《直斋书录解题》著录《东山寓
声乐府》三卷。《彊村丛书》本收入残宋本《东山词》一卷、《贺方回词》

二卷、《东山词补》一卷。

【译文】

　　冯梦华《宋六十一家词选·序例》说："淮海小山，古之伤心人也。其淡语皆有味，浅语皆有致。"我认为，这一评语只有淮海才相称。小山矜贵有馀，即非常矜持华贵，只可以与张先（子野）、贺铸（方回）并论，不可以与秦观（淮海）抗衡。

二九　少　游　词　风

少游词境最为凄婉。至"可堪孤馆闭春寒，杜鹃声里斜阳暮"，则变而凄厉矣。东坡赏其后二语，犹为皮相。

【题解】

少游《踏莎行》（郴州旅舍），抒写谪居之恨，凄切动人，成为千古绝唱。据云：苏东坡绝爱其尾二句："郴江幸自绕郴山，为谁流下潇湘去。"东坡曾自书于扇。曰："少游已矣，虽万人何赎！"（《苕溪渔隐丛话》前集卷五十引《冷斋夜话》）历来词论家对此二句也颇为赞赏。但王国维则独赏其上结二句："可堪孤馆闭春寒，杜鹃声里斜阳暮。"认为，这是少游词风转变的一个标志。在此之前，少游词境最为凄婉。至此，则变而凄厉矣。王国维说，东坡赏其后二语，乃皮相之见。少游《踏莎行》，究竟是上二句好，或者是下二句好，意见很不一致。其实，上下二句，一为上结，一为下结，在词中位置不同，所承担的造境言情任务也不同，艺术效果自然各异其趣。读者从各自不同角度进行鉴赏，表现出各自不同的美感兴趣，这也是很自然的，无须加以褒贬。就全词所写看，上结二句重在造境。谓寂寞孤馆，料峭春寒，又是夕阳将下未下之时，极力为谪居者创造出一个孤寂、清冷的环境，以烘托其凄苦的心境；下结二句重在言情。谓郴江之水本来应当围绕着郴山流转，为什么偏要离开郴山，流向潇湘而去呢？这种自怨自艾的诘问，正是对于自己遭受贬谪命运的控诉。可见上下二句皆甚佳。苏轼赞赏尾二句，与其不顺心的遭遇有关，王国维谓其皮相之见，当不知其用心也。

【注释】

〔1〕东坡：苏轼（1037—1101），字子瞻，一字和冲，号东坡居士。眉州眉山（今属四川）人。宋代文学家、书画家。惠洪《冷斋夜话》云："少游到郴州，作长短句云（词略）。东坡绝爱其尾两句，自书于扇曰：'少游已矣，虽万人何赎！'"（据《苕溪渔隐丛话》前集卷五十转引）苏所赏二语即："郴江幸自绕郴山，为谁流下潇湘去。"

【译文】

秦观（少游）词境最为凄切委婉。到"可堪孤馆闭春寒，杜鹃声里斜阳暮"，就转变为凄切清厉了。苏轼（东坡）赞赏他这首词的最后两句，这仅仅是看到表面现象。

三〇 少游气象

"风雨如晦，鸡鸣不已"。"山峻高以蔽日兮，下幽晦以多雨。霰雪纷其无垠兮，云霏霏而承宇"。"树树皆秋色，山山尽（当作"惟"）落晖"。"可堪孤馆闭春寒，杜鹃声里斜阳暮"。气象皆相似。

【题解】

如上所述，以"气象"论词，这是王国维境界说的补充（详第一〇则）。这里，王国维借用古诗中所创造的一系列境界用以说明秦观《踏莎行》所寄寓的深沉感慨，就在于突出其"气象"。《诗经·郑风·风雨》篇，抒写期待情人的心境。以"风雨如晦，鸡鸣不已"作烘托，抒情主人公的心情显得无比焦急热切。《楚辞·九章·涉江》抒写屈原被放逐的心境，同样极力渲染其客观外境。高山遮住太阳，山下阴暗又多雨，大雪纷飞，乌云密布，从而显示其临行时的烦闷及忧虑。而王绩的《野望》，抒写归隐时的彷徨苦闷情绪，也是用"秋色"与"落晖"以营造其气氛的。这一些与秦观词所体现的"气象"甚为相似。

【注释】

〔1〕"风雨"二句：《诗经·郑风·风雨》："风雨凄凄，鸡鸣喈喈。既见君子，云胡不夷。风雨潇潇，鸡鸣胶胶。既见君子，云胡不瘳。风雨如

晦，鸡鸣不已。既见君子，云胡不喜。"（据《诗集传》卷四）

〔2〕"山峻"四句：《楚辞·九章·涉江》有句："山峻高以蔽日兮，下幽晦以多雨。霰雪纷其无垠兮，云霏霏而承宇。"全篇颇长不备录。朱熹注："宇，屋檐也。"（《楚辞集注》卷四）陈本礼云："此正被放之所。"似可引申作天宇、天空。《淮南子·齐俗训》："四方上下谓之宇。"（据《淮南子》卷十一）

〔3〕"树树"二句：王绩《野望》云："东皋薄暮望，徙倚欲何依。树树皆秋（一作"春"）色，山山惟落晖。牧人驱犊返，猎马带禽归。相顾无相识，长歌怀采薇。"（据《全唐诗》第一函第八册）

〔4〕"可堪"二句：秦观《踏莎行》中句。详三则注释。

【译文】

"风雨如晦，鸡鸣不已"。"山峻高以蔽日兮，下幽晦以多雨。霰雪纷其无垠兮，云霏霏而承宇"。"树树皆秋色，山山惟落晖"。"可堪孤馆闭春寒，杜鹃声里斜阳暮"。这些诗句、词句，所体现的气象大致相同。

三一　东坡与白石

昭明太子称：陶渊明诗"跌宕昭彰，独超众类。抑扬爽朗，莫之与京"。王无功称：薛收赋"韵趣高奇，词义旷远。嵯峨萧瑟，真不可言"。词中惜少此二种气象，前者惟东坡，后者惟白石，略得一二耳。

【题解】

王国维借用前人评陶渊明诗语评东坡词，借用前人评薛收赋语评白石词，以为陶诗及薛赋所体现的气象词中少有，只有东坡、白石略得一二。所谓陶诗气象，萧统评语谓为："跌宕昭彰，独超众类。抑扬爽朗，莫之与京。"许文雨《人间词话讲疏》以为此数语"言其辞兴婉惬也"，似侧重于艺术风格。所谓薛赋气象，王绩评语谓为："韵趣高奇，词义晦远。嵯峨萧密，真不可言。"许文雨以为言其骨之奇劲，也侧重其艺术风格。但就王氏有关论东坡、白石的言论看，王氏对此评的认识，可能侧重于胸襟及度量。详本编四四、四五、四六各则。

【注释】

〔1〕昭明太子：萧统，立为梁武帝太子（502），未即位而卒，谥昭明，世称昭明太子。《隋志》有文集二十卷，已佚。现存《昭明太子集》（系后人所辑）及所编《文选》。昭明太子《陶渊明集序》云："其文章不

群，词采精拔。跌宕昭彰，独超众类。抑扬爽朗，莫之与京。横素波而傍流，干青云而直上。语时事则指而可想，论怀抱则旷而且真。"（据《陶渊明集》）此言其辞兴婉惬也。（许文雨《人间词话讲疏》第 190 页）

〔2〕陶渊明（365 或 372—427），一名潜，字元亮，私谥靖节，浔阳柴桑（今江西九江）人，东晋大诗人。

〔3〕王无功：王绩（585—644），字无功，绛州龙门（今山西河津市）人。唐代诗人。王绩评薛收赋，即《白牛溪赋》，评语载《答冯子华处士书》。云："吾往见薛收《白牛溪赋》，韵趣高奇，词义晦远。嵯峨萧密，真不可言。壮哉！邈乎扬、班之俦也。高人姚义常语吾曰：'薛生此文，不可多得，登太行、俯沧海，高深极矣。'"（据《东皋子集》，《四部丛刊》续编本。）此数语，言其骨之奇劲也。（许文雨《人间词话讲疏》第 190 页）刘熙载《艺概·赋概》云："王无功谓薛收《白牛溪赋》'韵趣高奇，词义晦远。嵯峨萧密，真不可言'。余谓赋之足当此语者盖不多有。前此其唯小山《招隐士》乎？"

〔4〕薛收：薛收字伯褒，唐人。

〔5〕东坡：苏轼，见本编二九则注释。

〔6〕白石：姜夔（约 1155—约 1221），字尧章，人称白石道人，饶州鄱阳（今属江西）人。南宋词人、诗人。有《白石道人诗集》《白石道人歌曲》（《四部丛刊》本）。

【译文】

　　萧统（昭明太子）说：陶渊明的诗"跌宕昭彰，独超众类。抑扬爽朗，莫之与京"。王绩（无功）说：薛收的赋"韵趣高奇，词义晦远。嵯峨萧密，真不可言"。可惜词中少有这两种气象，只有苏轼（东坡）与姜夔（白石），一个像陶渊明，一个像薛收，约略得到他们的一二妙处。

三二　淑女与倡伎之别

　　词之雅郑，在神不在貌。永叔、少游虽作艳语，终有品格。方之美成，便有淑女与倡伎之别。

【题解】

　　词为诗之馀，为"艳科"，这是人们对于千年词业的总看法。王国维提出：词之雅与郑，即高雅与浅俗，在神不在貌，不能光看其表面现象。这是颇有见地的。而且，王国维对于所谓艳词也作具体分析。认为某些作家如永叔、少游，虽作艳语而有品格。这也是很有眼力的。王国维的看法对于突破传统的词学观念起了一定的作用。但是，王国维论周邦彦词，承袭了刘熙载的论断，却颇带方巾气。刘熙载《艺概·词曲概》曰："周美成词，或称其无美不备。余谓论词莫先于品。美成词信富艳精工，只是当不得个'贞'字。是以士大夫不肯学之，学之则不知终日意萦何处矣。"并曰："周美成律最精审，史邦卿最警炼，然未得为君子之词者，周旨荡而史意贪也。"王国维论周，基本上就此加以发挥。所谓"淑女"（原稿作贵妇人）与倡伎之别，就是断定其"当不得个'贞'字"，即断定其"荡"。当然，王氏论周，态度乃极其矛盾。他曾以"两宋之间，一人而已"及"词中老杜，则非先生不可"赞许周邦彦（详附录一四、一七则），这说明：王氏论周并非完全随大流，仍有某些可取之处。

【注释】

〔1〕雅郑：雅乐与郑声。

〔2〕美成：周邦彦（1057—1121），字美成，晚年号清真居士，钱塘（今浙江杭州）人。北宋词人。有《清真集》及《片玉词》行世。《片玉词》即《清真词》，有毛刻《宋六十家词》本，《清真集》有四印斋刻本。

〔3〕淑女与倡伎之别：王世贞《艺苑卮言》云："美成能作景语，不能作情语，能入丽字，不能入雅字，以故价微劣于柳。"〔据唐圭璋《词话丛编》，民国二十四年（1935）南京《词话丛编》社铅印本。〕刘熙载《艺概·词曲概》云："周美成词，或称其无美不备。余谓论词莫先于品。美成词信富艳精工，只是当不得个'贞'字。是以士大夫不肯学之，学之则不知终日意萦何处矣。"

【译文】

词的高雅与浅俗，主要应当看它的实际内容，不能只看它的表面现象。欧阳修（永叔）、秦观（少游）虽然也有描写男欢女爱的语言，但他们的品格终究是高尚的。他们和周邦彦（美成）相比较，就有贤慧女子与下贱倡伎的区别。

三三　创调之才多，创意之才少

美成深远之致不及欧、秦。唯言情体物，穷极工巧，故不失为第一流之作者。但恨创调之才多，创意之才少耳。

【题解】

至此，王国维对周邦彦的评价仍偏低。所谓创调之才，主要指言情体物的艺术技巧。在这点上，王国维不能不承认其为第一流作者；而创意之才，除了上则所谓"荡"或不贞之外，还认为其缺少"深远之致"，即认为其意趣不及欧秦高远。这一意见，张炎已经提出："美成词只当看他浑成处，于软媚中有气魄，采唐诗融化如自己者，乃其所长；惜乎意趣却不高远。"（《词源》卷下，据《词源注·乐府指迷笺释》，人民文学出版社，1963 年 9 月北京第 1 版）王国维看法与之相近。

【译文】

周邦彦（美成）的词意趣不高远，不及欧阳修、秦观。但他在抒写情怀、摹写物态上，功夫十分到家，仍然可称为第一流作者。总的看，只可惜他具有高超的艺术表现技巧，而缺乏创造深厚意境的才能。

三四　词忌用替代字

　　词忌用替代字，美成《解语花》之"桂华流瓦"，境界极妙。惜以"桂华"二字代"月"耳。梦窗以下，则用代字更多。其所以然者，非意不足，则语不妙也。盖意足则不暇代，语妙则不必代。此少游之"小楼连苑"、"绣毂雕鞍"，所以为东坡所讥也。

【题解】
　　诗歌创作中使用替代字，由来已久，使用得当，也未尝不可。但是，如果只是为了卖弄，或为了掩盖其空虚与贫乏，则甚不可取。王国维极力反对这种表现方法，明确提出"词忌用替代字"，并用具体词例加以说明，以为替代字不利于境界创造。
　　王国维指出：作者喜欢使用替代字，不是因为缺乏真实的思想内容，就是因为缺乏高超的语言表达能力。又说：如果有充实的内容，就用不着替代。有高妙的语言，也不必替代。王国维有关语言运用的要求是符合艺术创作原则的。他的这一要求，是境界说的一个重要组成部分。当然，这也不可一概而论，必要的替代，巧妙的替代，对于艺术创造并非毫无益处。蔡嵩云指出："说某物，有时直说破，便了无馀味，倘用一二典故印证，反觉别增境界。但斟酌题情，揣摩辞气，亦有时以直说破为显豁者。谓词必须用替代字，固失之拘，谓词必不可用替代字，亦未免失之迂矣。美成《解语花》

'桂华流瓦'句，单看似欠分晓，然合下句'纤云散，耿耿素娥欲下'观之，则写元夜明月，而兼用双关之笔，何等精妙。虽用替代字，不害其佳。《人间词话》称其造境，而惜其以'桂华'二字代月，语殊未然。"（《乐府指迷笺释》）

【注释】

〔1〕美成《解语花》：周邦彦《解语花》（元宵）云："风销焰蜡，露浥烘炉，花市光相射。桂华流瓦。纤云散、耿耿素娥欲下。衣裳淡雅。看楚女、纤腰一把。箫鼓喧、人影参差，满路飘香麝。　因念都城放夜。望千门如昼，嬉笑游冶。钿车罗帕。相逢处、自有暗尘随马。年光是也。唯只见、旧情衰谢。清漏移，飞盖归来，从舞休歌罢。"（《全宋词》第608页）

〔2〕梦窗：吴文英（约1200—1260左右），字君特，号梦窗，晚又号觉翁，四明（今浙江宁波）人。南宋词人。有"梦窗甲乙丙丁稿"四卷，收入《宋六十名家词》，又有曼陀罗华阁刊本及《彊村丛书》本。王国维以为，梦窗以下，用代字更多。许文雨指出：前于梦窗者，如张先《菩萨蛮》云"纤纤玉笛横孤竹"，以"玉笛"代手，以"孤竹"代乐器。《庆云枝》云"抱云勾雪近灯看"，以"云""雪"代女子玉体皆是。是代字不必在梦窗后始多用也。此说可参。

〔3〕"小楼"二句：秦观《水龙吟》："小楼连远（汲古阁本"远"作"苑"）横空，下窥绣毂雕鞍骤。朱帘半卷，单衣初试，清明时候。破暖轻风，弄晴微雨，欲无还有。卖花声过尽，斜阳院落，红成阵、飞鸳甃。　玉佩丁东别后。怅佳期、参差难又。名缰利锁，天还知道，和天也瘦。花下重门，柳边深巷，不堪回首。念多情但有，当时皓月，向人依旧。"（据《全宋词》第455～456页）

〔4〕东坡所讥：《历代诗馀》卷五引曾慥《高斋词话》："少游自会稽入都见东坡。东坡问作何词，少游举'小楼连苑横空，下窥绣毂雕鞍骤'。东坡曰：'十三个字只说得一个人骑马楼前过。'"按：这段传说有误。吴世昌先生曾指出："苏东坡当然是个才华绝世、博极群书的大文豪，但何至连'绣毂'的'毂'字都不认得？秦少游的词明明说有车（毂）有马（鞍），怎么苏东坡不认得'毂'字，认为只有'一个人骑马楼前过'？编造这个故事的人，自己水平低得可怜，却冤枉苏东坡不认得'毂'字，瞎批评秦少游，而秦竟也不敢申辩。这个故事的编造者目的当然是要拔高苏东坡，说他比秦少游高明多少倍，而实际上却贬低了苏东坡的文化

水平。"(《有关苏词的若干问题》，载《文学遗产》1983 年第 2 期）吴世昌先生并指出："东坡此语殊误。'绣毂'乃车，非骑马过也。'绣毂'犹云朱轮，亦非代词，静安以东坡为是，何不思之甚也。"（评《人间词话》，据《词学论丛》）

【译文】

词忌讳使用替代字。周邦彦（美成)《解语花》的"桂华流瓦"，境界极高妙。只可惜用"桂华"二字来替代"月"。吴文英（梦窗）以后，使用代字就更为普遍了。人们之所以喜欢使用代用字，大概不是因为缺乏真实的思想内容，就是因为缺乏语言表达能力。因此，如果有充实的思想内容就不要替代，有好的语言也不要替代。就是秦观（少游）的"小楼连苑""绣毂雕鞍"之所以受到苏轼（东坡）讥笑的原因之所在。

三五 代字之弊

沈伯时《乐府指迷》云：说桃不可直说破（原无"破"字，据《花草粹编》附刊本《乐府指迷》加）桃，须用"红雨""刘郎"等字。咏（原作"说"）柳不可直说破柳，须用"章台""灞岸"等字。若惟恐人不用代字者。果以是为工，则古今类书具在，又安用词为耶？宜其为《提要》所讥也。

【题解】

上则从艺术创作角度阐明词中禁忌使用替代字的道理，此则以具体词例说明使用替代字的流弊，并用《四库全书总目提要》评《乐府指迷》语为佐证，进一步肯定自己的论断。

【注释】

〔1〕沈伯时：沈义父，字伯时，南宋词论家。所著《乐府指迷》"话物不可直说"条云："炼句下语，最是紧要。如说桃，不可直说破桃，须用'红雨''刘郎'等字；如咏柳，不可直说破柳，须用'章台''灞岸'等字。又咏书，如曰'银钩空满'，便是书字了，不必更说书字；'玉箸双垂'，便是泪了，不必更说泪。如'绿云缭绕'，隐然鬓发，'困便湘竹'，分明是簟，正不必分晓。如教初学小儿，说破这是甚物事，方见妙处。往往浅学俗流，多不晓此妙用，指为不分晓，乃欲直捷说破，却是赚人与耍

曲矣。如说情，不可太露。"（据《词话丛编》本）

〔2〕红雨：《致虚阁杂俎》载："唐天宝十三年，宫中下红雨，色如桃。"诗词曲作品中，每以"红雨"喻桃，或代桃。如李贺《将进酒》云："况是青春日将暮，桃花乱落如红雨。"（《全唐诗》卷三百九十三）王实甫《西厢记》云："相见时，红雨纷纷点绿苔。"（据第五本楔子）

〔3〕刘郎：刘禹锡（772—842），字梦得，洛阳（今河南省）人，祖籍中山（今河北定州市）人。唐代文学家、哲学家。刘禹锡《元和十一年自朗州召至京，戏赠看花诸君子》云："紫陌红尘拂面来，无人不道看花回。玄都观里桃千树，尽是刘郎去后栽。"又《再游玄都观》云："百亩庭中半是苔，桃花净尽菜花开。种桃道士归何处，前度刘郎今又来。"（《全唐诗》卷三百六十五）

〔4〕章台：汉长安章台下街名章台街，乃歌妓聚居之所。韩翃《寄柳氏》诗云："章台柳，章台柳，往日依依今在否。纵使长条似旧垂，也应攀折他人手。"（《全唐诗》卷二百四十五）

〔5〕灞岸：指霸陵岸。王粲《七哀诗》云"南登霸陵岸，回首望长安"（《文选》卷二十三）指此。《三辅黄图》云："灞桥在长安，东汉人送客至此，手折柳赠别。名曰锁魂桥。"盖桥旁两岸，多植柳树，故咏柳多及之。

〔6〕《提要》：《四库全书总目提要·乐府指迷提要》云："又谓说桃须用'红雨''刘郎'等字，说柳须用'章台''灞岸'等字，说书须用'银钩'等字，说泪须用'玉箸'等字，说发须用'绿云'等字，说簟须用'湘竹'等字，不可直说破。其意欲避鄙俗，而不知转成涂饰，亦非确论。"（商务印书馆，1933年7月上海版）

【译文】

沈义父（伯时）《乐府指迷》说：写桃不可直接将"桃"字点破，一定要用"红雨""刘郎"等字替代。咏柳不可以直接将"柳"字点破，一定要用"章台""灞岸"等字替代。好像惟恐人们不用替代字。如果真的以使用替代字来显耀自己的艺术造诣，那么古往今来有许许多多类书、工具书，又何必要有词呢？怪不得要受到《四库全书总目提要》的讥笑。

三六　隔雾看花

美成《青玉案》（当作《苏幕遮》）词：“叶上初阳干宿雨。水面清圆，一一风荷举。”此真能得荷之神理者。觉白石《念奴娇》《惜红衣》二词，犹有隔雾看花之恨。

【题解】

王国维论词主境界，但其所说境界侧重于鲜明性，而忽视其模糊性。他的“隔”与“不隔”的说法（详本编三九、四〇、四一各则），就是提倡鲜明性的具体体现。周邦彦的《苏幕遮》咏荷花：“叶上初阳干宿雨。水面清圆，一一风荷举。”三句写神态，鲜明生动，如在目前，所谓“摹写物态，曲尽其妙”（强焕语，详附录一五则），一点雕饰的痕迹都没有，所以“不隔”。而姜夔的《念奴娇》和《惜红衣》，虽同为咏荷词，却因为有所寄托，将情与景熔铸在一起，物我俱化，究竟其中所写是人还是荷花，让人不易分辨，所以有“隔雾看花”之感。由于美感兴趣不同，王国维喜欢周邦彦的咏荷词而不喜欢姜夔的咏荷词，这是可以理解的。但是，周、姜咏荷词正体现两宋咏物词的不同特色：北宋咏物词，一般多直抒物理；南宋咏物词，多半皆有寄托。王国维偏好北宋，此又一例证也。

【注释】

〔1〕美成《青玉案》：《青玉案》，应作《苏幕遮》。周邦彦《苏幕遮》：“燎沉香，消溽暑。鸟雀呼晴，侵晓窥檐语。叶上初阳干宿雨。水面

清圆，一一风荷举。　　故乡遥，何日去。家住吴门，久作长安旅。五月渔郎相忆否。小楫轻舟，梦入芙蓉浦。"（据《全宋词》第603页）

〔2〕姜夔《念奴娇》（序略）："闹红一舸，记来时，尝与鸳鸯为侣。三十六陂人未到，水佩风裳无数。翠叶吹凉，玉容销酒，更洒菰蒲雨。嫣然摇动，冷香飞上诗句。　　日暮。青盖亭亭，情人不见，争忍凌波去。只恐舞衣寒易落，愁入西风南浦。高柳垂阴，老鱼吹浪，留我花间住。田田多少，几回沙际归路。"（据《全宋词》第2177页）又《惜红衣》（序略）："簟枕邀凉，琴书换日，睡馀无力。细洒冰泉，并刀破甘碧。墙头唤酒，谁问讯、城南诗客。岑寂。高柳晚蝉，说西风消息。　　虹梁水陌。鱼浪吹香，红衣半狼藉。维舟试望，故国渺天北。可惜渚（又作"柳"）边沙外，不共美人游历。问甚时同赋，三十六陂秋色。"（据《全宋词》第2182页，又据《词律》校律）许文雨曰："白石二首，亦并咏荷花，其曰'舞衣'，曰'红衣'，盖用拟人之格，未若美成直抒物理也。"（《人间词话讲疏》第194页）这也是王国维所谓"隔"的意思。

【译文】

周邦彦（美成）的《青玉案》（当作《苏幕遮》）词："叶上初阳干宿雨。水面清圆，一一风荷举。"这真正能够体现荷花的神理。因此，我觉得白石《念奴娇》《惜红衣》两首词，同样咏荷，却有着"隔雾看花"的缺陷。

三七　和韵而似原唱

东坡《水龙吟》咏杨花，和韵而似原唱。章质夫词，原唱而似和韵。才之不可强也如是！

【题解】

章质夫原唱与东坡和韵，同样咏杨花，而且都是借杨花以写思妇，寄托情志。词牌相同韵脚也相同。二词相比，似乎难见高下。自宋以来，对于这两首词褒贬殊异。朱弁《曲洧旧闻》（卷五）称："章粢质夫作《水龙吟》咏杨花，其命意用事，清丽可喜。东坡和之，若豪放不入律吕，徐而视之，声韵谐婉，便觉质夫词有织绣工夫。"（据《知不足斋丛书》本）魏庆之《诗人玉屑》（卷二）云："章质夫咏杨花词，东坡和之。晁叔用以为：'东坡如毛嫱、西施，净洗却面，与天下妇人斗好，质夫岂可比哉？'是则然矣。余以为质夫词中所谓：'傍珠帘散漫，垂垂欲下，依前被、风扶起。'亦可谓尽杨花妙处。东坡所和虽高，恐未能及。"（据中华书局本）又，许昂霄《词综偶评》曰："（和作）与原作均是绝唱，不容妄为轩轾。"（据唐圭璋《词话丛编》本）王国维以为东坡和韵超过原唱，主要因其才力所致，但忽视了因其过分恃才而出现的缺陷，颇有"妄为轩轾"之嫌。吴世昌先生批曰："此说甚谬。东坡和作拟人太过分，遂成荒谬。杨花非花，即使是花，何至拟以柔肠娇眼，有梦有思有情，又去寻郎？试问杨花之'郎'为谁？历来评者一味吹捧，人云亦云，不肯独立思考，思想上为人奴仆，可笑可怜。"

（《评人间词话》，据《词学论丛》）

【注释】

〔1〕东坡《水龙吟》：苏轼《水龙吟》（次韵章质夫杨花词）云："似花还似非花，也无人惜从教坠。抛家傍路，思量却是，无情有思。萦损柔肠，困酣娇眼，欲开还闭。梦随风万里，寻郎去处，又还被、莺呼起。　　不恨此花飞尽，恨西园、落红难缀。晓来雨过，遗踪何在，一池萍碎。春色三分，二分尘土，一分流水。细看来不是，杨花点点，是离人泪。"（据《全宋词》第277页）

〔2〕章质夫：章楶（1027—1102），字质夫，福建浦城人。治平二年（1065）进士。官至同知枢密院事，谥庄简。《全宋词》辑其词二首，其中《水龙吟》（杨花）云："燕忙莺懒芳残，正堤上、柳花飘坠。轻飞乱舞，点画青林，全无才思。闲趁游丝，静临深院，日长门闭。傍帘散漫，垂垂欲下，依前被、风扶起。　　兰帐玉人睡觉，怪春衣、雪沾琼缀。绣床渐满，香球无数，才圆却碎。时见蜂儿，仰黏轻粉，鱼吞池水。望章台路杳，金鞍游荡，有盈盈泪。"（据《草堂诗馀》卷下，四印斋刻本）

【译文】

苏轼（东坡）《水龙吟》咏杨花词，和韵却像是原唱。章楶（质夫）《水龙吟》咏杨花词，原唱却像是和韵。人的才力不同，竟有如此不同的结果。

三八 咏物之词以东坡《水龙吟》为最工

咏物之词，自以东坡《水龙吟》为最工，邦卿《双双燕》次之。白石《暗香》《疏影》，格调虽高，然无一语道著，视古人"江边一树垂垂发"等句何如耶？

【题解】

东坡《水龙吟》凡六首，其中咏物词仅"次韵章质夫杨花词"及"咏雁"二首，这里所说当是"次韵章质夫杨花词"一首。王国维提出：咏物词中，东坡这首《水龙吟》居第一，史邦卿《双双燕》居第二，姜白石《暗香》《疏影》根本称不上名作。王国维这种议论是针对张叔夏而发的。张叔夏《词源》（卷下）云："诗难于咏物，词为尤难。体认稍真，则拘而不畅；模写差远，则晦而不明。要须收纵联密，用事合题，一段意思，全在结句，斯为绝妙。"并云："诗之赋梅，惟和靖一联（指《山园小梅》之"疏影横斜水清浅，暗香浮动月黄昏"一联）而已，世非无诗，不能与之齐驱矣。词之赋梅，惟姜白石《暗香》《疏影》二曲，前无古人，后无来者，自立新意，真为绝唱，太白所谓'眼前有景道不得，崔颢题诗在上头'，诚哉是言也。"张叔夏极为赞赏史邦卿《东风第一枝》（咏春雪）、《绮罗香》（咏春雨）、《双双燕》（咏燕）诸词及姜白石《暗香》《疏影》，惟独未提及东坡《水龙吟》。王国维对于张叔夏论断颇不以为然，因特意在此重新明确评定名次。王国维认为：白石《暗香》《疏影》格调虽高，然无一语道著。这除了指

"境界极浅，情味索然"之外，所谓"无一语道着"，指的大概是此二词牵扯了许多与梅花毫无干系的故实，想入非非，而对梅花自身未曾用功加以体认，则用事不合题。所以，王国维不赞成张叔夏的看法，在《人间词话》原稿中，于"格调虽高"后，曾写道："而境界极浅，情味索然。乃古今均视为名作，自玉田推为绝唱，后世遂无敢议之者，不可解也。试读林君复、梅圣（原误作"舜"）俞春草诸词，工拙何如耶？"此段后改为："然无片语道著。视古人'江边一树垂垂发'，'竹外一枝斜更好'，'疏影横斜水清浅'等作何如耶？"（通行本又有改动）可见，王国维对东坡《水龙吟》及史邦卿《双双燕》评价皆极高，而对白石此二词评价则极低。但王国维所论也未必有当。吴世昌先生曾提出："白石《暗香》《疏影》二首，游戏之作耳。……乍看似新颖可喜，细按则勉强做作，不耐咬嚼。此本拟人格之通病。白石以花比美人，甚至谓'暗忆江南江北'，即昭君本人又何尝有此感念。且'环佩空归月下魂'，老杜先已发其想象，白石学舌已落第二乘矣。"（《罗音室词札·补录》，据《词学论丛》）同时也指出东坡《水龙吟》及史邦卿《双双燕》的弊病。前者弊病已见上则所述，后者弊病是："'便忘了'以下，即与燕无关，乃杂凑之句，了无意义。又转入'画阑独凭'，用燕入人，全篇主题破坏。"（《评〈人间词话〉》）吴世昌先生说："白石《暗香》《疏影》、东坡《水龙吟》（咏柳絮），实开南宋——乃至后世——无数咏物恶例，真是千古词坛罪人。"（《评〈唐宋词选〉》，据《词学论丛》）此说可供参考。

【注释】

〔1〕邦卿：史达祖，字邦卿，号梅溪，汴（今河南开封）人。南宋词人。所作《双双燕》（咏燕）云："过春社了，度帘幕中间，去年尘冷。差池欲住，试入旧巢相并。还相雕梁藻井。又（别云："又"字羡）软语、商量不定。飘（别作"翩"）然快拂花梢，翠尾分开红影。 芳径。芹泥雨润，爱贴地争飞，竞夸轻俊。红楼归晚，看足柳昏花暝。应自（别作"是"）栖香正稳。便忘了、天涯芳信。愁损翠黛双蛾（别本少二字，作"愁损玉人"），日日画阑独凭。"（据《全宋词》第2326页）

〔2〕白石：姜夔（约1155—约1221），字尧章，人称白石道人，饶州（今属江西）人。南宋词人。所作《暗香》（序略）云："旧时月色。算几番

照我，梅边吹笛。唤起玉人，不管清寒与攀摘。何逊而今渐老，都忘却、春风词笔。但怪得、竹外疏花，香冷入瑶席。　江国。正寂寂。叹寄与路遥，夜雪初积。翠尊易泣。红萼无言耿相忆。长记曾携手处，千树压、西湖寒碧。又片片，吹尽也，几时见得。”（据《全宋词》第 2181～2182 页）又《疏影》云：“苔枝缀玉。有翠禽小小，枝上同宿。客里相逢，篱角黄昏，无言自倚修竹。昭君不惯胡沙远，但暗忆、江南江北。想佩环、月夜归来，化作此花幽独。　犹记深宫旧事，那人正睡里，飞近蛾绿。莫似春风，不管盈盈，早与安排金屋。还教一片随波去，又却怨、玉龙哀曲。等恁时、重觅幽香，已入小窗横幅。”（据《全宋词》第 2182 页）

〔3〕“江边”句：杜甫《和裴迪登蜀州东亭送客逢早梅相忆见寄》：“东阁官梅动诗兴，还如何逊在扬州。此时对雪遥相忆，送客逢春（一作“花”）可（一作“更”）自由。幸不折来伤岁暮，若为看去乱乡（一作“春”）愁。江边一树垂垂发，朝夕催人自白头。”（据《全唐诗》第四函第三册）

【译文】

咏物词应当以苏轼（东坡）《水龙吟》为第一，史达祖（邦卿）《双双燕》为第二。姜夔（白石）《暗香》《疏影》，虽然有较高的格调，但是没有一句话说到点子上去，和古人“江边一树垂垂发”等句相比较，实在差得太远了。

三九　白石的"隔"

白石写景之作，如"二十四桥仍在，波心荡、冷月无声"，"数峰清苦，商略黄昏雨"，"高树晚蝉，说西风消息"，虽格韵高绝，然如雾里看花，终隔一层。梅溪、梦窗诸家写景之病，皆在一"隔"字。北宋风流，渡江遂绝。抑真有运会存乎其间耶？

【题解】

王国维评白石词，指出其《念奴娇》《惜红衣》两首咏荷花词有隔雾看花之恨，又谓其《暗香》《疏影》咏梅花词，无一语道著，这都是王国维所谓"隔"的例证。这里，有关写景词，王国维也列举数例，谓其如雾里看花，终隔一层。其所谓"隔"，实际上颇为偏激。上述有关咏荷、咏梅各词，因为偏离物理专主寄托，或用事不合题等缘故，致使形象缺乏一定的鲜明性，谓其"隔"，似有一定道理。但是此数词写景，善于渲染气氛，犹"花"上有雾，虽"隔"却"隔"得正好。

【注释】

〔1〕"运会"二字，原稿作"风会"。

〔2〕"二十"句：姜夔《扬州慢》（序略）云："淮左名都，竹西佳处，解鞍少驻初程。过春风十里，尽荠麦青青。自胡马窥江去后，废池乔木，

犹厌言兵。渐黄昏，清角吹寒，都在空城。　　杜郎俊赏，算而今、重到须惊。纵豆蔻词工，青楼梦好，难赋深情。二十四桥仍在，波心荡、冷月无声。念桥边红药，年年知为谁生。"（据《全宋词》第 2180～2181 页）

〔3〕"数峰"二句：姜夔《点绛唇》（丁未冬过吴松作）："燕雁无心，太湖西畔随云去。数峰清苦。商略黄昏雨。　　第四桥边，拟共天随住。今何许。凭阑怀古。残柳参差舞。"（据《全宋词》第 2171 页）

〔4〕"高树"二句：姜夔《惜红衣》，见第三六则注文。"高柳"，汲古阁本、四印斋本、榆园本均作"高树"。王氏所引本此。

【译文】

　　姜夔（白石）描写景物的作品，例如"二十四桥仍在，波心荡、冷月无声"；"数峰清苦，商略黄昏雨"；"高树晚蝉，说西风消息"等等，这些词句，虽然格调无比高远，但好像是雾里看花，终究隔了一层。史达祖（梅溪）、吴文英（梦窗）等词人描写景物的弊病，都在一个"隔"字。北宋时代的词坛风尚，渡江以后也就断绝了。这难道真的有一种际会存在吗？

四〇 "隔"与"不隔"之分

问"隔"与"不隔"之别，曰：陶、谢之诗不隔，延年则稍隔矣。东坡之诗不隔，山谷则稍隔矣。"池塘生春草"、"空梁落燕泥"等二句（原稿无"二"字），妙处唯在不隔。词亦如是。即以一人一词论，如欧阳公《少年游》（咏春草）上半阕云："阑干十二独凭春。晴碧远连云。千里万里，二月三月（此两句原倒置），行色苦愁人。"语语都在目前，便是不隔。至云："谢家池上，江淹浦畔。"则隔矣。白石《翠楼吟》："此地。宜有词仙，拥素云黄鹤，与君游戏。玉梯凝望久，叹芳草、萋萋千里。"便是不隔。至"酒祓清愁，花消英气"，则隔矣。然南宋词虽不隔处，比之前人，自有浅深厚薄之别。

【题解】

　王国维说"隔"与"不隔"，至此已是第三例。前二例说"隔"，以"隔雾看花"或"雾里看花"为比。此处说"隔"，以是否"语语都在目前"为标准，是即为"不隔"，不是即为"隔"。实际上，这就是艺术表现上的"隐"与"显"的问题，"隔"即为"隐"，"不隔"即为"显"。由此看来，王国维只强调"不隔"，强调"语语都在目前",也即只强调"显",这是有一定片面性的。朱光潜先生曾指出:"显"与"隐"的功用不同,我们不能要一切诗都"显"。说概括一点,写景的诗要显,言情的诗却要"隐"。王氏所说,嫌不很妥当。(《诗的隐与显》,据《〈人间词话〉及评论汇编》)此说可供参考。同时,就其所举事例看,所谓"隔"与"不隔",还看是否用典。王国维主张白描,反对用典,这也是有一定片面性的。

【注释】

〔1〕"陶、谢之诗不隔,延年则稍隔矣":原稿作"渊明之诗不隔,韦、柳则稍隔矣"。"语语都在目前",原稿最初作"语语可以直观"。又,原稿眉端尚有已删之句云:"以一人之词论,如白石咏蟋蟀'露湿铜铺,苔侵石井,都是曾听伊处',便不隔。"

〔2〕陶、谢之诗不隔:陶渊明(365—427),一名潜,字元亮,私谥靖节,浔阳柴桑(今江西九江)人。晋宋时代诗人,辞赋家。谢灵运(385—433),原籍陈郡阳夏(今河南周口市太康县)人。晋宋间诗人。所作《登池上楼》云:"潜虬媚幽姿,飞鸿响远音。薄霄愧云浮,栖川怍渊沉。进德智所拙,退耕力不任。徇禄返穷海,卧疴对空林。衾枕昧节候,褰开暂窥临。倾耳聆波澜,举目眺岖嵚。初景革绪风,新阳改故阴。池塘生春草,园柳变鸣禽。祁祁伤豳歌,萋萋感楚吟。索居易永久,离群难处心。持操岂独古,无闷征在今。"(据《全汉三国晋南北朝诗》上册)《南史·谢惠连传》载:谢灵运"尝于永嘉西堂思诗,竟日不就,忽梦见惠连,即得'池塘生春草',大以为工。常云:'此语有神功,非吾语也。'"(据中华书局本)。许文雨曰:"萧统评渊明之诗,为抑扬爽朗,莫之与京。鲍照评灵运之诗,如初日芙蓉,自然可爱。曰爽朗,曰自然,即此所谓不隔也。"(《人间词话讲疏》第198页)此说可参考。

〔3〕延年则稍隔:颜延之(384—456),字延年,祖籍琅琊临沂(今属山东)人。南朝宋文学家。《南史·颜延之传》:"延之与陈郡谢灵运俱以辞采齐名……延之尝问鲍照己与灵运优劣,照曰:谢五言如初发芙蓉,自然可爱,君诗若铺锦列绣,亦雕溃满眼。"(据中华书局本)许文雨曰:"汤惠休评颜延年诗,如错采镂金,盖病其雕绘过甚,即有胜义,难以直寻,此王氏所以谓之隔也。"(《人间词话讲疏》第198页)

〔4〕东坡之诗不隔,山谷则稍隔:东坡,详二九则注释。山谷,黄庭坚(1045—1105),字鲁直,号山谷,又号涪翁,洪州分宁(今江西修水)人。北宋诗人。赵翼云:"东坡随物赋形,信笔挥洒,不拘一格,故虽澜翻

不穷，而不见有矜心作意之处。山谷则专以拗峭避俗，不肯作一寻常语，而无从容游泳之趣。"（《瓯北诗话》卷十一，人民文学出版社，1963 年 3 月北京第 1 版）

〔5〕"池塘"句：谢灵运《登池上楼》句，详注释〔2〕。

〔6〕"空梁"句：薛道衡《昔昔盐》云："垂柳覆金堤，蘼芜叶复齐。水溢芙蓉沼，花飞桃李蹊。采桑秦氏女，织锦窦家妻。关山别荡子，风月守空闺。恒敛千金笑，长垂双玉啼。盘龙随镜隐，形凤逐帷低。飞魂同夜鹊，倦寝忆晨鸡。暗牖悬蛛网，空梁落燕泥。前年过代北，今岁往辽西。一去无消息，那能惜马蹄。"（据《全汉三国晋南北朝诗》上册）

〔7〕欧阳公《少年游》：见本编二三则"题解"。欧词"谢家池上"，用谢灵运"池塘生春草"句典；"江淹浦畔"，用江淹《别赋》句意。《别赋》有云："春草碧色，春水绿波，送君南浦，伤如之何。"论者以为：谢、江原作，皆妙见兴象，欧词则凿死妙语，意晦趣隔矣。（详参许文雨《人间词话讲疏》第 199～200 页）此即王氏之所谓"隔"也。

〔8〕白石《翠楼吟》：姜夔《翠楼吟》（序略）："月冷龙沙，尘清虎落，今年汉酺初赐。新翻胡部曲，听毡幕、元戎歌吹。层楼高峙。看槛曲萦红，檐牙飞翠。人姝丽。粉香吹下，夜寒风细。　　此地。宜有词仙，拥素云黄鹤，与君游戏。玉梯凝望久，叹芳草、萋萋千里。天涯情味。仗酒祓清愁，花销英气。西山外，晚来还卷，一帘秋霁。"（据《全宋词》第 2184 页）

【译文】

问"隔"与"不隔"究竟有什么区别，答：陶渊明、谢灵运的诗"不隔"，颜延年的诗就稍微有点"隔"。苏东坡的诗"不隔"，黄山谷的诗就稍微有点"隔"。"池塘生春草""空梁落燕泥"等二句，它们的妙处就在"不隔"。词也是这样。就以一个作家的一首词而论，例如欧阳修《少年游》（咏春草）上半阕所写："阑干十二独凭春。晴碧远连云。千里万里，二月三月，行色苦愁人。"每句话所写都显现在眼前，这就是"不隔"。至下半阕所写，"谢家池上，江淹浦畔"，那就"隔"了。姜夔（白石）《翠楼吟》："此地。宜有词仙，拥素云黄鹤，与君游戏。玉梯凝望久，叹芳草、萋萋千里。"这便是"不隔"。而所谓"仗酒祓清愁，花销英气"，那就"隔"了。然而，南宋时代的词即使"不隔"，较之前人所作，也有深与浅、厚与薄的区别。

四一 写情"不隔"与写景"不隔"之例

"生年不满百，常怀千岁忧。昼短苦夜长，何不秉烛游？""服食求神仙，多为药所误。不如饮美酒，被服纨与素。"写情如此，方为不隔。"采菊东篱下，悠然见南山。山气日夕佳，飞鸟相与还。""天似穹庐，笼盖四野。天苍苍。野茫茫。风吹草低见牛羊。"写景如此，方为不隔。

【题解】

综观王国维关于"隔"与"不隔"的一系列论述，对照这里所谓写情"不隔"与写景"不隔"数例。可知，王国维关于"不隔"的标准，体现在写情上，必须抒发真情性，达到"沁人心脾"的艺术效果；体现在写景上，必须"语语如在目前"，达到"豁人耳目"的艺术效果（详本编五六则）。总地讲，必须以形象鲜明的艺术语言，写出真景物、真感情，才算"不隔"。

【注释】

〔1〕"生年"四句：古诗十九首（第十五）云："生年不满百，常怀千岁忧。昼短苦夜长，何不秉烛游？为乐当及时，何能待来兹。愚者爱惜费，但为后世嗤。仙人王子乔，难可与等期。"（据《文选》卷二十九）

〔2〕"服食"四句：古诗十九首（第十三）云："驱车上东门，遥望郭

北墓。白杨何萧萧，松柏夹广路。下有陈死人，杳杳即长暮。潜寐黄泉下，千载永不寤。浩浩阴阳移，年命如朝露。人生忽如寄，寿无金石固。万岁更相送，圣贤莫能度。服食求神仙，多为药所误。不如饮美酒，被服纨与素。"（同上）

〔3〕"采菊"四句：见陶渊明《饮酒诗》（之五），详本编第三则注释。

〔4〕"天似"五句：斛律金《敕勒歌》云："敕勒川，阴山下。天似穹庐，笼盖四野。天苍苍，野茫茫。风吹草低见牛羊。"（据《全汉三国晋南北朝诗》下册）

〔5〕写情不隔与写景不隔：蒲菁云："'人间自是有情痴，此恨不关风与月。'言情如此，方为不隔。蔡伸《柳梢青》'自是休文，多情多感，不干风月'，则须隶事矣。'绿杨楼外出秋千'。写景如此，方为不隔。向子諲《鹧鸪天》'几处秋千懒未收，花梢柳外出纤柔'，则须粉饰矣。"（《人间词话》笺证第 54～55 页）

【译文】

"生年不满百，常怀千岁忧。昼短苦夜长，何不秉烛游？""服食求神仙，多为药所误。不如饮美酒，被服纨与素。"写情达到这一境界，才算"不隔"。"采菊东篱下，悠然见南山。山气日夕佳，飞鸟相与还。""天似穹庐，笼盖四野。天苍苍。野茫茫。风吹草低见牛羊。"写景达到这一境界，才算"不隔"。

四二　白石不于意境上用力

古今词人格调之高，无如白石。惜不于意境上用力，故觉无言外之味，弦外之响，终不能与于第一流之作者也。

【题解】

对于白石词，王国维肯定其"格调"，以为古今无比，而惋惜其咏物、写景形象不够鲜明，以为"犹有隔雾看花之恨"。这在前数则已提及，似皆属于艺术表现问题。这里说境界，则着重于立意。所谓无言外之味、弦外之响，指的就是尚未达到"思无疆""意无穷"的境界。具体地说，就是"其志清峻则有之，其旨遥深则未也"。这两句话见原稿，通行本已删去。

【注释】

〔1〕古今词人格调之高，无如白石：陈郁《藏一话腴》："白石道人姜尧章……意到语工，不期于高远而自高远。"（据《豫章丛书》本）刘熙载《艺概·词曲概》云："姜白石词幽韵冷香，令人挹之无尽。拟诸形容，在乐则琴，在花则梅也。词家称白石曰白石老仙。或问毕竟与何仙相似？曰：藐姑冰雪，盖为近之。"周济《介存斋论词杂著》云："白石词如明七子诗，看是高格响调，不耐人细思。"陈廷焯《白雨斋词话》（卷二）："白石词，以清虚为体，而时有阴冷处，格调最高。"诸家所说，皆极为称颂其格调，可供参考。

〔2〕言外之味，弦外之响：司空图《与李生论诗书》云："文之难而诗尤难。古今之喻多矣，愚以为辨于味而后可以言诗也。江岭之南，凡足资于适口者，若醯、非不酸也，止于酸而已；若鹾、非不咸也，止于咸而已。中华之人所以充饥而遽辍者，知其咸酸之外，醇美者有所乏耳。……近而不浮，远而不尽，然后可以言韵外之致耳。"（据《诗品集解·续诗品注》第47页，人民文学出版社，1963年10月北京第1版）

【译文】

古今词人当中，论格调，没有比得上姜夔（白石）的。但是姜夔具有崇高的格调，却可惜不在意境的创造上用工夫。所以，姜夔词总是给人一种缺乏言外之味、弦外之音的感觉，到底不能够称为第一流作者。

四三 幼安佳处

南宋词人，白石有格而无情，剑南有气而乏韵。其堪与北宋人颉颃者，唯一幼安耳。近人祖南宋而祧北宋，以南宋词可学，北宋不可学也。学南宋者，不祖白石，则祖梦窗，以白石、梦窗可学，幼安不可学也。学幼安者率祖其粗犷、滑稽，以其粗犷、滑稽处可学，佳处不可学也。幼安之佳处，在有性情，有境界。即以气象论，亦有"横素波、干青云"之概，宁后世龌龊小生所可拟耶？

【题解】

王国维论两宋词，厚北宋而薄南宋，其主要依据是：北宋词有境界（详第一则）。当论及"隔"与"不隔"之时，王国维指出：南宋词虽仍有"不隔"处，但比之前人，自有"浅深厚薄"之别（本编第四〇则）。这也是从表现方法、创造境界的角度提出问题的。正因为如此，王国维对于南宋词人，"只爱稼轩一人"（附录第二九则）。他说：南宋词人中，"其堪与北宋人颉颃者，唯一幼安"。他认为：幼安之佳处，在有性情，有境界。而且，以气象论，还有一种"横素波、干青云"的气概。对此，在《人间词话》原稿中，王氏曾作过解释。谓："其实幼安词之佳者，如《摸鱼儿》《贺新郎》

（送茂嘉）、《青玉案》（元夕）、《祝英台近》等，俊伟幽咽，固独有
千古，其他豪放之处亦有'横素波、干青云'之概。"王氏论辛词，
既看到"俊伟幽咽"的一面，又看到豪放而不可一世的另一面。王
氏认为，这才是辛词的佳处。但人们对辛词的认识，往往带有片面
性，学辛词，未能得其佳处。所以王国维还针对近人"祖南宋而桃
北宋"的风气以及对于幼安的曲解提出批评。指出出现这一风气的
原因在于避难就易：以为南宋之词可学，北宋不可学；以为白石、
梦窗可学，幼安不可学；以为粗犷滑稽可学，佳处不可学。如此学
辛词，其结果必然是仅仅学得其糟粕而已。在原稿中，王国维指
出，不仅近人如此学辛词，同时白石、龙洲也如此学辛词。王氏此
等看法颇有见地，不仅切中时弊，而且至今仍须引以为戒。

【注释】

〔1〕剑南：陆游（1125—1210），字务观，号放翁，越州山阴（今浙
江绍兴）人。南宋诗人。有《剑南诗稿》《放翁词》《南唐书》及《渭南文
集》等行世。

〔2〕幼安：辛弃疾（1140—1207），原字坦夫，改字幼安，别号稼轩
居士，历城（今山东济南）人。南宋词人。

〔3〕梦窗：吴文英（约1200—1260左右），字君特，号梦窗，晚又号
觉翁，四明（今浙江宁波）人。南宋词人。

〔4〕横素波、干青云：萧统《陶渊明集序》云："横素波而傍流，干青
云而直上。"（据《陶渊明集》）

〔5〕后世醒龊小生：指以粗犷、滑稽学稼轩的人。周济《介存斋论词
杂著》云："后人以粗豪学稼轩，非徒无其才，并无其情。稼轩固是大才，
然情至处，后人万不能及。"刘熙载《艺概·词曲概》云："苏、辛皆至情
至性人，故其词潇洒卓荦，悉出于温柔敦厚。世或以粗犷托苏、辛，固宜
有视苏、辛为别调者哉！"谢章铤《赌棋山庄词话》（卷一）云："学稼轩，
要于豪迈中见精致。近人学稼轩，只学得莽字、粗字，无怪阑入打油恶
道。试取辛词读之，岂一味叫嚣者所能望其顶踵。"（据《词话丛编》本）
又（卷九）云："晏、秦之妙丽，源于李太白、温飞卿。姜、史之清真，源
于张志和、白香山。惟苏、辛在词中，则藩篱独辟矣。读苏、辛词，知词
中有人，词中有品，不敢自为菲薄，然辛以毕生精力注之，比苏尤为横
出。"（同上）陈廷焯《白雨斋词话》（卷一）云："辛稼轩，词中之龙也。

气魄极雄大，意境却极沉郁。不善学之，流入叫嚣一派，论者遂集矢于稼轩，稼轩不受也。"（同上）

【译文】

南宋词人当中，姜夔（白石）具有崇高的格调而少情趣，陆游（剑南）具有一定的气魄而少韵味，其中可以与北宋词人相匹敌的，只有辛弃疾（幼安）一人而已。近人作词以南宋为始祖而承祧北宋，因为南宋词容易学而北宋词不容易学；学南宋的，不是以姜夔（白石）为始祖，就是以吴文英（梦窗）为始祖，因为姜夔（白石）、吴文英（梦窗）容易学而幼安不容易学。学辛弃疾（幼安）的，大都仅仅承继他的粗疏豪犷、谐谑滑稽，因为粗疏豪犷、谐谑滑稽容易学，真正的好处不容易学。辛弃疾（幼安）的真正好处，在于具有真情实感，在于有境界。如果以气象论辛弃疾（幼安），他还有一种"横素波、干青云"的气概，这怎么是后世卑鄙龌龊的后生小子所能相比的呢？

四四　苏、辛胸襟

　　东坡之词旷，稼轩之词豪。无二人之胸襟而学其词，犹东施之效捧心也。

【题解】

　　苏轼、辛弃疾是宋词中两大主要作家，在词史上占有重要的地位；苏、辛追随者代不乏人。但是，历来对于苏、辛的看法各不相同，所学也不尽一样。许多人学苏、辛，空有其表，而无实质，往往坠入叫嚣魔道。王国维对此深恶痛绝，以为"东施之效捧心"。王国维强调指出：苏、辛的旷达与豪放，是其胸襟、气概的体现，后世效颦者无有真情性而故作豪言壮语，那是十分可笑的。这里，必须说明，王国维推崇苏、辛，肯定苏、辛的超旷与豪雄，所说乃苏、辛词的主要风格特征，并非以超旷与豪雄概括苏、辛词，亦非将苏、辛推举为"豪放派"的首领。近代以来论词者以"豪放""婉约"将宋词作家分为二大派，重豪放而轻婉约，错误地将苏、辛当作"豪放而不协律腔的典范"，难免有舍本逐末之嫌。

【注释】

　　〔1〕东坡之词旷，稼轩之词豪：刘熙载《艺概·词曲概》曰："东坡词具神仙出世之姿，方外白玉蟾诸家，惜未诣此。"曰："稼轩词龙腾虎掷，任古书中理语、瘦语，一经运用，便得风流，天姿是何敻异。"又曰："白石才子之词，稼轩豪杰之词。"皆谓其旷与豪。又《词辨》评稼轩《念奴

娇》（题东流村壁）云："大踏步出来，与眉山同工异曲。然东坡是衣冠伟人，稼轩则弓刀游侠。"此喻可作"旷"字与"豪"字的注脚。（参见靳德峻笺证《人间词话》第60页）

〔2〕无二人之胸襟而学其词：陈廷焯《白雨斋词话》（卷六）曰："东坡心地光明磊落，忠爱根于性生，故词极超旷，而意极和平。稼轩有吞吐八荒之概，而机会不来。正则可以为郭、李，为岳、韩，变则即桓温之流亚，故词极豪雄，而意极悲郁。苏、辛两家，各自不同。后人无东坡胸襟，又无稼轩气概，漫为规橅，适形粗鄙耳。"又曰："东坡一派，无人能继。稼轩同时，则有张、陆、刘、蒋辈，后起则有遗山、迦陵、板桥、心馀辈，然愈学稼轩，去稼轩愈远。稼轩自有真耳，不得本，徒逐其末，以狂呼叫嚣为稼轩，亦诬稼轩甚矣。"（卷八）

〔3〕东施之效捧心：指东施效颦。《庄子·天运》载："西施病心而矉（颦）其里，其里之丑人，见而美之，归亦捧心而矉其里。"（据王夫之《庄子解》卷十四）

【译文】

苏轼（东坡）的词超旷，辛弃疾（稼轩）的词豪雄。如果不具备苏、辛两人的胸襟与气度而学习他们的词，就好像是东施效颦一样。

四五　苏、辛雅量

　　读东坡、稼轩词，须观其雅量高致，有伯夷、柳下惠之风。白石虽似蝉蜕尘埃，然终不免局促辕下。

【题解】

　　上文论"胸襟"，突出其宽广及豪壮，这里论"雅量"，侧重其品格，二者还是有所区别的。从苏、辛两人的生活经历及处世态度看，所谓"伯夷、柳下惠之风"，所指当是十分讲究名节的士大夫作风。伯夷，商末孤竹君之子。孤竹君死后，与其弟叔齐投奔于周。到周后因反对周武王进军伐商，于商亡后逃避首阳山，不食周粟而死。柳下惠，即展禽，春秋时鲁国大夫，任士师（掌管刑狱的官）。齐攻鲁，曾派人到齐劝其退兵。其人以讲究贵族礼节而著称于世。王氏以之比苏、辛，目的在于体现其高雅孤洁之气度。至于姜夔，他虽然也十分清高，看似"蝉蜕尘埃"，洁净无比，但他依附权贵的"清客"地位，却影响了他的人品与词品。因此，王国维认为：白石与苏、辛相比，犹如许汜与陈登。一个宜卧上床，或百尺楼上；一个只合卧下床，乃至卧于地（详参《三国志》卷七《陈登传》）。

【注释】

　　〔1〕"然终不免局促辕下"：原稿作："然如韦、柳之视陶公，非徒有上下床之别。"

〔2〕伯夷、柳下惠之风：伯夷，商末孤竹君之子。柳下惠，即展禽，春秋时鲁国大夫。《孟子·万章下》："孟子曰：伯夷，圣之清者也。……柳下惠，圣之和者也。"（据《孟子正义》卷十）《孟子·尽心下》："孟子曰：圣人，百世之师也，伯夷、柳下惠是也。故闻伯夷之风者，顽夫廉、懦夫有立志；闻柳下惠之风者，薄夫敦、鄙夫宽。奋乎百世之上，百世之下，闻者莫不兴起也。非圣人而能若是乎？"（据《孟子正义》卷十四）

〔3〕白石……局促辕下：周济《介存斋论词杂著》云："吾十年来服膺白石，而以稼轩为外道，由今思之，可谓瞽人扪籥也。稼轩郁勃，故情深；白石放旷，故情浅；稼轩纵横，故才大；白石局促，故才小。"

【译文】

读苏轼（东坡）、辛弃疾（稼轩）的词，必须看他们有如伯夷和柳下惠一样的风度，即看他们高尚的品格和宽广的度量。姜夔（白石）的词虽然也有青蝉脱壳、去尽尘埃那种清高格调，但终究只能畏缩在苏、辛的车辕下面。

四六 狂狷与乡愿

苏辛，词中之狂。白石犹不失为狷。若梦窗、梅溪、玉田、草窗、中（当作"西"）麓辈，面目不同，同归于乡愿而已。

【题解】

宋词作家中，王国维特别推崇苏、辛而最厌恶梦窗、玉田等人，对于白石，则褒贬各半。这里，王国维以狂狷与乡愿作比，以为东坡、稼轩，犹如词中狂者，白石犹为词中狷者，而将梦窗、玉田等斥为乡愿。王氏所说，主要突出其人品、词品上的差异。子曰："不得中行而与之，必也狂狷乎？狂者进取，狷者有所不为也。"（《论语·子路》，据《论语正义》卷十六）至于"乡愿"，《论语正义》指出："若乡愿，则阉然媚世。所谓非之无举，刺之无刺，同乎流俗，合乎污世，与狂狷者异矣。"（同上）王国维推崇苏、辛，首先肯定他们的胸襟与雅量，所指就是作为狂者的这种进取精神。他批评白石，以为白石与苏、辛相比，"不免局促辕下"，但将白石与玉田等人相比，却以为"白石尚有骨，玉田则一乞人耳"（本编二六则）。觉得白石尚有高洁之处，还是位"有所不为"的狷者；至于梦窗、玉田等人，则以为"阉然媚世"的乡愿。王国维的词论观体现了鲜明的爱憎观点。

【注释】

〔1〕此则原稿本作:"东坡、稼轩,词中之狂。白石,词中之狷也。梦窗、玉田、西麓、草窗之词,则乡愿而已。"

〔2〕梅溪:史达祖,字邦卿,汴(今河南开封)人。南宋词人。

〔3〕玉田:张炎(1248—1320),字叔夏,号玉田,又号乐笑翁,祖籍西秦(今陕西),家居临安(今浙江杭州)。宋元间词人。

〔4〕草窗:周密(1232—1298),字公谨,号草窗,又号萧斋。先世居济南,南渡后家吴兴。宋元间词人。

〔5〕西麓:陈允平,字君衡,一字衡仲,号西麓,别署莆鄠澹室后人,四明(今浙江宁波)人。宋元间词人。或以为:中麓(非西麓),即明代词人李开先。李开先(1502—1568),字伯华,号中麓子、中麓山人及中麓放客。山东章丘人。有《闲居集》十二卷,《四库》著录。

【译文】

苏轼(东坡)、辛弃疾(稼轩)是词中的狂者,姜夔(白石)仍然可称为词中的狷者。至于吴文英(梦窗)、史达祖(梅溪)、张炎(玉田)、周密(草窗)、陈允平(西麓)等人,他们各有不同的面目,但都只能归于"乡愿"而已。

四七　词人想象与科学原理密合

稼轩中秋饮酒达旦，用《天问》体作《木兰花慢》以送月。曰："可怜今夕月，向何处、去悠悠。是别有人间，那边才见，光影东头。"词人想象，直悟月轮绕地之理，与科学家密合，可谓神悟。

【题解】

　　月球绕地球运转，这是自然科学的重大发现。辛弃疾《木兰花慢》，发挥想象，以为今夕之月下山后，"是别有人间，那边才见，光影东头"，正与这一原理相合。王国维称这种现象为诗人之"神悟"。实际上辛弃疾此词乃用《天问》体，他的想象受到了《天问》的启发（详词作小序）。

【注释】

　　〔1〕原稿文末夹注：此词（《木兰花慢》）汲古阁刻六十家词失载。黄荛圃（丕烈）所藏之大德本亦阙，复属顾澜薲（广圻）就汲古阁抄本中补之，今归聊城杨氏（以增）海源阁，王半塘四印斋所刻者是也。但汲古阁抄本与刻本不符，殊不可解，或子晋于刻词后始得抄本耳。

　　〔2〕辛弃疾《木兰花慢》（中秋饮酒，将旦，客谓前人诗词有赋待月无送月者，因用《天问》体赋）云："可怜今夕月，向何处、去悠悠。是别有人间，那边才见，光影东头。是天外，空汗漫，但长风、浩浩送中秋。飞镜无根谁系，嫦娥不嫁谁留。　　谓经海底问无由。恍惚使人愁。怕万

里长鲸，纵横触破，玉殿琼楼。虾蟆故堪浴水，问云何、玉兔解沉浮。若道都齐无恙，云何渐渐如钩。"（据《稼轩长短句》）

【译文】

　　辛弃疾（稼轩）在中秋之夜对月痛饮，直到天亮，便仿效屈赋《天问》，写了一首《木兰花慢》用来送月。这首词写道："可怜今夕月，向何处、去悠悠。是别有人间，那边才见，光影东头。"词人的想象，真正悟到了月球绕地球运转的原理，与科学家所说暗中相合，可以说是词人的神悟。

四八　周邦彦、史达祖词品

周介存谓："梅溪词中，喜用'偷'，足以定其品格。"刘融斋谓："周旨荡而史意贪。"此二语令人解颐。

【题解】

王国维明确表示"不喜美成"（本编二九则），主要是不满其品格。以为永叔、少游与美成相比，便有淑女倡伎之别（本编三一则）。因此，刘熙载所谓"周旨荡"以及"当不得一个'贞'字"的说法，正与之相合。至于史达祖，这里所说"偷"与"贪"，在王国维看来，当也是梅溪乡愿人品的体现（本编四六则）。在此，王国维对于周、史均持贬斥态度。

【注释】

〔1〕周介存：周济（1781—1839），字保绪，一字介存，晚号止庵，荆溪（今属江苏宜兴）人。清代词人。语见所著《介存斋论词杂著》。梅溪喜用"偷"字例：《绮罗香》（春雨）："做冷欺花，将烟困柳，千里催偷春暮。"《祝英台近》："正凝伫。芳意欺月矜春，浑欲便偷去。"《齐天乐》（赋橙）："犀纹隐隐莺黄嫩，篱落翠深偷见。"又"湖上即席"："阑干斜照未满，杏墙应望断，春翠偷藏。"《夜合花》："轻衫未揽，犹将泪点偷藏。"《东风第一枝》（春雪）："巧沁兰心，偷黏草甲。"《三姝媚》："讳道相思，偷理绡裙，自矜腰衩。"（参见靳德峻笺证《人间词话》第63页）

〔2〕刘融斋语：刘熙载《艺概·词曲概》云："周美成律最精审。史邦卿句最警炼。然未得为君子之词者，周旨荡而史意贪也。"

【译文】

周济（介存）说："史达祖（梅溪）词当中，喜欢用'偷'字，这可以用来评定他的品格。"刘熙载（融斋）说："周邦彦（美成）的要害是淫荡，而史达祖（梅溪）的要害则在于贪。"这两句话说得甚为中肯，令人为之发笑。

四九　梦 窗 佳 语

周介存谓：梦窗词之佳者，如"水光云影，摇荡绿波；抚玩无极，追寻已远"。余觉梦窗甲乙丙丁稿中，实无足当此者。有之，其唯"隔江人在雨声中，晚风菰叶生秋怨"二语乎？

【题解】

王国维宣称"南宋只爱稼轩一人，而最恶梦窗、玉田"（本编二九则）。除了不满其人品，斥之为"乡愿"（本编四六则）、为"乞人"（附录二六则）外，对于吴梦窗，在艺术上也是不赞赏的。周济论梦窗词，以为佳处如"水光云影，摇荡绿波；抚玩无极，追寻已远"，将梦窗当作"由南追北"的重要作家（《介存斋论词杂著》）。王国维不以为然，说：梦窗词中，只有"隔江人在雨声中，晚风菰叶生秋怨"二语可当得起这一评语。

【注释】

〔1〕周介存语见《介存斋论词杂著》，曰："梦窗非无生涩处，总胜空滑。况其佳者，天光云影，摇荡绿波；抚玩无极，追寻已远。"

〔2〕"隔江"二句：吴文英《踏莎行》："润玉笼绡，檀樱倚扇。绣圈犹带脂香浅。榴心空叠舞裙红，艾枝应压愁鬟乱。　午梦千山，窗阴一箭。香瘢新褪红丝腕。隔江人在雨声中，晚风菰叶生秋怨。"（据《全宋词》第2932页）

【译文】

　　周济（介存）说：吴文英（梦窗）词中的佳作，好像是"水光云影，摇荡绿波；抚玩无极，追寻已远"。我看《梦窗词》甲乙丙丁四稿，觉得其中没有可以与这一评语相称的所谓佳作。要么，只有他的"隔江人在雨声中，晚风菰叶生秋怨"这两句勉强可以与这评语相称吧？

五〇　梦窗、玉田词品

梦窗之词，吾得取其词中之一语以评之，曰："映梦窗，凌（当作"零"）乱碧。"玉田之词，亦得取其词中之一语以评之，曰："玉老田荒。"

【题解】

王国维于词"最恶梦窗、玉田"（附录二九则），论词"尤痛诋梦窗、玉田"（附录二一则）。在《人间词话》里，论及梦窗、玉田者，计十数则。对于梦窗，王氏曾批评其雕琢字面（附录一则），病在一个"隔"字（本编三九则），并且失诸肤浅，少情味（删稿三五则）。这些都有一定依据。这一则，王氏用"映梦窗，零乱碧"概括其词品，带有讽刺意味。这句话大概与张炎所说"七宝楼台，眩人眼目，碎拆下来，不成片段"意思相近。虽然指出梦窗着意讲究字面的弊病，但也说明王氏对梦窗多时间、多空间错综运用、转折变换的传统技法并不了解（详参黄墨谷《乔大壮手批周邦彦片玉集·后记》，齐鲁书社，1985 年 5 月济南第 1 版）。对于玉田，王氏除了批评其"垒句"以外，主要批评其人品，把他当作"乞人"，认为他的词"不是平淡，乃是枯槁"（删稿二九则），有一种迟暮之感。所以，用"玉老田荒"概括其词品。所谓"玉老田荒"，即"田荒玉碎"（玉田《踏莎行》句），含有老大无成、心事迟暮之意。王氏的批评，固然也颇切中玉田弊病，但对其人格的否定，难免有无限上纲之嫌。

【注释】

〔1〕"映梦"句：吴文英《秋思》（荷塘为括苍名姝求赋其听雨小阁）云："堆枕香鬟侧。骤夜声、偏称画屏秋色，风碎串珠，润侵歌板，愁压眉窄。动罗箧清商，寸心低诉叙怨抑。映梦窗，零乱碧。待涨绿春深，落花香泛，料有断红流处，暗题相忆。 欢酌。檐花细滴。送故人、粉黛重饰。漏侵琼瑟。丁东敲断，弄晴月白。怕一曲、霓裳未终，催去骖凤翼。叹谢客、犹未识。漫瘦却东阳，灯前无梦到得。路隔重云雁北。"（据《全宋词》第 2904 页）

〔2〕"玉老"句：张炎《祝英台近》（与周草窗话旧）云："水痕深，花信足，寂寞汉南树。转首青阴，芳事顿如许。不知多少消魂，夜来风雨。犹梦到、断红流处。 最无据。长年息影空山，愁入庾郎句。玉老田荒，心事已迟暮。几回听得啼鹃，不如归去。终不似、旧时鹦鹉。"（同上第 3472 页）"玉老田荒"，并有"田荒玉碎"之意。张炎《踏莎行》（跋伯时弟抚松寄傲诗集）云："水落槎枯，田荒玉碎。夜阑乘烛惊相对。故家人物已无传，一灯却照清江外。 色展天机，光摇海贝。锦囊日月奚童背。重逢何处抚孤松，共吟风月西湖醉。"（同上第 3517 页）

【译文】

吴文英（梦窗）的词，我用他词中的一句话来评定，就是："映梦窗，零乱碧。"张玉田的词，我用他词中的一句话来评定，就是："玉老田荒。"

五一 纳兰容若塞上作

"明月照积雪"、"大江流日夜"、"中天悬明月"、"黄（当作"长"）河落日圆"，此种境界，可谓千古壮观。求之于词，唯纳兰容若塞上之作，如《长相思》之"夜深千帐灯"，《如梦令》之"万帐穹庐人醉，星影摇摇欲坠"差近之。

【题解】

王国维曾经指出，"诗之境阔，词之言长"（本编一二则）。说明在境界创造方面，词与诗是有一定区别的。这里展示的诗中境界，所谓"千古壮观"，其中就包含着"阔"的意思。纳兰容若塞上所作词《长相思》："山一程。水一程。身向榆关那畔行。夜深千帐灯。 风一更。雪一更。聒碎乡心梦不成。故园无此声。"所造词境，既长又阔。《如梦令》："万帐穹庐人醉。星影摇摇欲坠。归梦隔狼河，又被河声搅碎。还睡。还睡。解道醒来无味。"这首词所写"万帐穹庐"，满天星影，也甚高远、阔大。小词描绘大场面，境界与"千古壮观"之诗境差相近矣。

【注释】

〔1〕原稿本于"大江流日夜"下有"澄江净如练""山气日夕佳"及"落日照大旗"三句。"长河落日圆"上有"大漠孤烟直"句。又"壮观"

作"壮语"。

〔2〕"明月"句：谢灵运《岁暮》诗云："殷忧不能寐，苦此夜难颓。明月照积雪，朔风劲且哀。运往无淹物，年逝觉已催。"（据《全汉三国晋南北朝诗》上册）"明月照积雪"的宽阔景象，由"不能寐"时眼中看出。

〔3〕"大江"句：谢朓《暂使下都夜发新林至京邑赠西府同僚》诗云："大江流日夜，客心悲未央。徒念关山近，终知反路长。秋河曙耿耿，寒渚夜苍苍。引领见京室，宫雉正相望。金波丽鸤鹊，玉绳低建章。驱车鼎门外，思见昭丘阳。驰晖不可接，何况隔两乡。风云有鸟路，江汉限无梁。常恐鹰隼击，时菊委严霜。寄言尉罗者，寥廓已高翔。"（同上）

〔4〕"中天"句：见杜甫《后出塞》（五首之二），详本编八则注释。

〔5〕"长河"句：王维《使至塞上》诗云："单车欲问边，属国过居延。征篷出汉塞，归雁入胡天。大漠孤烟直，长河落日圆。萧关逢侯吏（一作"骑"），都护在燕然。"（据《全唐诗》第二函第八册）

〔6〕纳兰容若：纳兰性德（1655—1685），原名成德，字容若，号楞伽山人。满洲正黄旗人。大学士明珠之子。其先祖原为蒙古吐默特氏，因攻占纳喇部，以地为氏，改姓纳喇——即纳兰。清代满族词人。有《饮水》《侧帽》词行世。

【译文】

"明月照积雪""大江流日夜""中天悬明月""长河落日圆"。这种种境界，可以说是千古以来的壮丽景象。要在词中寻找这样的景象，只有纳兰容若所写的塞上词章，例如《长相思》的"夜深千帐灯"，《如梦令》的"万帐穹庐人醉，星影摇摇欲坠"，这样的景象有点相近。

五二 纳兰容若词

纳兰容若以自然之眼观物，以自然之舌言情。此由初入中原，未染汉人风气，故能真切如此。北宋以来，一人而已。

【题解】

纳兰容若是清代一位具有特殊才能的词人。顾贞观谓其"天资超逸，倏然尘外。所为乐府小令，婉丽清凄，使读者哀乐不知所主"〔据道光十二年（1832）汪元治结铁网斋刻《纳兰词·原序》〕。他的词作以抒写真情实感见长。王国维对纳兰容若推崇备至，以为"北宋以来，一人而已"。对于纳兰容若的成就，王氏突出其"自然"二字。谓其"以自然之眼观物，以自然之舌言情"。"观物""言情"，不受社会环境、社会风气影响。纯粹出于"自然"，即心中至性之流露，所以，能够达到艺术上"真切"的境界。

【注释】

〔1〕"以自然之舌言情"，原稿作"以自然之笔写情"。"北宋以来，一人而已"，原稿作"同时朱、陈、王、顾诸家，便有文胜则史之弊"。

〔2〕北宋以来，一人而已：蒲菁曰："容若，亦古之伤心人也！集中丁巳重阳前三日，梦亡妇淡妆素服，执手哽咽，语多不能复记，但临别有云：'衔恨愿为天上月，年年犹得向郎圆。'妇素未工诗，不知何以得此也？此深伉俪之情也。顾贞观《弹指词》《金缕曲》（寄吴汉槎）自注：'容

若见之，泣曰："河梁生别之诗，山阳死友之传，得此而三。此事三千六百日中，我当以身任之。"余曰："人寿几何？公子乃以十年为期耶？请以五载！"公子许之。未几，汉槎生入玉门关矣。'此任侠之义也。故其为词，至性流露。清初以来，亦一人而已。"（据靳德峻笺证《人间词话》第67～68页）

【译文】

　　纳兰容若用客观的眼光观察客观事物，用客观的态度抒写情感，这是因为刚刚来到中原还没有受到汉人风气感染的缘故，才能够这么天真亲切。北宋到现在，只有他一人能做到这一点。

五三 词未必易于诗

陆放翁跋《花间集》，谓："唐季五代，诗愈卑，而倚声者辄简古可爱。能此不能彼，未可（当作"易"）以理推也。"《提要》驳之，谓："犹能举七十斤者，举百斤则蹶，举五十斤则运掉自如。"其言甚辨。然谓词必易于诗，余未敢信。善乎陈卧子之言曰："宋人不知诗而强作诗，故终宋之世无诗。然其欢愉愁苦（当作"怨"）之致，动于中而不能抑者，类发于诗馀，故其所造独工。"五代词之所以独胜，亦以此也。

【题解】

晚唐五代，所谓诗亡而乐府兴，其原因究竟何在，历来多所争议。陆游认为：这是由作家的创作才能所决定的，"能此不能彼"，不可强求。纪昀不同意这一看法，以为"文之体格有高卑，人之学力有强弱"，诗所以让位于词，是因为作词比作诗容易，例如能够举七十斤的人而举五十斤，便"运掉自如"。王国维从文学发展及艺术创作的角度进行考察，澄清了前人错误认识。首先，王国维指出："词必易于诗，余未敢信。"并指出："文学后不如前，余未敢信。"（本编五四则）他认为，文学史上文体之盛衰，并非这些文体各有高卑、难易之别。其次，王国维指出：在文体代兴过程中，作家们之所以"遁而作他体"，是为了自我解脱（本编五四则）。就宋人讲，他们之所以在词的创作上"所造独工"，是因为词这一文学体式，具有不同于诗的艺术特性，适合于施展他们的才情的缘故。

【注释】

〔1〕陆放翁跋《花间集》：《花间集》后有陆游二跋。其一云："《花间集》，皆唐五代时人作。方斯时，天下岌岌，生民救死不暇，士大夫乃流宕至此。可叹也哉！笠泽翁书。"（据明汲古阁覆宋本）其二云："唐自大中后，诗家日趣浅薄。其间杰出者亦不复有前辈宏妙浑厚之作，久而自厌；然梏于俗尚，不能拔出。会有倚声作词者，本欲酒间易晓，颇摆落故态，适与六朝跌宕意气差近。此集所载是也。故历唐季、五代，诗愈卑而倚声辄简古可爱。盖天宝以后诗人常恨文不迨大中。以后诗衰而倚声作，使诸人以其所长，格力施于所短，则后世孰得而议。笔墨驰骋则一，能此而不能彼，未能以理推也。"（同上）

〔2〕《提要》驳之：《四库全书总目提要·花间集提要》云："不知文之体格有高卑，人之学力有强弱。学力不足副其体格，则举之不足。学力足以副其体格，则举之有馀。律诗降于古诗，故中晚唐古诗多不工，而律诗则时有佳作。词又降于律诗，故五季人诗不及唐，词乃独胜。此犹能举七十斤者，举百斤则蹶，举五十斤则运掉自如，有何不可理推乎？"（中华书局，1965年6月北京第1版）

〔3〕陈卧子之言：陈子龙（1608—1647），字卧子，号轶符，晚年又号大樽。松江华亭（今上海松江）人。明代文学家。著有《陈忠裕公全集》。陈子龙论词云："宋人不知诗而强作诗，其为诗也，言理而不言情，终宋之世无诗。然宋人欢愉愁怨之致，动于中而不能抑者，类发于诗馀，故其所造独工。盖以沉挚之思而出之必浅近，使读之者骤遇之，如在耳目之表，久诵之，而得隽永之趣，则用意难也。以猾利之词而制之实（另作"必"）工炼，使篇无累句，句无累字，圆润明密，言如贯珠，则铸词难也。其为体也纤弱，明珠翠羽，尚嫌其重，何况龙鸾，必有鲜妍之姿，而不藉粉泽，则设色难也。其为境也婉媚，虽以惊露取妍，实贵含蓄不尽，时在低徊唱叹之际，则命篇难也。宋人专事之，篇什既富，触景皆会，虽高谈大雅，而亦觉其不可废也。"（据沈雄《古今词话·词品》上卷转引。《词话丛编》本。王昶编《陈忠裕公全集》未载）

【译文】

陆游（放翁）为《花间集》作跋，说："诗至晚唐五代，越来越卑下衰微，而倚声填词却简明古朴，更加可爱。人们能够做这事而不能够做那事，不可以从道理上强求一律。"《提要》反驳他说："好比能够举七十斤的，举一百斤就困难，举五十斤却运转自如。"这种说法十分诡辩。但是，认为作词必定比作诗容易，我却不能相信。还是陈卧子说得有道理。他说："宋代的人不了解诗而勉强作诗，所以整个宋代没有好的诗。但是，他们的欢愉愁苦情绪发展到了极点，激动于内心而不能抑制，这种情绪全部用诗馀的形式发泄出来，所以他们所创作的词特别好。"五代词之所以独擅胜场，也是因为这一缘故。

五四　文体盛衰原因

四言敝而有《楚辞》,《楚辞》敝而有五言，五言敝而有七言，古诗敝而有律绝，律绝敝而有词。盖文体通行既久，染指遂多，自成习套。豪杰之士，亦难于其中自出新意，故遁而作他体，以自解脱。一切文体所以始盛终衰者，皆由于此。故谓文学后不如前，余未敢信，但就一体论，则此说固无以易也。

【题解】

王国维在论述诗亡而乐府代兴的原因之后，这里，推而广之，进一步探讨文学史上各种文体始盛而终衰的原因。王国维认为：以四言体为主的《诗经》之所以为骚赋所替代，骚赋之所以为五言诗所替代，五言之所以为七言所替代，古诗之所以为律绝所替代，律绝之所以为长短句填词所替代，其中一个重要原因，就在于作者为了"自出新意"，为了"以自解脱"。王国维着重从艺术创造的角度提出问题，说明一种文体通行既久，当它"自成习套"之时，已渐趋于凝固化，人们如果仅是因袭模仿，必将走上绝路；而且，要想在旧文体中"自出新意"，即便是很有才华的作者也将面临困境，在这种情况下，只有敢于创新，另作他体，才能打开新的局面。当然，文体的兴变还与社会历史背景相关，那也是不可忽视的客观因素。

【注释】

〔1〕"习套"，原稿作"陈套"。"以自解脱"，原稿作"以发其思想感情"。"后不如前"，原稿作"今不如古"。

〔2〕四言敝而有《楚辞》：王世贞《艺苑卮言》云："三百篇亡而后有骚赋，骚赋难入乐而后有古乐府，古乐府不入俗，而后以唐绝句为乐府，绝句少宛转而后有词，词不快北耳而后有北曲，北曲不谐南耳而后有南曲。"

【译文】

四言诗衰敝而产生了《楚辞》，《楚辞》衰敝而产生了五言诗，五言诗衰敝而产生了七言诗，古体诗衰敝而产生了近体律绝，近体律绝衰敝而产生了词。大概一种文体流行久了，使用的人多了，就自然形成一套特殊的格式，即使很有才情的作家，也很难在这复杂变化的文体中创造出新的东西来，所以往往逃避开去，另作一体用以发挥自己的才情以自我解脱。所有的文体之所以开始的时候很兴盛，后来逐渐衰敝，正是由于这个缘故。以为文学的发展，后代比不上前代，我是不能同意的。但是，如果只就一种文体而论，这种说法却是不能改变的结论。

五五 词有题而词亡

诗之三百篇、十九首，词之五代、北宋，皆无题也。非无题也，诗词中之意，不能以题尽之也。自花庵、草堂每调立题，并古人无题之词亦为之作题，如观一幅佳山水，即曰此某山某河，可乎？诗有题而诗亡，词有题而词亡。然中材之士，鲜能知此而自振拔者矣。

【题解】

王国维指出：《诗经》三百零五篇，古诗十九首以及五代、北宋词，都是没有题目的。他认为：艺术家的"天职"在于"描写自然及人生"(《屈子文学之精神》)。自然及人生就是诗词的题目，所以不必另外立题。因此，王国维极力反对词中立题。他说：《花庵词选》《草堂诗馀》每调立题，并将原有无题之篇加上题目，这是可笑的。说："诗有题而诗亡，词有题而词亡。"王国维的看法带有较大的片面性。一、认为"词之五代、北宋，皆无题也"，不尽符合历史事实。固然，五代、北宋时期的词，确有许多无题之篇，但是，这并不能概括全体。据任二北考，敦煌曲中有题之篇占了全部歌辞的三分之一。又北宋词中，某些篇章不仅于调名之下另立题目，而且附有小序（详参拙著《词与音乐关系研究》中卷第九章第二节）。词之五代、北宋，不尽无题。二、《花庵词选》《草堂诗馀》为后世作俑，某些词选遂相沿袭，如《清绮轩词选》，"乃于古人无题者妄增入一题"，诚属"诬己诬人"、无识无耻之行为（陈廷焯《白雨斋词话》卷七）。但是，具有点睛作用的题目，却未必有害于词，有诬于古人。所谓"诗有题而诗亡，词有题而词亡"，将问题看得太严重了。实际上，诗亡与词亡，此乃文体盛衰代变之必然，"有题""无题"，无关大局。三、作为一幅山水画佳作，固然不必指明"某山某河"，但指明"某山某河"的山水画，如《富春山居图》，却未必不佳。以上三点，可见王氏关于有题无题之说，并不尽然。

【注释】

〔1〕通行本于"并古人无题之词亦为之作题"下无"其可笑孰甚"一句并以下一段："诗词之题目本为自然及人生。自古人误以为美刺投赠咏史怀古之用，题目既误，诗亦自不能佳。后人才不及古人，见古名、大家亦有此等作，遂遗其独到之处而专学此种，不复知诗词之本意。于是豪杰之士不得不变其体格，如楚辞、汉之五言诗、唐五代北宋之词皆是也。故此等文学皆无题。"但另增添一句："如观一幅佳山水，而即曰此某山某河，可乎？"一删一增，意在强调立题的害处。

〔2〕三百篇：指《诗经》，我国第一部乐歌总集。

〔3〕十九首：即古诗十九首，汉代无名氏作。

〔4〕花庵：《花庵词选》，凡二十卷，词总集。南宋黄昇编。前十卷为《唐宋诸贤绝妙词选》，收录唐、五代、北宋词人作品。始于唐李白，终于北宋王昂，附录方外、闺秀词各一卷。后十卷为《中兴以来绝妙词选》，收录南宋人作品。始于康与之，终于黄昇。

〔5〕草堂：《草堂诗馀》四卷。词总集。南宋书坊编集。主要选录宋词，也有唐五代词。词家有小令、中调、长调之分，自此书始。增修本《草堂诗馀》分类编选，调下或增以词题。前集分春景、夏景、秋景、冬景四类，后集分节序、天文、地理、人物、人事、饮馔器用、花禽七类。

【译文】

诗当中的三百篇、十九首，词当中的五代、北宋，都不另外立题。所谓不另外立题，并不是没有题，而是因为诗词当中所写的内容，不能够用这个题目概括地体现出来。自从《花庵词选》

《草堂诗馀》在每首词的调名之下另外立题，并将古人没有题目的词一一加上个题目，例如观赏一幅山水画佳作，而明确指出这是哪座山哪条河，这种做法可行吗？诗有了题而诗就衰亡，词有了题而词就衰亡。然而，一般人当中少有能够知道这一道理而自己振作起来的。

五六　所见者真，所知者深

大家之作，其言情也必沁人心脾，其写景也必豁人耳目。其辞脱口而出，无矫揉妆束之态。以其所见者真，所知者深也。诗词皆然。持此以衡古今之作者，可无大误矣。

【题解】

　　王国维曾经提出："能写真景物、真感情者，谓之有境界。"（本编第六则）用"真"作为艺术批评的标准。所谓"真"，具体要求是："其言情也必沁人心脾，其写景也必豁人耳目。"王国维认为：因为所见者真，所知者深，才能写得真。这里，王国维所说"见"与"知"，其对象是客观存在的物景与情景，包括社会人生。这说明，尽管王国维强调"赤子之心"，不主张多阅世，但是，当他接触到具体的创作问题，却不能不承认阅世的重要性。这正是王国维文艺观中合理性的具体体现。

【注释】

　　〔1〕原稿于"所知者深也"下无"诗词皆然"四字。"可无大误矣"，原稿作"百不失一"。以下有"以余所以不免有北宋后无词之叹也"句，已删。
　　〔2〕脱口而出：王国维《宋元戏曲考》云："然元剧最佳之处，不在其

思想结构，而在其文章。其文章之妙，亦一言以蔽之曰：在意境而已矣。何以谓之有意境？曰：写情则沁人心脾，写景则在人耳目，述事则如其口出是也。古诗词之佳者，无不如是。元曲亦然。"（据《王国维戏曲论文集》。中国戏剧出版社，1957年11月北京第1版）

【译文】

　　大家的作品，抒写情性必然深入人心，动人魂魄；描写景物也必然如在眼前，使人如临其境，如闻其声。他语言脱口而出，十分自然，丝毫没有矫揉造作、妆束打扮的样子，因为他对于客观物境观察得甚为真切，了解得甚为深刻。诗与词创作都是这个样子的。用这一标准来衡量古往今来的作者，可避免大的差误。

五七　诗词中的"三不"

人能于诗词中不为美刺投赠之篇，不使隶事之句，不用粉饰之字，则于此道已过半矣。

【题解】

美刺投赠之篇，包括咏史、怀古之题，其中常有"无聊之酬应与无病之呻吟"（《白雨斋词话》卷八），缺乏艺术价值。王国维对于这类作品极为不满。曾经指出："诗歌之方面，则咏史、怀古、感事、赠人之题目弥满充塞于诗界，而抒情、叙事之作什佰不能得一。"（《论哲学家与美术家之天职》）他反对写作美刺投赠之篇，十分明显，就在于强调艺术的"天职"，将诗词创作纳入言情、述志的轨道。不使隶事之句与不用粉饰之字，这是从艺术创作的角度提出问题的。王国维强调艺术的真实性，强调"自然""真切"，"无矫揉妆束之态"，所以反对粉饰；而在艺术形象创造上主张"不隔"，也就将"不使隶事之句"，作为"不隔"的要求之一。王国维主张"三不"，即：不为美刺投赠之篇，不使隶事之句，不用粉饰之字。这既是针对诗界现状有所为而发的议论，又是他关于创造"真景物、真感情"艺术境界的具体要求。

【注释】

〔1〕"不为美刺投赠之篇"，原稿作"不为美刺投赠怀古咏史之篇"。

"粉饰"，原稿作"装饰"。

【译文】

　　人们如果能够在诗词创作中不写赞颂、讽刺、投赠、应酬一类的篇章，不作用典用事的语句，不用粉饰雕琢的文字，那么对于填词此道就已经达到了一半以上的要求了。

五八　隶事与诗才

以《长恨歌》之壮采，而所隶之事，只"小玉双成"四字，才有馀也。梅村歌行，则非隶事不办。白、吴优劣，即于此见。不独作诗为然，填词家亦不可不知也。

【题解】

王国维曾将隶事用典作为艺术形象创作中"隔"的一种体现（本编四〇则）。这里，王氏以白居易《长恨歌》和吴伟业《圆圆曲》进行比较，权衡其能不隶事或少隶事与非隶事不办的高下优劣。他指出：《长恨歌》所隶之事，仅"小玉双成"四字，是才有馀的体现。王氏对白居易"能不使事"的才华是极为赞赏的。他希望填词家必须于其中见优劣，懂得隶事与诗才的关系。但是，王国维并非一概反对隶事，他对于吴伟业的"专以使事为工"，是采取分析态度的。王国维《致豹轩先生函》称："前作《颐和园词》一首，虽不敢上希白傅，庶几追步梅村。盖白傅能不使事，梅村则专以使事为工。然梅村自有雄气骏骨，遇白描处尤有深味，非如陈云伯辈但以秀缛见长，有肉无骨也。"（据日本神田信畅编《王忠悫公遗墨》）这说明王国维虽不主张隶事，对于用典"近于堆垛"（陈衍《谈艺录》）的《圆圆曲》含有贬意，但他认为如果有真正的诗才，隶事也无妨。

【注释】

〔1〕白：白居易（772—846），字乐天，号香山居士、醉吟先生。祖籍太原（今属山西），曾祖始迁居下邽（今陕西渭南）。唐代诗人。所作《长恨歌》有"金阙西厢叩玉扃，转教小玉报双成"句，"小玉双成"四字隶事，其馀皆不隶事。小玉为吴王夫差之女，双成即董双成，为西王母侍女。此处借以写杨太真（贵妃）侍女。

〔2〕吴：吴伟业（1609—1672），字骏公，号梅村。先世居昆山，祖父始迁太仓（今皆属江苏）。明末清初诗人。所作《圆圆曲》入手即用"鼎湖"事，以下隶事句甚多。见《吴梅村诗集笺注》卷十。

【译文】

白居易的《长恨歌》具有奇思壮采，其中所使用的典故，只有"小玉双成"四个字，这是诗才有馀的体现。至于吴伟业（梅村）的歌行《圆圆曲》，却非用典不可。由此可见白居易、吴伟业两人的优劣高下。不但诗的创作是这样的，而且填词家也不能不知道这一道理。

五九　诗 词 体 制

近体诗体制，以五七言绝句为最尊，律诗次之，排律最下。盖此体于寄兴言情，两无所当，殆有韵之骈体文耳。词中小令如绝句，长调似律诗，若长调之《百字令》《沁园春》等，则近于排律矣。

【题解】

王国维将近体诗体制分为三等，以为绝句最尊，律诗次之，排律最下。词与诗相比较，以为小令如绝句，长调似律诗，长调中的《百字令》(《念奴娇》)《沁园春》等，近于排律。王氏划分诗词体制等级的标准是：能否有利于发挥诗词"寄兴言情"的社会功能。他认为排律好像是有韵的骈体文，对于"寄兴言情"，"两无所当"。所以他最不喜排律。至于词，王国维推崇小令而将《百字令》《沁园春》一类长调列入最下一等，同样也是依据这一标准的；因为长调中的《百字令》《沁园春》，多为齐整的四字句，又讲究对仗，其格式特点正与四六骈文相似。王国维不喜排律，因其体式过分呆滞，不适宜发挥自由思想，还是有一定道理的，但词中的《百字令》《沁园春》一类长调，句法、章法于齐整当中有变化，并不妨碍言情寄兴，将它与排律相提并论，可见王氏于长调并不当行。(参见陈声聪《人间词话述评》,《填词要略及词评四篇》第199页，广东人民出版社，1986年6月广州第1版)

【注释】

〔1〕此则原稿作："诗中体制以五言古及五、七言绝句为最尊，七古次之，五、七律又次之，五言排律为最下。盖此体于寄兴言情均不相适，殆与骈体文等耳。词中小令如五言古及绝句，长调如五、七律，若长调之《沁园春》等阕，则近于五排矣。"

〔2〕词中小令：张炎《词源》云："词之难于令曲，如诗之难于绝句，不过十数句，一句一字闲不得。末句最当留意，有有馀不尽之意始佳。"俞仲茅曰："小令佳者，最为警策，令人动褰裳涉足之想。第好语往往前人说尽，当何处生活。长调尤为亹亹，染指较难。盖意窘于侈，字贫于复，气意于鼓，鲜不纳败，比于兵法，知难可焉。"（据王又华《古今词论》，《词话丛编》本）李东琪曰："小令叙事须简净，再著一二景物语，便觉笔有馀闲。中调须骨肉停匀，语有尽而意无穷。长调切忌过于铺叙，其对仗处，须十分警策，方能动人。设色既穷，忽转出别境，方不窘于边幅。"（同上）

【译文】

近体诗中各种体裁，五七言绝句为最上等，律诗其次，排律最低下。因为排律这一体式好像是有韵的骈体文，对于抒写情性寄寓怀抱都不适用。词的体裁当中，小令像是绝句，长调好比律诗，如果是长调中的《百字令》《沁园春》等，就与排律相接近。

六〇　入乎其内与出乎其外

诗人对宇宙人生，须入乎其内，又须出乎其外。入乎其内，故能写之。出乎其外，故能观之。入乎其内，故有生气。出乎其外，故有高致。美成能入而不出。白石以降，于此二事皆未梦见。

【题解】

这里阐述了诗人了解宇宙人生、反映宇宙人生的创作过程。"入乎其内"，就是深入其内，即龚自珍所说的"善入"。"何者善入？天下山川形势，人心风气，土所宜，姓所贵，皆知之。国之祖宗之令，下逮吏胥之所守，皆知之。其于言礼、言兵、言政、言狱、言掌故、言文体、言人贤否，如其言家事，可谓入矣"（龚自珍《尊史》，据《定盦文集·续集》卷一，《国学基本丛书》本）。这就是说，对于宇宙人生中的一切，首先必须要有深入的体验。然后在这一基础之上，通过"出乎其外"即"遗其关系、限制之处"，进行艺术的提炼与概括。这里所说，"出乎其外"，就是龚自珍所说的"善出"。"何者善出？天下山川形势，人心风气，土所宜，姓所贵，国之祖宗之令，下逮吏胥之所守，皆有联事焉，皆非所专官。其于言礼、言兵、言政、言狱、言掌故、言文体、言人贤否，如优人在堂下，号咷舞歌，哀乐万千，堂上观者，肃然踞坐，眄睐而指点焉，可谓出矣"（同上）。这也就是高瞻远瞩。因此，只有"入乎其内"，才能写，才能真实地反映宇宙人生；只有"出乎其外"，才能有高情至论，塑造出有普遍性的典型形象来。

【注释】

〔1〕"宇宙人生"，原稿作"自然人生"。

〔2〕入乎其内：即重视外物，能与花草共忧乐（详下则）。亦即深入到生活当中去，对生活进行观察、体验，掌握丰富的素材，才能进行创作（故能写之）；只有这样，作品才会充满生活气息，具有生命力（故有生气）。入乎其内，就是阅世的过程。

〔3〕出乎其外：即轻视外物，能以奴仆命风月（详下则）。亦即不要被某些生活现象所迷惑，不要当材料的奴隶，要能"跳"出来，进行冷静的分析研究，才能把握生活的本质（故能观之）；只有这样，作品才能更高、更强烈、更真实地反映生活，闪射思想的光辉（故有高致）。

【译文】

诗人对宇宙人生，必须深入到它的内部，又必须站在它的外边。深入到它的内部，才能够描写它，站在它的外边，才能够观察它。深入到它的内部，所以充满生气，站在它的外边，所以具有高瞻远瞩的兴味。周邦彦（美成）能深入进去而出不来。姜夔（白石）以后，对于这两件事都梦想不到了。

六一　轻视外物与重视外物

　　诗人必有轻视外物之意，故能以奴仆命风月。又必有重视外物之意，故能与花鸟共忧乐。

【题解】
　　所谓"轻视外物"与"重视外物"，实际上就是"出乎其外"与"入乎其内"的体现。因为"重视外物"，"入乎其内"，深入宇宙人生，体验生活，所以能够与包括花鸟在内的客观外物共忧乐。这是诗人进入创造境界的首要前提。又因为"轻视外物"，"出乎其外"，站得高，看得远，"超然于利害之外"（《红楼梦评论》），所以能够以奴仆命风月，成为客观外物的主人。这是艺术创作源于生活、高于生活的必要条件。此则与上则，对于艺术与生活关系的论述，含有唯物主义的合理因素。

【译文】
　　诗人必须具有轻视身外之物的气魄，才能将自然界的风与月当作奴仆；又必须具有重视身外之物的气魄，才能够与自然界的花鸟虫草一起忧愁与欢乐。

六二 游词之病

"昔为倡家女，今为荡子妇。荡子行不归，空床难独守"。"何不策高足，先据要路津。无为久贫（当作"守穷"）贱，轗轲长苦辛"。可谓淫鄙之尤。然无视为淫词、鄙词者，以其真也。五代、北宋之大词人亦然。非无淫词，读之者但觉其亲切动人。非无鄙词，但觉其精力弥满。可知淫词与鄙词之病，非淫与鄙之病，而游词之病也。"岂不尔思，室是远而"。而子曰："未之思也，夫何远之有？"恶其游也。

【题解】

王国维境界说的核心是一个"真"字。他曾说："能写真景物，真感情者，谓之有境界。"（本编第六则）在他看来，任何艺术作品，只要创造"真"的境界，无论其淫与鄙的程度如何，都当予以肯定。他认为：五代、北宋大词人所作词，其中虽有淫词、鄙词，但读者不以为病，反以为"亲切动人""精力弥满"，这就是"真"的缘故。因为"真"，虽淫鄙到了极点，人们也不把它们当作淫词、鄙词看待。王国维厌恶游词，其原因也正在一个"真"字。他认为，游词的弊病就在于缺乏"忠实"之意（删稿四四则），也就是"哀乐不衷其性"（金应珪《词选后序》，据《词选》）。提倡艺术创作的真实性，这原是十分合理的。但是，在强调"真"的同时，忽视了"善"与"美"，忽视了"真、善、美"三者的互相关系，这是有一定缺陷的。例如，王国维论元曲，以为"元曲为中国最自然之文学"。说："元曲之佳处何在？一言以蔽之曰：自然而已矣。古今之大文学，无不以自然胜，而莫著于元曲。盖元剧之作者，其人均非有名传学问也。其作剧也，非有藏之名山传之后人之意也。彼以意兴之所至，为之以自娱娱人。关目之拙劣，所不问也；思想之卑陋，所不讳也；人物之矛盾，所不顾也。彼但摹写其胸中之感想与时代之情状，而真挚之理与秀杰之气，时流露于其间。"（《元剧之文章》，据《宋元戏曲考》）对于词，王国维正以这种不问拙劣、不讳卑陋、不顾矛盾的观点进行评判，把"真"作为唯一的批评标准。在艺术批评中所出现的这一片面性，使得王国维的艺术观带有极大的局限性。

【注释】

〔1〕"亲切动人"，原稿作"沉挚动人"。

〔2〕"昔为"四句：古诗十九首（之二）云："青青河畔草，郁郁园中柳。盈盈楼上女，皎皎当窗牖。娥娥红粉妆，纤纤出素手。昔为倡家女，今为荡子妇。荡子行不归，空床难独守。"（据《文选》卷二十九）

〔3〕"何不"四句：古诗十九首（之四）云："今日良宴会，欢乐难具陈。弹筝奋逸响，新声妙入神。令德唱高言，识曲听其真。齐心同所愿，含意俱未申。人生寄一世，奄忽若飙尘。何不策高足，先据要路津。无为守穷贱，轗轲长苦辛。"（同上）

〔4〕淫词：金应珪《词选后序》云："义非宋玉，而独赋蓬发；谏谢淳于，而唯陈履舄。揣摩床第，污秽中冓，是谓淫词。"（据《词选》，中华书局，1957年8月北京第1版）

〔5〕鄙词：金应珪《词选后序》云："猛起奋末，分言析字，诙嘲则俳优之末流，叫啸则市侩之盛气，此犹巴人振喉以和阳春，电蛱怒嗌以调疏越，是谓鄙词。"

〔6〕游词之病也：游词，毫无根据的言辞。金应珪《词选后序》云："规模物类，依托歌舞，哀乐不衷其性，虑叹无与乎情。连章累篇，义不出乎花鸟。感物指事，理不外乎酬应。虽既雅而不艳，斯有句而无章。是谓游词。"

〔7〕岂不尔思:《论语·子罕》云:"唐棣之华,偏其反而。岂不尔思,室是远而。子曰:未之思也,夫何远之有?"(据《论语正义》卷十)

【译文】

"昔为倡家女,今为荡子妇。荡子行不归,空床难独守。""何不策高足,先据要路津?无为守穷贱,辗轲长苦辛。"这样的诗篇可以说极其淫荡、卑鄙,但是却不能看不起这类淫荡之词与卑鄙之词,因为它们表达了真实的感情。五代、北宋的大词人都是如此。并不是说他们的歌词没有淫荡语句,只是因为读了之后,觉得亲切动人。也并不是说他们的歌词没有卑鄙的语句,只是觉得神完气足,富有生气。由此可知,淫词与鄙词的毛病,并不是淫荡与卑鄙本身的毛病,而是"游词"的毛病。因此,对于古诗中所说"岂不尔思,室是远而",孔子曾加以反驳:"根本就不思念,并不是离得太远的缘故。"这就是厌恶古诗中的话太油滑。

六三　唐人绝句妙境

"枯藤老树昏鸦。小桥流水平沙（诸本多作"人家"）。古道西风瘦马。夕阳西下。断肠人在天涯。"此元人马东篱《天净沙》小令也。寥寥数语，深得唐人绝句妙境。有元一代词家，皆不能办此也。

【题解】

　　王国维论诗以绝句为最佳，论词、论曲也最推崇小令。他将达到"唐人绝句妙境"的令词、令曲，当作词曲中的极品。何谓"唐人绝句妙境"，王氏虽未具体揭示，但就马致远《天净沙》（秋思）看，似可探知一二。《天净沙》（秋思）五句二十八字，篇幅与一首七言绝句相当，寥寥数语，描绘出一幅天涯宦游图。前面三个六字句，各用三个名词组成，省却动词与连接词，用笔十分经济，又充分地将途中物景展示出来。后面两句，是景语，又是情语，落日、断肠，隐含着无限愁思。这一令曲，以少许胜多许，正符合于十数句间，一句一字闲不得，末又有有馀不尽之意（张炎语）的要求。应当说，无闲句字，有闲意趣，有有馀不尽之意，这就是王国维所说的"唐人绝句妙境"。

【注释】

　　〔1〕平沙：除《历代诗馀》外，诸本均作"人家"。

〔2〕马东篱：马致远（约 1250—1324 间），号东篱，一说字千里，大都（今北京）人。元代戏曲作家。所作曲存于《元曲选》（臧晋叔编）中者，凡《青衫泪》《岳阳楼》《陈抟高卧》《汉宫秋》《荐福碑》及《任风子》等。《元曲选》有商务印书馆影印本。

〔3〕唐人绝句妙境：王国维《宋元戏曲考》云："《天净沙》小令，纯是天籁，仿佛唐人绝句。马东篱《秋思》一套，周德清评之，以为万中无一，明王元美等亦推为套数第一，诚定论也。此二体虽与元杂剧无涉，可知元人之于曲，天实纵之，非后世之人所能望其项背也。"（据《王国维戏曲论文集》）

【译文】

"枯藤老树昏鸦。小桥流水人家。古道西风瘦马。夕阳西下。断肠人在天涯。"这是元人马致远（东篱）的《天净沙》小令。这首小令，寥寥数句，却能够达到唐人绝句的高妙境界。元代所有词家，都不能达到这种境界。

六四　白仁甫能曲不能词

　　白仁甫《秋夜梧桐雨》剧，沉雄悲壮，为元曲冠冕。然所作《天籁词》，粗浅之甚，不足为稼轩奴隶。岂创者易工，而因者难巧欤？抑人各有能、有不能也？读者观欧秦之诗远不如词，足透此中消息。

【题解】

　　诗、词、曲是诗歌中三种不同的艺术样式，各有其独特的艺术特征和艺术发展规律，文学史上三者兼工的作者毕竟极为罕见。白朴（仁甫）是元曲四大作家之一，王国维称其曲"高华雄浑，情深文明"（《王国维戏曲论文集》），称其所作《秋夜梧桐雨》，沉雄悲壮，为元曲冠冕。但是，王氏又指出，白朴所作《天籁词》，极其粗浅，即"干枯质实，但有稼轩之貌而神理索然"（稿本），不足为稼轩奴隶。白朴能曲不能词，这一文学现象究竟应当如何解释？王国维提出了两个答案：一、这是因为元曲属于一种新创立的诗体，容易写好，词至元代已变成一种旧的诗体，不容易写好；二、作家创作才能不同。对这两个答案，王国维侧重于后者。他认为："曲家不能为词，犹词家之不能为诗。"（稿本）所以说："读者观欧秦之诗远不如词，足透此中消息。"这里，王国维着重从诗、词、曲不同的艺术特性及作家创作才能方面进行探讨，还是有一定道理的。

【注释】

〔1〕"沉雄悲壮"，原稿作"奇思壮采"。"然所作《天籁词》"以下各句，原稿作："然其词干枯质实，但有稼轩之貌而神理索然。曲家不能为词，犹词家之不能为诗。读永叔、少游诗可悟。"

〔2〕白仁甫：白朴（1226—1306后），字太素，号兰谷，初名恒，字仁甫，隩州（今山西河曲县附近）人。元代戏曲作家、词人。著有《天籁集》二卷及《秋夜梧桐雨》《墙头马上》（见《元曲选》）二剧。王国维《宋元戏曲考》云："关汉卿一空倚傍，自铸伟词，而其言曲尽人情，字字本色，故当为元人第一。白仁甫、马东篱，高华雄浑，情深文明。郑德辉清丽芊绵，自成馨逸，均不失为第一流。其馀曲家，均在四家范围内。"（据《王国维戏曲论文集》）

〔3〕《天籁词》：《四库》著录。《提要》则谓其"清隽婉逸，意惬韵谐，可与张炎《玉田词》相匹"。王氏以粗浅之甚目之，是犹目叔夏为玉老田荒也（参见靳德峻笺证《人间词话》第79页）。

【译文】

白朴（仁甫）杂剧《秋夜梧桐雨》，沉雄悲壮，在元曲中，实是居于首位的作品。但是，他所作《天籁词》，极为粗疏浅陋，不配作为辛弃疾（稼轩）的奴隶。这是新创立的文体容易写得好而旧文体难于获得成功？或者是作家各有各的特殊才能呢？读者觉得欧阳修、秦观的诗远远不如他们的词，很能够透露这当中的消息。

卷二　人间词话删稿

一　白　石　二　语

　　白石之词，余所最爱者，亦仅二语。曰："淮南皓月冷千山，冥冥归去无人管。"

【题解】

　　王国维论白石词，见于《人间词话》者计十七处。总的看来，王国维对白石词的评价还是比较高的。王氏于词，"于五代喜李后主、冯正中，于北宋喜永叔、子瞻、少游、美成，于南宋除稼轩、白石外，所嗜盖鲜矣"（附录二一则）。王国维喜欢白石词，主要肯定其"气象"（本编三一则）、"格调"（本编三八则），对其艺术创造，却有一些不满。王国维认为，白石"格调虽高，然无一语道著"（本编三八则）。这是说他在创造艺术形象方面，不够鲜明、具体，还有"隔"的毛病。再是指出，"白石有格而无情"。认为白石词之美，还着重在貌，内美与修能尚不可达到较好的结合。这里，王氏说，对于白石之词，最爱者仅此二语："淮南皓月冷千山，冥冥归去无人管。"二语好处，在于所写之景，如在目前，不隔也。而且此所谓写景之语，实际即写情之语也。皓月归去无人管，情与景已交融一体。此二端正合乎王氏境界说的审美原则。

【注释】

　　〔1〕姜夔《踏莎行》（自沔东来。丁未元日，至金陵江上感梦而

作）："燕燕轻盈，莺莺娇软，分明又向华胥见。夜长争得薄情知，春初早
被相思染。　　别后书辞，别时针线，离魂暗逐郎行远。淮南皓月冷千
山，冥冥归去无人管。"（据夏承焘《姜白石词编年笺校》卷二。上海古籍
出版社，1981 年 5 月上海新 1 版）

【译文】

　　姜夔（白石）的词，我最喜爱的仅仅是这么两句："淮南皓月冷
千山，冥冥归去无人管。"

二 双声叠韵

　　双声、叠韵之论，盛于六朝，唐人犹多用之。至宋以后，则渐不讲，并不知二者为何物。乾嘉间，吾乡周松霭（春）先生著《杜诗双声叠韵谱括略》，正千馀年之误，可谓有功文苑者矣。其言曰："两字同母谓之双声，两字同韵谓之叠韵。"余按：用今日各国文法通用之语表之，则两字同一子音者谓之双声。如《南史·羊元保传》之"官家恨狭，更广八分"，"官家更广"四字，皆 k 得声。《洛阳伽蓝记》之"狞奴慢骂"，"狞奴"二字，皆从 n 得声。"慢骂"二字，皆从 m 得声也。两字同一母音者，谓之叠韵。如梁武帝"后牖有朽柳"，"后牖有"三字，双声而兼叠韵。"有朽柳"三字，其母音皆为 u 也。刘孝绰之"梁皇长康强"，"梁长强"三字，其母音皆为 ian 也。自李淑《诗苑》伪造沈约之说，以双声叠韵为诗中八病之二，后世诗家多废而不讲，亦不复用之于词。余谓苟于词之荡漾处多用叠韵，促节处用双声，则其铿锵可诵，必有过于前人者。惜世之专讲音律者，尚未悟此也！

【题解】

我国古典诗词或用以配合歌乐，或用以吟诵，都十分注重形式美与音乐美。双声、叠韵是诗词中经常运用的语言手段。双声，指两个字声母相同，如"官家""更广"，皆从 k 得声；叠韵，指两个字韵母相同，如"后牖"二字，皆从 u 得韵，"康强"二字，皆从 ian（iang）得韵。诗词中运用双声、叠韵，由来已久。据考，《诗经》中共运用七十四个双声叠韵联绵词，其中双声词二十六个，叠韵词四十一个，双声叠韵词七个。屈原《涉江》也多处运用双声叠韵（参见郭启熹《古音与教学》，福建教育出版社，1986 年 7 月福州第 1 版）。但是，自从沈约创"永明体"，提出四声说及八病说，谓诗病有八，七曰旁纽，八曰正纽，将双声、叠韵称为诗病，后世诗家，对此或废而不讲，或持否定态度。王国维指出，双声、叠韵，不仅诗中经常运用，而且"于词之荡漾处多用叠韵，促节处用双声，则其铿锵可诵，必有过于前人者"。王氏此说，可于诗词音韵实践中得到检验。

【注释】

〔1〕双声叠韵之论，盛于六朝：《宋书·谢庄传》载，"庄得王玄谟，玄护为双声，磋碻为叠韵"。又，《王玄保传》："好为双声。"又，沈约所谓"一简之内，音韵尽殊"，与刘勰所谓"响有双叠，双声隔字而每舛，叠韵杂句而必睽"同理。皆论双声叠韵之说也（参见许文雨《人间词话疏证》第 214 页）。

〔2〕乾嘉：乾隆（1736—1795），清高宗弘历年号；嘉庆（1796—1820），清仁宗颙琰年号。

〔3〕周松霭：周春（1729—1815），字芚兮，号松霭，晚号黍谷居士，又号内乐村农，浙江海宁人。清代诗人。

〔4〕梁武帝：萧衍（464—549），字叔达，兰陵（今江苏常州西北）人。南朝梁的建立者。

〔5〕刘孝绰：刘孝绰（481—539），本名冉，彭城（今江苏徐州）人。南朝梁诗人。

〔6〕"后牖有朽柳"与"梁皇长康强"：葛立方《韵语阳秋》卷四引陆龟蒙诗序："叠韵起自梁武帝。云：'后牖有朽柳。'当时侍从之臣皆倡和：刘孝绰云'梁王长康强'，沈休文云'偏眠船舷边'，庾肩吾云'载碰每碍

埭'。自后用此体作为小诗者多矣，如王融所谓'园蘅炫红蘤，湖荇晔黄华'，温庭筠所谓'栖息消心象，檐楹溢艳阳'，皆效双声而为之者也。"（据何文焕《历代诗话》本，中华书局，1981年4月北京第1版）

〔7〕ian：应为iang。

〔8〕李淑：字献臣，北宋人，《宋史》有传（《李若谷传》附）。有《诗苑类格》，已佚。王应麟《玉海》（《宝元诗苑类格》条）载："二年（1039），翰林学士李淑承诏编为三卷。上卷首以真宗御制八篇。条解声律为常格，别二篇为变格，又以沈约而下二十二人评诗者次之。中卷叙古诗杂体三十门。下卷叙古人体制别有六十七门。"（据浙江书局本）

〔9〕沈约（441—513），字休文，吴兴武康（今浙江吴兴）人。南朝文学家。

〔10〕诗中八病：周春《杜诗双声叠韵谱括略》引李淑《诗苑》："梁沈约云：诗病有八……七曰旁纽，八曰正纽。"（谓十字内两字双声为"正纽"，若不共一字而有双声为"旁纽"，如"流六"为正纽，"流柳"为旁纽。）周春案："正纽、旁纽，皆指双声而言，观神珙之图，自可悟入。若此注所云，则旁纽即叠韵矣，非。"许文雨曰："八病中有傍纽病，谓一句之内，犯两用同纽字之病也。亦即刘勰所谓双声隔字而每舛。又有小韵病，谓一句之内，犯两用同韵字之病也。亦即刘勰所谓叠韵杂句而䁓。"（《人间词话讲疏》）

【译文】

有关双声、叠韵的理论，盛行于六朝，到了唐代还有许多人提倡。但是，宋代以后，就逐渐不被提起，致使人们不知道双声、叠韵究竟是怎么回事。清代乾嘉年间，吾乡周春（松霭）先生著《杜诗双声叠韵谱括略》，纠正了千年谬误，可以说这是有功于文苑的一件事。他说："两字声母相同称为双声，两字韵母相同称为叠韵。"我认为：如果用现代各国文法通用的语言来表达，就是，两字子音相同称为双声。例如《南史·羊元保传》中的"官家恨狭，更广八分"，"官家更广"四字，从k得声。《洛阳伽蓝记》的"狞奴慢骂"，"狞奴"二字，都从n得声，"慢骂"二字，都从m得声。同时，两字母音相同称为叠韵。例如梁武帝的"后牖有朽柳"，"后牖有"三字，既是双声又兼叠韵。"有朽柳"三字，它们的母音都是u。刘孝绰的"梁皇长康强"，"梁长强"三字，它们的母音都是 ian。自从李淑著《诗苑》伪造沈约的理论，把双声叠韵作为诗中八病中的二种病，后世诗作者一般不再讲究双声叠韵，也不再将双声、叠韵用于词的创作。我认为：如果在词的跌宕跳动处注意采用叠韵，在繁声促节处使用双声，那么，这种铿锵可诵的音乐效果，必定大大超过前人。可惜现在专门研究音律的人，还不懂得这个道理。

三 叠韵不拘平、上、去三声

世人但知双声之不拘四声，不知叠韵亦不拘平、上、去三声。凡字之同母者，虽平仄有殊，皆叠韵也。（按：原稿此则已删去。今补。）

【题解】

所谓双声，只求声母相同，其声调如何，则不拘也。叠韵亦然。例如"官家""更广"，为双声，"官、家"同为平声，"更、广"则一去一上。"康强""后牖"为叠韵，"康、强"同为平声，"后、牖"则一去一上。

【译文】

人们只知道双声不拘四声，不知道叠韵也不拘平、上、去三声。实际上，凡是同母音的字，虽然平仄不同，但都是叠韵。

四　文学升降之关键

诗至唐中叶以后，殆为羔雁之具矣。故五代北宋之诗，佳者绝少，而词则为其极盛时代。即诗词兼擅如永叔、少游者，词胜于诗远甚。以其写之于诗者，不若写之于词者之真也。至南宋以后，词亦为羔雁之具，而词亦替矣。此亦文学升降之一关键也。

【题解】

　　文学史上，诗、词两种诗歌体式的兴盛与衰微，是值得探讨的文学现象。王国维将其原因归咎于作者将其作为"羔雁之具"。这固然有一定道理，但是，文学之升降，其原因却远不止于此。就诗、词这两种文学样式而论，诗之至唐而极盛，唐中叶以后走上衰微的道路，词之至北宋而极盛，南宋以后走上蜕变的道路，除了文学本身以及作家本身的原因之外，还受到社会经济、政治、思想、文化诸因素的制约。王氏将文学之升降，简单地归咎于作家的创作态度，这显然是不符合历史唯物主义的原则的，而且也与文学发展的历史真实不相符合。

【注释】

　　〔1〕此则见《文学小言》（一三），王氏于"故五代北宋之诗"下，自注"除一、二大家外"；"而词亦替矣"下，自注"除稼轩一人外"。

〔2〕羔雁之具：羔雁，小羊与雁，为古时礼聘应酬之物。《礼记·曲礼下》载："凡挚，天子鬯，诸侯圭，卿羔，大夫雁。"（据《礼记正义》卷五）许文雨曰："唐中叶以后，唱酬诗繁，和韵尤为风行，瘖步相寻，诗之真趣尽矣。"（《人间词话讲疏》）

【译文】

诗到了唐代中期以后，变而成为礼聘应酬的工具，所以五代、北宋时的诗，佳作绝少。但是，这时期的词却到了极盛时代。即使是兼擅诗词的欧阳修（永叔）与秦观（少游），他们所作词也远远胜过他们的诗。这就是因为，与其写在诗中，不如写在词中更来得真实。到了南宋以后，词也变成为礼聘应酬的工具，词也就衰微了。这也就是文学兴衰的一大关键。

五 "天乐"二字文义

曾纯甫中秋应制，作《壶中天慢》词。自注云："是夜，西兴亦闻天乐。"谓宫中乐声，闻于隔岸也。毛子晋谓："天神亦不以人废言。"近冯梦华复辨其诬。不解"天乐"二字文义，殊笑人也！

【题解】

曾觌《壶中天慢》(咏月)，为一般应制词，歌功颂德，不足取也。但此所谓隔岸闻"天乐"，实际上，乃宫中之乐也。四水潜夫(周密)《武林旧事》(卷七)载：淳熙九年(1182)八月十五日，宫中赏月。晚宴香远堂。有大池十馀亩，皆是千叶白莲。……南岸列女童五十人奏清乐，北岸芙蓉冈一带，并是教坊工，近二百人。待月初上，箫韶齐举，缥缈相应，如在霄汉。……侍宴官开府曾觌恭上《壶中天慢》一首(词略)。上皇曰："从来月词，不曾用金瓯事，可谓新奇。"赐金束带、紫番罗水晶注碗一副。上亦赐宝盏古香。至一更五点还内。是夜隔江西兴，亦闻天乐之声。云云。(西湖书社，1981年1月杭州第1版)《武林旧事》所记极明白，子晋故弄玄虚，谓为天神之乐，大可不必。王国维不赞成子晋说法，但所说事实稍有出入。因曾觌此词未见《海野词》，乃子晋据《武林旧事》补录，调名下小字非曾觌自注。此外，《武林旧事》所记亦有误。因淳熙九年(1182)，曾觌已经去世二年，不可能再作此词。

【注释】

〔1〕曾纯甫：曾觌（1109—1180），字纯甫，汴（今河南开封）人。南宋词人。有《海野词》。所作《壶中天慢》云："素飙漾碧，看天衢稳送、一轮明月。翠水瀛壶人不到，比似世间秋别。玉手瑶笙，一时同色，小按霓裳叠。天津桥上，有人偷记新阕。　当日谁幻银桥，阿瞒儿戏，一笑成痴绝。肯信群仙高宴处，移下水晶宫阙。云海尘清，山河影满，桂冷吹香雪。何劳玉斧，金瓯千古无缺。"（据《全宋词》第1326页）

〔2〕毛子晋：毛晋（1599—1659），字子晋，江苏常熟人。明末清初藏书家、出版家。其跋《海野词》曰："进月词，一夕西兴，共闻天乐，岂天神亦不以人废言耶？"（据《宋六十名家词》，《四库备要》本）

〔3〕冯梦华：冯煦（1843—1927），字梦华，号蒿庵，江苏金坛人。近代词人。所撰《蒿庵论词》云：曾纯甫赋进御月词，其自记云："是夜，西兴亦闻天乐。"子晋遂谓天神亦不以人废言。不知宋人每好自神其说。白石道人尚欲以巢湖风驶，归功于《平调满江红》，于海野何讥焉？《独醒杂志》谓逻卒闻张建封庙中鬼，歌东坡《燕子楼》乐章，则又出他人之傅会，益无征已。

【译文】

曾觌（纯甫）中秋应制，作《壶中天慢》词。自注说："是夜，西兴亦闻天乐。"认为宫中奏乐之声，远隔江岸也听得到。毛晋（子晋）说："天神亦不以人废言。"近人冯梦华又进行辨诬。实际上，他并不理解"天乐"二字的意思，实在见笑于人。

六　方回词少真味

北宋名家以方回为最次。其词如历下、新城之诗，非不华赡，惜少真味。

【题解】

贺方回喜用前人成句，或以前人诗意融化入词，无假脂粉，自然秾丽（夏敬观手批《东山词》，据龙榆生《唐宋名家词选》），颇得历代词家赞赏。但是，其中某些篇章，盛丽、妖冶有馀，幽洁、悲壮不足，即情感不够真挚。王国维以为"非不华赡，惜少真味"，即未能"感自己之感，言自己之言"（《文学小言》），当有一定依据，但以之为"最次"，却贬之太过。

【注释】

〔1〕原稿于"惜少真味"后尚有一段："至宋末诸家，何可譬之腐烂制艺，乃诸家之享重名者且数百年，始知世之幸人不独曹蜍、李志也。"

〔2〕方回：贺铸（1052—1125），字方回，卫州（今河南卫辉市）人。北宋词人。

〔3〕历下、新城：李攀龙（1514—1570），字于鳞，号沧溟，历城（今山东济南）人。明代诗人。后七子之一。其诗主声调。王士禛（1634—1711），字贻上，号阮亭，别号渔洋山人，新城（今山东垣台）人，清代诗人。其诗主神韵。王国维对李、王二家诗极为鄙视，尤其是王士禛。曾

说:"若国朝之新城，岂徒言一人之言而已哉，所谓'莺偷百鸟声'者也。"
(《文学小言》)

【译文】
　　北宋名家当中，贺铸（方回）是最差的一位作者。他的词好像是历下李攀龙（历下）与新城王士祯（新城）的诗，不是文辞不富丽，只可惜缺少真情实感。

七　文体之难与易

散文易学而难工，骈文难学而易工。近体诗易学而难工，古体诗难学而易工。小令易学而难工，长调难学而易工。

【题解】

在文学体裁中，散文与骈文，近体诗与古体诗，小令与长调，是三对不同格式的文学样式。散文与骈文的区别，在句式上。一是长短参差句式的自由组合，没有固定的格式；一是有严密组织的四六句式，排列十分讲究。近体诗与古体诗，一个有固定的格律，统一的模式；一个则变化无常，没有定规。小令与长调，格律上一个较为简单，一个复杂多变。所谓"难"与"易"，乃相对而言。从格式上看，散文没有具体规定，没有严格要求，近体诗格律一成不变，小令格式简单，这在初学者看来，似乎较为容易，但入门之后，欲求其工，却并非易事。骈文、古体诗以及词中长调，许许多多清规戒律，初学颇觉为难，往往成为束缚。但是，当掌握了变化规律之后，这许许多多清规戒律却反过来，成全了作者。李渔曾说："曲谱者，填词之粉本，犹妇人刺绣之花样也。……情事新奇百出，文章变化无穷，总不出谱内刊成之定格。是束缚文人而使有才不得自展者，曲谱是也；私厚词人而使有才得以独展者，亦曲谱也。"（《李笠翁曲话》第二十九页《凛遵曲谱》条）大概与此用意相近。王国维此说，想必是自身体会有得之言，治此道者当深思也。

【注释】

〔1〕滕咸惠校曰：王国维之意似为：格律较为简单、形式较为自由者"易学而难工"，格律严格或繁复者"难学而易工"。若此理解不误，则"近体诗易学而难工，古体诗难学而易工"系王氏笔误，当改为"古体诗易学而难工，近体诗难学而易工"（《人间词话新注》第31页。齐鲁书社，1986年8月济南新1版）。按常规理解，可能王氏笔误。此说可供参考。

【译文】

散文容易学而难以写好，骈文难以学而容易写好。近体诗容易学而难以写好，古体诗难以学而容易写好。小令容易学而难以写好，长调难以学而容易写好。

八 不得其平而鸣

古诗云:"谁能思不歌? 谁能饥不食? "诗词者,物之不得其平而鸣者也。故欢愉之辞难工,愁苦之言易巧。

【题解】

不平则鸣,这是文学批评的一个重要概念,中外古今似皆通用。《论语·季氏》谓:"诗可以兴,可以观,可以群,可以怨。"《史记·自序》谓:古来大著作"大抵圣贤发愤之所为作也"。尼采也将母鸡下蛋的啼叫和诗人的歌唱相提并论,谓"痛苦使然"。一般人都认为,"不平则鸣"与"发愤之所为作"含义相同,都将"不平"看作是"牢骚不平"。韩愈说"不平",能兼顾两面:既指因为穷苦而产生的不平,又包括因为欢愉而产生的不平。但韩愈认为:欢愉之辞难工,穷苦之言易好。侧重点仍在"穷苦"(详参钱钟书《诗可以怨》,《文学评论》1981 年第 1 期)。王国维承袭了韩愈的看法,并将此作为诗词创作的共同规律。但是,我们也应当看到,假装穷苦,无病呻吟,不愤而作,绝不能写出好诗来。而且,欢愉之辞也未必就不工巧。"不平则鸣","诗以穷而后工"(《白雨斋词话》卷七),这是问题的一个方面,另一方面也不可忽视。

【注释】

〔1〕"谁能"二句:晋宋齐辞《子夜歌》:"谁能思不歌? 谁能饥不食?

日冥当户倚，惆怅底不忆？"（据郭茂倩编《乐府诗集》第四十四卷）

　　〔2〕不得其平而鸣：韩愈《送孟东野序》云："大凡物不得其平则鸣……人之于言也亦然。有不得已者而后言，其歌也有思，其哭也有怀。凡出乎口而为声者，其皆有弗平者乎？"（据《韩昌黎文集校注》）又《荆谭倡和诗序》云："夫和平之音淡薄，而愁思之声要妙。欢愉之辞难工，而穷苦之言易好也。是故文章之作，恒发于羁旅草野。至若王公贵人，气满志得，非性能而好之，则不暇以为。"（同上）朱彝尊《紫云词序》云："昌黎子曰：'欢愉之言难工，愁苦之言易好。'斯亦善言诗矣。至于词，或不然。大都欢愉之辞，工者十九，而言愁苦者，十一焉耳。故诗际兵戈傲扰、流离琐尾，而作者愈工，词则宜于宴嬉逸乐，以歌咏太平，此学士大夫并存焉而不废也。"（据《曝书亭集》卷四十，原刊本）

　　〔3〕穷苦之言易巧：陈廷焯《白雨斋词话》（卷七）云："诗以穷而后工，倚声亦然。故仙词不如鬼词，哀则幽郁，乐则浅显也。"

【译文】

　　古诗说："谁能思不歌？谁能饥不食？"所谓诗词，正是物体遇到不平时所发出的声音。所以，欢愉的文辞不容易写好，愁苦的言语容易写得工巧。

九　善人与天才

社会上之习惯，杀许多之善人。文学上之习惯，杀许多之天才。

【题解】

由于经济、政治制度所决定，社会上善人受排斥、被杀，文学上天才遭厄运，这在封建社会和资本主义社会是司空见惯的事。王国维所说，正击中了这种不合理的社会弊病。

【译文】

社会上的习惯是许多好人受到扼杀，文学上的习惯是许多天才受到扼杀。

一〇　一切景语皆情语

昔人论诗词，有景语、情语之别，不知一切景语，皆情语也。

【题解】

就创造境界的目的而言，并没有单纯为造境而造境的所谓景语。或借景喻情，或融情于景。古典诗词中，所有景物描写都是为表达一定的思想情感服务的。所以说，一切景语皆情语也。但是，从欣赏的角度看，亦即从论诗论词的角度看，以为诗词中有景语与情语之别却也无妨。例如，诗词作品中，有的侧重于客观景物描写，有的侧重于主观情感抒发，所谓景语与情语，还是有一定区别的。

【注释】

〔1〕一切景语皆情语：李渔《窥词管见》云："词虽不出情景二字，然二字亦分主客。情为主，景是客。说景即是说情，非借物遣怀，即将人喻物，有全篇不露秋毫情意，而实句句是情，字字关情者。切勿泥定即景咏物之说，为题字所误，认真做向外面去。"（据《词话丛编》本）

【译文】

前人论诗词，有景语与情语的区别。实际上，这是不知道所有的景语都是情语的道理。

一一 专作情语而绝妙者

词家多以景寓情。其专作情语而绝妙者，如牛峤之"甘（当作"须"）作一生拚，尽君今日欢"；顾敻之"换我心为你心，始知相忆深"；欧阳修之"衣带渐宽终不悔，为伊消得人憔悴"；美成之"许多烦恼，只为当时，一饷留情"。此等词求之古今人词中，曾不多见。

【题解】

王氏论词似更加强调主观抒情，提出一切景语皆情语也。谓凡景语，都为抒写主观情性而设，至其单纯之情语，即无所依傍之情语，则要求作得决绝而佳妙。单纯情语，能决绝而佳妙之例并不多见。这与写景一样，同样要求不隔，并且必须将一己之真切感受、真情实感，透彻说出。这就必须强调一个"真"字。

【注释】

〔1〕原稿文后尚有"余《乙稿》中颇于此方面有开拓之功"一句。

〔2〕牛峤：牛峤（850？—920？），字松卿，一字延峰，牛僧孺之孙，陇西（今甘肃）人。五代词人。原有《歌诗集》三卷，不传。词载《花间集》。所作《菩萨蛮》云："玉楼冰簟鸳鸯锦。粉融香汗流山枕。帘外辘轳声。敛眉含笑惊。　　柳阴烟漠漠。低鬓蝉钗落。须作一生拚。尽君今日欢。"（据张璋、黄畬编《全唐五代词》第591页。上海古籍出版

社，1986年2月上海第1版）贺裳《皱水轩词筌》云："小词以含蓄为佳，亦有作决绝语而妙者。……牛峤'须作一生拚，尽君今日欢'，抑亦其次。"（据《词话丛编》本）

〔3〕顾敻：顾敻，五代蜀词人。所作《诉衷情》云："永夜抛人何处去，绝来音。香阁掩。眉敛。月将沉。争忍不相寻。怨孤衾。换我心，为你心。始知相忆深。"（据《全唐五代词》第718页）

〔4〕"衣带"二句：柳永《凤栖梧》词句，已见本编二六则。此词又见《欧阳文忠近体乐府》及《醉翁琴趣外编》。贺裳云："小词以含蓄为佳，亦有作决绝语而妙者。如韦庄'谁家年少足风流。妾拟将身嫁与，一生休。纵被无情弃，不能羞'之类是也。……柳耆卿'衣带渐宽终不悔，为伊消得人憔悴'亦即韦意，而气加婉矣。"（《皱水轩词筌》）以为此词当属柳氏。

〔5〕"许多"三句：周邦彦《庆春宫》："云接平冈，山围寒野，路回渐转孤城。衰柳啼鸦，惊风驱雁，动人一片秋声。倦途休驾，澹烟里、微茫见星。尘埃憔悴，生怕黄昏，离思牵萦。　　华堂旧日逢迎。花艳参差，香雾飘零。弦管当头，偏怜娇凤，夜深簧暖笙清。眼波传意，恨密约、匆匆未成。许多烦恼，只为当时，一饷留情。"（据《全宋词》第606～607页）

【译文】

词家多半是融情于景，通过景物描写来抒发情感。要说专门写情而且写得极其巧妙的，只有牛峤的"须作一生拚，尽君今日欢"；顾敻的"换我心为你心，始知相忆深"；欧阳修的"衣带渐宽终不悔，为伊消得人憔悴"；周邦彦（美成）的"许多烦恼，只为当时，一饷留情"。这样的词在古今作家词中，还是不多见的。

一二　诗之境阔，词之言长

词之为体，要眇宜修。能言诗之所不能言，而不能尽言诗之所能言。诗之境阔，词之言长。

【题解】

诗与词这两种不同的文学样式，各有其特质及体式，其同异处，历来论者多所发明。这里，王国维着重从意境创造上加以说明。认为：诗境阔大，词境深长。所谓"要眇宜修"，正揭示了词之不同于诗的特殊形态和质性。但是，王氏说境界，诗词并重。他认为诗词在反映现实、表现情性上，各有长短。"能言诗之所不能言"，这是由于词的特质所产生的艺术功能，在这一点上看，词长于诗；"不能尽言诗之所能言"，这也是词的特质所决定的，说明了词体的局限。

【注释】

〔1〕要眇宜修：屈原《九歌·湘君》："君不行兮夷犹，蹇谁留兮中洲。美要眇兮宜修，沛吾乘兮桂舟。"（据《楚辞集注》卷二）

〔2〕词之言长：张惠言《词选叙》云："词者……其缘情造端，兴与微言，以相感动，极命风谣里巷男女哀乐，以道贤人君子幽约怨悱不能自言之情，低徊要眇以喻其致。……非苟为雕琢曼辞而已。"（据《词选》，中华书局本）缪钺《论词》云："抑词之所以别于诗者，不仅在外形之句调韵律，而尤在内质之情味意境。……故欲明词与诗之别，及词体何以能出

于诗而离诗独立，自拓境域，均不可不于其内质求之，格调音律，抑其末矣。人有情思，发诸楮墨，是为文章。然情思之精者，其深曲要眇，文章之格调词句不足以尽达之也，于是有诗焉。文显而诗隐，文直而诗婉，文质言而诗多比兴，文敷畅而诗贵酝籍，因所载内容之精粗不同，而体裁各异也。诗能言文之所不能言，而不能尽言文之所能言，则又因体裁之不同，运用之限度有广狭也。诗之所言，固人生情思之精者矣，然精之中复有更细美幽约者焉，诗体又不足以达，或勉强达之，而不能曲尽其妙，于是不得不别创新体，词遂肇兴。兹所谓别创新体者，非必一二人有意为之，乃出于自然试验演变之结果。……及夫厥端既开，作者渐众，因尝试之所得，觉此新体有各种殊异之调，而每调中句法参差，音节抗坠，较诗体为轻灵变化而有弹性，要眇之情，凄迷之境，诗中或不能尽，而此新体反适于表达。一二天才，专就其长点利用之，于是词之功能益显，而其体亦遂确立。……故自其疏阔者言之，词与诗为同类，而与文殊异；自其精细言之，词与诗又不同。诗显而词隐，诗直而词婉，诗有时质言而词更多比兴，诗尚能敷畅而词尤贵蕴藉。王国维曰：'词之为体，要眇宜修。能言诗之所不能言，而不能尽言诗之所能言，诗之境阔，词之言长。'此其大别矣。"（据《诗词散论》第54～56页。上海古籍出版社，1982年11月上海第1版）

【译文】

　　词的体式特点，要眇而修长。它能够叙说诗中所不能叙说的话，而不能尽说诗中所能说的话。诗的境界宽阔，词的言语有着深长的意味。

一三　言气质、言神韵，不如言境界

言气质、言神韵，不如言境界。有境界，本也。气质、神韵，末也。有境界而二者随之矣。

【题解】

　　古代诗论、词论中的气质、神韵，都是比较神秘的批评标准，带有较多的主观因素，对于复杂的文学现象，很难有较为切实的认识。王氏以为，有了境界说，气质、神韵也就包括在内。

【注释】

　　〔1〕气质：指作者心灵所具的资质，即才分。古文论中所谓气质，已涉及创作个性问题。曹丕《典论·论文》云："文以气为主，气之清浊有体，不可力强而致。"（《文选》卷五十二）沈约《宋书·谢灵运传论》云："子建、仲宣以气质为体。"刘勰《文心雕龙·体性》云："才有庸俊，气有刚柔，学有深浅，习有雅郑。并情性所炼，陶染所凝。是以笔区云谲，文苑波诡者矣。"此所谓气与质，或气质，均为作品之前所具有，乃作者先天之条件。

　　〔2〕神韵：指作品的"韵外之致""味外之旨"，这是作品写成后所产生的艺术效果。例如王士禛所谓"神韵天然""兴会超妙""兴会神到""得意忘言"等效果。但是，翁方纲以为，所谓神韵，实际上乃李沧溟格调之改称，所指即为作品的文字声调（见《石洲诗话》卷八，人民文学出版社，1981年1月北京第1版）。因此，许文雨指出："境界由文思构成，而以灏烂为贵。思君如流水，既是即目；高台多悲风，亦惟

所见。钟嵘论文境，雅重耳目之不隔，王氏之说果无所本乎。至以作者才分论文，以文字声调论文，自未若以文学之境界论文为更深切也。"（《人间词话讲疏》）

【译文】

　　说气质，说神韵，不如说境界。有境界，这才是本，气质、神韵都属于末；如果有境界，气质、神韵二者就成了它的附庸。

一四 借古人之境界为我之境界

"西（当作"秋"）风吹渭水，落日（当作"叶"）满长安"。美成以之入词，白仁甫以之入曲，此借古人之境界为我之境界者也。然非自有境界，古人亦不为我用。

【题解】

"寓以诗人句法"（黄庭坚《小山词序》），或"多用唐人诗语，檃栝入律"（陈振孙《直斋书录解题》卷二十）。宋词人中多有此例，曲中也有同样做法。这里，王国维不单说借用诗句，而且，主要强调借用境界。但是，以诗境入词境，并不能生搬硬套，其前提是，自身要有境界在。这样的借用，才能为我所用。就创作角度看，这是强调创新的重要性。单纯的借用，缺乏创造精神，有似于模仿，那是不足取的。

造境、写境与借境，关键还在于"造"和"写"。

【注释】

〔1〕"西风"二句：贾岛《忆江上吴处士》："闽国扬帆去，蟾蜍亏（一作"还"）复圆。秋风生渭水，落叶满长安。此地聚会夕，当时雷雨寒。兰桡殊未返，消息海云端。"（据《全唐诗》第九函第四册）

〔2〕美成以之入词：周邦彦（美成）《齐天乐》（秋思）有"渭水西风，长安乱叶"句。

〔3〕白仁甫以之入曲：白朴（仁甫）［双调］《得胜乐》（秋）有"听

落叶西风渭水"句。又《梧桐雨》杂剧第二折《普天乐》有"西风渭水，落日长安"句。

【译文】

　　"秋风吹渭水，落叶满长安"。周邦彦（美成）将它融入词中，白朴（仁甫）将它融入曲中，这是借用古人所创造的境界为我的境界的做法。然而，这种借用，如果不是自己已有境界，古人的境界也就不会为我所用，融为自己的境界。

一五　长调自以周、柳、苏、辛为最工

长调自以周、柳、苏、辛为最工。美成《浪淘沙慢》二词，精壮顿挫，已开北曲之先声。若屯田之《八声甘州》，东坡之《水调歌头》，则伫兴之作，格高千古，不能以常调论也。

【题解】

王国维曾经说过"长调难学而易工"（删稿第七则）。似乎认为，只要掌握了长调的一般规则，入门之后，就容易写得好。两宋长调词创作自柳永开了风气，词人中谋此者甚多。王国维推崇周、柳、苏、辛四家，以为他们才真正是长调作手。但是四家中，王国维独尊周邦彦，谓其《浪淘沙慢》二词，精壮顿挫，已开北曲之先声。在他看来，长调之工，如柳永之《八声甘州》，如苏轼之《水调歌头》，都是"伫兴之作"，并非刻意为之，不可当作楷模。

【注释】

〔1〕东坡，原稿作"玉局"，苏轼曾提举玉局观，故云。常调，原稿作"常词"。

〔2〕周邦彦（美成）《浪淘沙慢》二词其一云："昼阴重，霜凋岸草，雾隐城堞。南陌脂车待发。东门帐饮乍阕。正拂面、垂杨堪揽结。掩红泪、玉手亲折。念汉浦离鸿去何许，经时信音绝。　　情切。望中地远天

阔。向露冷风清，无人处、耿耿寒漏咽。嗟万事难忘，唯是轻别。翠尊未竭。凭断云留取、西楼残月。　　罗带光销纹衾叠。连环解、旧香顿歇。怨歌永、琼壶敲尽缺。恨春去、不与人期，弄夜色，空馀满地梨花雪。"（据《全宋词》第 598～599 页）又一首云："万叶战，秋声露结，雁度砂碛。细草和烟尚绿。遥山向晚更碧。见隐隐、云边新月白。映落照、帘幕千家，听数声、何处倚楼笛。装点尽秋色。　　脉脉。旅情暗自消释。念珠玉、临水犹悲戚，何况天涯客。忆少年歌酒，当时踪迹。岁华易老，衣带宽、懊恼心肠终窄。　　飞散后、风流人阻，蓝桥约、怅恨路隔。马蹄过、犹嘶旧巷陌。叹往事、一一堪伤，旷望极。凝思又把阑干拍。"（此首《清真集》不载，据《全宋词》第 628 页）

〔3〕开北曲之先声：北曲，宋元时北方戏曲、散曲所用各种曲调的统称。声调遒劲朴实，以弦乐器伴奏，有"弦索调"之称，另说也用笛伴奏。元杂剧多用北曲，故也用以专指元杂剧。清真《浪淘沙慢》二词，其一怀人，"钩勒劲健峭举"（周济《宋四家词选》眉批），或追述往事，或写别后之怨情，层层深入，很有法度，如元杂剧之敷衍故事一般，故云开北曲之先声。但第二首，《清真集》不载，疑非清真所作。罗忼烈曾指出："此首字面滑熟，铺叙处语多意少，钩勒无力，与清真'昼阴重'阕之力透纸背，骤风飘雨，不可遏抑者，相去何止一尘。绝类柳屯田口吻，置《乐章集》中犹不失中等而已。"（据《周邦彦清真集笺》第 253 页。三联书店香港分店，1985 年 2 月香港第 1 版）

〔4〕屯田之《八声甘州》：柳永（屯田）《八声甘州》云："对潇潇暮雨洒江天，一番洗清秋。渐霜风凄惨，关河冷落，残照当楼。是处红衰翠减，苒苒物华休。惟有长江水，无语东流。　　不忍登高临远，望故乡渺邈，归思难收。叹年来踪迹，何事苦淹留。想佳人、妆楼颙望，误几回、天际识归舟。争知我，倚阑干处，正恁凝愁。"（据《全宋词》第 43 页）

〔5〕东坡之《水调歌头》：苏轼《水调歌头》四首，其一"丙辰中秋，欢饮达旦，大醉。作此篇，兼怀子由"云："明月几时有，把酒问青天。不知天上宫阙，今夕是何年。我欲乘风归去，又恐琼楼玉宇，高处不胜寒。起舞弄清影，何似在人间。　　转朱阁，低绮户，照无眠。不应有恨，何事长向别时圆。人有悲欢离合，月有阴晴圆缺，此事古难全。但愿人长久，千里共婵娟。"（据《全宋词》第 280 页）胡仔曰："中秋词，自东坡《水调歌头》一出，馀词尽废。"（《苕溪渔隐丛话》后集第三十九卷）王国维所说，当为此首。

【译文】

词中长调应当是周邦彦、柳永、苏轼、辛弃疾作得最为工巧。周邦彦（美成）《浪淘沙慢》两首词，精壮顿挫，已经为北曲开了先声。如果是柳永（屯田）的《八声甘州》、苏轼（东坡）的《水调歌头》，那仅仅是一时兴到之作，格调虽然高绝千古，却不能当作典范。

一六　稼轩《贺新郎》

　　稼轩《贺新郎》词送茂嘉十二弟，章法绝妙。且语语有境界，此能品而几于神者。然非有意为之，故后人不能学也。

【题解】

　　辛弃疾《贺新郎》（送茂嘉十二弟）写别情，将许多"怨事"集于一篇，"全与李太白《拟恨赋》相似"（杨慎《词品》卷六）。然又作得"跳跃动荡"（陈廷焯《白雨斋词话》卷一），不失词家本色。在谋篇布局以及意境创造上，这首词确有某些独到之处。梁启超曾说："《贺新郎》调，以第四韵之单句为全首筋节，如此句最可学。"（梁令娴《艺蘅馆词选》丙卷眉批）所谓最可学之句，指的就是这首词上下片两个居中的单句。上片的"算未抵、人间离别"一句，"算未抵"承接上文，把上文所写各种啼鸟之"恨"归结起来，与"人间离别"相比，因而便引出了下文所列举的人间的种种"别恨"，说明啼鸟的"恨"抵不上人间的"恨"。承上开下，十分自然。下片的"正壮士、悲歌未彻"，虽然只有承上，不能开下，不如前句有力，但后面的两句又用"啼鸟"把它挽回了，使全词连贯下来，也应算是好句。辛弃疾以赋为词，列举人间"怨事"数件，铺陈叙写，虽跨越了上下片界限，却又不破词体。又，词中所写数件"怨事"，并非堆砌典故、掉书袋，所写"怨事"，不仅与道别相关，而且，更重要的是借此"怨事"，以抒写怀抱。例如：马上琵琶与昭君和番，似用以暗喻南宋小朝廷对金之屈辱投降；河梁道别与易水悲歌，即在于抒发自己壮志不酬之怨恨情绪。所以，王国维说，这首词"章法绝妙，且语语有境界"，几于神品。论其章法，此词并有可循之迹，但论境界，如无有稼轩之气魄心胸，却无法刻意为之，此王氏所谓"不能学"也。

【注释】

〔1〕稼轩《贺新郎》：辛弃疾《贺新郎》（别茂嘉十二弟）云："绿树听鹈鴂（鹈鴂、杜鹃实两种，见《离骚补注》）。更那堪、鹧鸪声住，杜鹃声切。啼到春归无寻处，苦恨芳菲都歇。算未抵、人间离别。马上琵琶关塞黑，更长门、翠辇辞金阙。看燕燕，送归妾。　　将军百战身名裂。向河梁、回头万里，故人长绝。易水萧萧西风冷，满座衣冠似雪。正壮士、悲歌未彻。啼鸟还知如许恨，料不啼清泪长啼血。谁共我，醉明月。"（据《全宋词》第 1914～1915 页）

〔2〕能品而几于神者：杨慎《词品》（卷之四）引陈子宏评辛弃疾《贺新郎》（送茂嘉十二弟）云："此词尽集许多怨事，全与李太白《拟恨赋》手段相似。……近日作词者，惟说周美成、姜尧章，而以东坡为词诗，稼轩为词论。此说固当，盖曲者曲也，固当以委曲为体。然徒狃于风情婉娈，则亦易厌。回视稼轩所作，岂非万古一清风哉。"（据《词话丛编》本）又，陈廷焯云："稼轩词，自以《贺新郎》（送茂嘉十二弟）一篇为冠。沉郁苍凉，跳跃动荡，古今无此笔力。"（《白雨斋词话》卷一）王国维说稼轩《贺新郎》与此二家所论相近。

【译文】

辛弃疾（稼轩）《贺新郎》（送茂嘉十二弟）词，谋篇布局极为巧妙，而且，每句话都有境界，这是词中的神品。然而，作者并不是有意这样做的，所以后人没有办法学习。

一七　稼轩、韩玉开北曲四声通押之祖

稼轩《贺新郎》词："柳暗凌波路。送春归、猛风暴雨，一番新绿。"又《定风波》词："从此酒酣明月夜。耳热。""绿""热"二字，皆作上去用。与韩玉《东浦词》《贺新郎》以"玉""曲"叶"注""女"、《卜算子》以"夜""谢"叶"食""月"（按："食"当作"节"，"食"在词中既非韵，在词韵中与"月"又非同部，想系笔误），已开北曲四声通押之祖。

【题解】

就唐宋词字声演变情况看，温庭筠已分平仄，晏殊渐辨去声，柳永分上去，尤严于入声，周邦彦用四声，益多变化。到了南宋，某些作家更有分辨五音、分辨阴阳的现象（据夏承焘先生《唐宋词字声之演变》，载《唐宋词论丛》）。讲究四声，这是词与曲在声律上的一大区别。北曲四声通押，入声已派入平上去三声。稼轩《贺新郎》（"柳暗凌波路"）及《定风波》（"金印累累佩陆离"）中之"绿"（二沃）与"热"（九屑）属于入声，而"路"（七遇）、"去"（六御）、"夜"（二十二祃）属于去声，"语"（六语）、"苦"（七麌）为上声，此为入声与上去通叶例。韩玉《贺新郎》"绰约人如玉"及《卜算子》中之"玉""曲"（二沃）及"节"（九屑）

"月"（六月）属入声，"注"（七遇）、"谢"（二十二祃）、"夜"（二十二祃）属去声，"女"（六语）属上声，亦为入声与上去通叶例。但是此等韵例，宋词中仍较罕见。王国维以为，稼轩、韩玉词中以入声与上去声通押，为北曲四声通押开了先河，可备一家之说。

【注释】

〔1〕稼轩《贺新郎》：辛弃疾《贺新郎》："柳暗凌波路。送春归、猛风暴雨，一番新绿。千里潇湘葡萄涨，人解扁舟欲去。又樯燕、留人相语。艇子飞来生尘步，唾花寒、唱我新番句。波似箭，催鸣橹。　黄陵祠下山无数。听湘娥、泠泠曲罢，为谁情苦。行到东吴春已暮，正江阔、潮平隐渡。望金雀、觚棱翔舞。前度刘郎今重到，问玄都、千树花存否。愁为倩，么弦诉。"（据《稼轩长短句》卷一）稼轩此词下片多一"正"字，疑作衬字用。

〔2〕辛弃疾《定风波》（自和）："金印累累佩陆离。河梁更赋断肠诗。莫拥旌旗真个去。何处。玉堂元自要论思。　且约风流三学士。同醉。春风看试几枪旗。从此酒酣明月夜。耳热。那边应是说侬时。"（据《全宋词》1958 页）

〔3〕韩玉：南宋词人。字温甫，南宋初，自金投宋。有《东浦词》（武进陶氏景汲古阁抄本）。所作《贺新郎》（咏水仙）云："绰约人如玉。试新妆、娇黄半绿，汉宫匀注。倚傍小阑闲伫立，翠带风前似舞。记洛浦、当年俦侣。罗袜尘生香冉冉，料征鸿、微步凌波女。惊梦断，楚江曲。　春工若见应为主。忍教都、闲亭邃馆，冷风凄雨。待把此花都折取，和泪连香寄与。须信道、离情如许。烟水茫茫斜照里，是骚人、九辨招魂处。千古恨，与谁语。"（同上第 2057 页）又《卜算子》："杨柳绿成阴，初过寒食节。门掩金铺独自眠，那更逢寒夜。　强起立东风，惨惨梨花谢。何事王孙不早归，寂寞秋千月。"（同上第 2059 页）

〔4〕开北曲四声通押之祖：按，四声通押例，并非自词创始，词中通押例，也并非始自辛、韩。许文雨曾指出，谢章铤《词话续编》（卷一）云："词之三声互叶，非创自词也。虞廷赓歌，已以熙韵喜起矣。"就词而言，则友人夏瞿禅云：《云谣集》《渔歌子》'悄''寞''祷''少'，三声相叶，为最先见之例。又《乐府雅词》《九张机》'机''理''寐''白''碧''色'相叶。又此例金道人词最多。"（据《人间词话讲疏》第 224 页）

【译文】

辛弃疾（稼轩）《贺新郎》词："柳暗凌波路。送春归、猛风暴雨，一番新绿。"以及《定风波》词："从此酒酣明月夜。耳热。"其中，"绿"与"热"二字原属入声，都作为上声与去声使用。韩玉《东浦词》中的《贺新郎》用"玉""曲"叶"注""女"，《卜算子》用"夜""谢"叶"食（节）""月"，也是将入声作为上去声使用。两者已经为北曲的四声通押开了先例。

一八　蒋、项不足与容若比

谭复堂《箧中词选》谓:"蒋鹿潭《水云楼词》与成容若、项莲生,二(原作"三",依《箧中词》卷五改)百年间,分鼎三足。"然《水云楼词》小令颇有境界,长调惟存气格。《忆云词》精实有馀,超逸不足,皆不足与容若比。然视皋文、止庵辈,则倜乎远矣。

【题解】

王国维论清词,独尊纳兰性德,谓其"以自然之眼观物,以自然之舌言情","北宋以来,一人而已"(本编五二则)。因此,他不同意谭献论断。以为蒋春霖、项鸿祚皆不足与容若比,但蒋、项二人远远在张惠言、周济二人之上。王国维推尊纳兰词,主要赞赏其以自然出之,作得"真切",而且,某些作品所创造的境界,甚是壮观(本编五一则)。在肯定容若同时,王国维对周济词表示颇为鄙视(详下则)。

【注释】

〔1〕谭复堂:谭献(1833—1901),初名廷献,字仲修,号复堂,浙江仁和(今杭州市)人。近代词人、词论家。词集《复堂词》,录词一〇四首。其词论散见于文集、日记。《箧中词》及所评周济《词辨》语,由门人徐珂辑为《复堂词话》,有《词话丛编》本及人民文学出版社本。谭

献《箧中词》（卷五）云："文字无大小，必有正变，必有家数。《水云楼词》固清商变徵之声，而流别甚正，家数颇大，与成容若、项莲生二百年中，分鼎三足。咸丰兵事，天挺此才，为倚声家杜老。而晚唐两宋一唱三叹之意，则已微矣。"（《复堂词话》同此）对于谭氏所论，吴梅也有异议。吴氏《词学通论》驳之曰："余谓复堂以鹿潭得流别之正，此言极是。惟以成、项二君并论，则鄙意殊不谓然。成、项皆以聪明胜人，乌能与水云比拟？且复堂既以杜老比水云，试问成、项可当青莲、东川欤？此盖偏宕之论也。"

〔2〕蒋鹿潭：蒋春霖（1818—1868），字鹿潭，江苏江阴人。清代词人。一生落拓，中年后专致于词。作品抑郁悲凉，多抒写身世之感，于诸家中尤近乎乐笑翁（参见《白雨斋词话》卷五）。有《水云楼词》。

〔3〕项莲生：项鸿祚（1798—1835），字莲生，后改名廷纪，钱塘（今属浙江）人。清代词人。著《水仙亭词》二卷，《忆云词》甲乙丙丁稿，补遗一卷。

〔4〕皋文：张惠言（1761—1802），原名一鸣，字皋文，武进（今江苏常州）人。清代词人。有《茗柯词》。弟琦，字翰风，有《立山词》。

〔5〕止庵：周济（1781—1839），字保绪，一字介存，号未斋，晚号止庵，荆溪（今属江苏宜兴）人。有《止庵词》。

【译文】

　　谭献（复堂）《箧中词选》说："蒋春霖（鹿潭）著《水云楼词》，他和纳兰性德（成容若）、项鸿祚（莲生）三人，在清代词坛上，形成三足鼎立之势，管领风骚二百年。"然而，蒋春霖《水云楼词》小令还有点境界，长调就只是空有气格而已。项鸿祚《忆云词》虽然显得精致、充实，却缺乏超脱旷逸风度。二人都不能和容若相比。但是，如果看一看张惠言（皋文）、周济（止庵）之流，就觉得比他们洒脱多了。

一九 词家时代之说

词家时代之说，盛于国初。竹垞谓：词至北宋而大，至南宋而深。后此词人，群奉其说。然其中亦非无具眼者。周保绪曰："南宋下不犯北宋拙率之病，高不到北宋浑涵之诣。"又曰："北宋词多就景叙情，故珠圆玉润，四照玲珑。至稼轩、白石，一变而即事叙景，使深者反浅，曲者反直。"潘四农德舆曰："词滥觞于唐，畅于五代，而意格之闳深曲挚，则莫盛于北宋。词之有北宋，犹诗之有盛唐。至南宋则稍衰矣。"刘融斋熙载曰："北宋词用密亦疏，用隐亦亮，用沉亦快，用细亦阔，用精亦浑。南宋只是掉转过来。"可知此事自有公论。虽止庵词颇浅薄，潘、刘尤甚。然其推尊北宋，则与明季云间诸公，同一卓识也。

【题解】

所谓词家时代之说，指的就是对于词的发展史的看法，主要是对于北宋词与南宋词的评价问题。清初朱彝尊编辑《词综》，在发凡中提出："世人言词，必称北宋。然词至南宋始极其工，至宋季而始穷其变。"朱氏论两宋词，似有意扭转世人独尊北宋之成见，有意强调南宋词之"工"与"变"，以为后来的浙西派"家白石、户玉田"提供理论依据。但是，也正因为这"工"与"变"二字，却引出来一系列褒北宋而贬南宋的议论来。所谓"使深者反浅，曲者反直"，所谓"南宋只是掉转过来"云者，都认为，词至北宋而极盛，至南宋则走上了衰亡的道路。而这一"蜕变"过程，就是由于南宋词的"工"与"变"造成的。此类论调，正合王国维论词的观点。所以，他认为，周济等人，其词颇为浅薄，而其立论，不无真知卓识。王国维论词，独尊北宋，固然有其一定的依据，但他全盘否定南宋词，还是带有较大片面性的。

【注释】

〔1〕竹垞：朱彝尊（1629—1709），字锡鬯，号竹垞，晚号小长芦钓鱼师，又号金风亭长，秀水（今浙江嘉兴市）人。清代词人。所著《词综·发凡》云："世人言词，必称北宋。然词至南宋始极其工，至宋季而始穷其变。"

〔2〕周保绪：即周济，其《介存斋论词杂著》论两宋词曰："初学词求空，空则灵气往来，既成格调求实，实则精力弥满。初学词求有寄托，有寄托则表里相宣，斐然成章。既成格调求无寄托，无寄托则指事类情，仁者见仁，智者见智。北宋词下者在南宋下，以其不能空，且不知寄托也。南宋则下不犯北宋拙率之病，高不到北宋浑涵之诣。"又曰："北宋词多就景叙情，故珠圆玉润，四照玲珑，至稼轩、白石，一变而为即事叙景，使深者反浅，曲者反直。"

〔3〕潘四农：潘德舆，字彦辅，一字四农，清代文学家。著有《养一斋诗文集》。《箧中词》卷三录潘词，后附评语云："四农大令《与叶生书》，略曰：'张氏《词选》，抗志希古，标高揭己，宏音雅调，多被排摈；五代北宋有自昔传诵，非徒只句之警者，张氏亦多恝然置之。窃谓词滥觞于唐，畅于五代，而意格之闳深曲挚，则莫盛于北宋；词之有北宋犹诗之有盛唐，至南宋则稍衰矣。'云云。张氏之后，首发难端，亦可谓言之有故。然不求立言宗旨，而以迹论，则亦何异明中叶诗人之侈口盛唐耶？宜《养一斋词》平钝浅狭，不足登大雅之堂也。然其针砭张氏，亦是诤友。"（《复堂词话》同此）

〔4〕刘融斋：即刘熙载，其论两宋词，见《艺概·词曲概》。

〔5〕云间诸公：明末词人陈子龙、宋徵舆、李雯合称"云间三子"。陈子龙《三子诗馀序》云："诗馀始于唐末，而婉畅秾逸，极于北宋。……

夫风骚之旨，皆本言情。言情之作，必托于闺襜之际。代有新声，而想穷拟议，于是以温厚之篇、含蓄之旨，未足以写哀而宣志也。思极于追琢而纤刻之辞来，情深于柔靡而婉娈之趣合，志溺于燕婉而妍绮之境出，态趋于荡逸而流畅之调生。是以镂裁至巧而若出自然，警露已深而意含未尽。虽曰小道，工之实难。"（据《陈卧子先生安雅堂稿》，上海时中书局铅印本）王士禛《花草蒙拾》云"近日云间作者论词有云：'五季犹有唐风，入宋便开元曲，故专意小令，冀复古音，屏去宋调，庶防流失。'仆谓此论虽高，殊属孟浪"。又云："云间数公论诗拘格律，崇神韵。然拘于方幅，泥于时代，不免为识者所少。其于词，亦不欲涉南宋一笔，佳处在此，短处亦坐此。"（据《词话丛编》本）

【译文】

以时代论词的高下盛衰，盛行于清朝建国初期。朱彝尊（竹垞）说：词到北宋扩大了领域，到了南宋，词境加深。以后词人论词，大多奉行他的观点。然而这当中也并不是没有独具只眼的。周济（保绪）说："南宋词中，低下的不犯北宋词粗拙直率的毛病，高上的达不到北宋词浑成含蓄的造诣。"又说："北宋词大多在写景中言情，情景融为一体，所以显得像珠玉一样圆润，一样玲珑透彻，到了稼轩、白石，一经变化而成为在叙事中写景，就使得深厚的变为浅薄，委婉曲折的变为平铺直叙。"潘德舆（四农）说："词起源于唐，发展于五代，而意境、格调的广大深远、曲折多变，却不能超过北宋。词有北宋，就像诗有盛唐一样，但到了南宋，词就逐渐衰微了。"刘熙载（融斋）说："北宋词密切而又疏畅，隐晦而又明亮，沉着而又轻快，细小而又阔大，精致而又浑成，南宋词却反其道而行之，往往走向它的反面。"从这些词论家的论述中可以得知：两宋词之优劣高下，自然有公允的论断。虽然周济（止庵）的词很浅薄，潘德舆、刘熙载的词比周济更加浅薄，但是他们推尊北宋词，却和明朝末年"云间三子"同样具有真知卓见。

二〇　唐五代北宋词

唐五代北宋之词，可谓生香真色。若云间诸公，则彩花耳。湘真且然，况其次也者乎。

【题解】

就词的全部发展历史看，词兴于唐，盛于两宋，宋以后数百年间，词仍未亡。王国维论词，主唐五代北宋，谓其"生香真色"，独擅胜场。对于明词，王国维看重云间三子。但认为，与唐五代北宋词相比，仅是"彩花"而已。陈子龙如此，其馀则不足道矣。

【注释】

〔1〕生香真色：王士禛《花草蒙拾》云："'生香真色人难学'，为'丹青女易描，真色人难学'所从出。千古诗文之诀，尽此七字。"

〔2〕彩花：谓云间诸公所作偏重镂裁功夫。

〔3〕湘真：指陈子龙，陈子龙（1608—1647），字卧子，号轶符，晚号大樽，松江华亭（今上海松江）人。词集有《湘真阁》《江蓠槛》两种，均佚，有辑本。王士禛《花草蒙拾》云："陈大樽诗首尾温丽，湘真词亦然。然不善学者，镂金雕琼，正如土木被文绣耳。又或者断断格律，不失尺寸，都无生趣。譬若安车驷马，流连陌阡，殊令人思草头一点之乐。"（《词话丛编》本）

【译文】

唐五代北宋词最能体现"本色",可以说是真正的词,真色生香,独擅胜场。如果是明代云间几位词人,就仅仅是"彩花"而已。"云间三子"中陈子龙(湘真)尚且如此,其他作者就更不足道了。

二一 王士禛《衍波词》

《衍波词》之佳者，颇似贺方回。虽不及容若，要在浙中诸子（按：据原稿"浙中诸子"四字作"锡鬯、其年"）之上。

【题解】

王国维论清词独尊纳兰性德已见上文所述（删稿一八则）。纳兰以下，对于王士禛评价稍高，但仅与北宋名家中最次一家（贺方回）相比，可见王国维所视甚高。而对于浙派包括常州派，王氏却是一贬到底的。

【注释】

〔1〕《衍波词》：王士禛词集。唐允甲《衍波词序》云："词者，乐府之变也，小道云乎哉。悲慨用壮者，时邻于伧武；靡曼近俗者，或化于俳优。两者交讦，求其工也难已。同盟王子贻上（士禛），文宗两汉，诗俪初、盛。束其鸿博淹雅之才，作为花间隽语。极哀艳之深情，穷倩盼之逸趣。其旖旎而秾丽者，则景（璟）、煜、清照之遗也；其芊绵而俊爽者，则淮海、屯田之匹也。求之近代，即用修长于用博，元美妙于取境，未之或先。"（据《阮亭诗馀略》，康熙刻本，在《新城王氏杂文诗词》十一种内）邹祗谟《远志斋词衷》云：金粟（彭孙遹）云："阮亭《衍波》一集，体备唐宋，珍逾琳琅，美非一族，目不给赏。如'春去秋来'二阕，以及'射生归晚，雪暗盘雕'，'屈子《离骚》，史公《货殖》'等语，非稼轩之

托兴乎？《扬子江上》之'风高雁断'，《蜀冈眺望》之'乱柳栖鸦'，非坡公之吊古乎？《咏镜》之'一泓春水碧如烟'，《赠雁》之'水明沙碧，参横月落，远向潇江去'，非梅溪、白石之赋物乎？'楚簟凉生，孤睡何曾着。借锦水、桃花笺色，合鲛泪、和入隃糜，小字重封'，非清真、淮海之言情乎？约而言之，其工致而绮靡者，《花间》之致语也；其婉变而流动者，《草堂》之丽字也。洵乎排黄、轶秦、凌周、驾柳，尽态穷姿，色飞魂断矣。"凡此雅论，无非实录。昔空同、大复，苦相排难；琅琊、历下，过属稚标。我辈正当祛斯二惑耳（据《词话丛编》本）。唐、彭二氏对《衍波词》评价皆甚高。

〔2〕浙中诸子：原稿作"锡鬯（朱彝尊）、其年（陈维崧）"。吴衡照论浙派三家云："吾浙词派三家，羡门（彭孙遹）有才子气，于北宋中最近小山、少游、耆卿诸公，格韵独绝。竹垞（朱彝尊）有名士气，渊雅深稳，字句密致。自明季左道言词，先生标举准绳，起衰振声，厥功良伟。樊榭（厉鹗）有幽人气，惟冷故峭，由生得新，当其沉思独往，逸兴遄飞，自成情理之高，无预搜讨之末。全谢山为樊榭作墓碣，谓深于言情，故其擅长尤在词。谢山初不攻倚声之业，然斯言独得樊榭之概。"（《莲子居词话》卷三，据《词话丛编》本）

【译文】

《衍波词》中的佳作，有点近似于贺铸（方回），虽然比不上纳兰容若，但却要在浙中词人〔朱彝尊（锡鬯）、陈维崧（其年）〕上面。

二二　朱彊村词

近人词如《复堂词》之深婉，《彊村词》之隐秀，皆
在半塘老人上。彊村学梦窗而情味较梦窗反胜。盖有临
川、庐陵之高华，而济以白石之疏越者。学人之词，斯
为极则。然古人自然神妙处，尚未见及。

【题解】

朱祖谋为清末四大词人之一。其词初学梦窗，晚年颇取法于苏
东坡。其词学梦窗，已在梦窗之上。对此，王国维是予以肯定的。
不仅如此，王氏还认为朱祖谋兼得临川（王安石）、庐陵（欧阳修）、
白石（姜夔）诸家之长，在学人之词中其成就已到了极顶。但是，
王氏认为，如果论境界之自然神妙，朱词还是有一定缺陷的。

【注释】

〔1〕复堂：谭献，详删稿一八则注释。

〔2〕彊村：朱孝臧（1857—1931），一名祖谋，字古微，一字藿生，
号沤尹，又名彊村，归安（今浙江湖州）人。近代词人。著有词集《彊村
语业》三卷，诗集《彊村弃稿》一卷，所刻《彊村丛书》为迄今所见较为
完善之大型词丛刻，颇有功于词苑。

〔3〕半塘老人：王鹏运（1848—1904），字佑遐，一字幼霞，自号半
塘老人，晚年又号鹜翁、半塘僧鹜，广西临桂（今桂林）人，原籍浙江
山阴。近代词人。"皆在半塘老人上"原稿作"皆在吾家半塘翁上"。"其

肆力于词，在朱彊村先，而境诣转逊"（许文雨《人间词话讲疏》第 231
页）。朱孝臧为《半塘定稿》所作序称："君词导源碧山，复历稼轩、梦窗，
以还清真之浑化；与周止庵氏，契若针芥。"

〔4〕临川：王安石（1021—1086），字介甫、号半山，抚州临川（今
属江西）人。北宋政治家、文学家。

〔5〕庐陵：欧阳修，庐陵人。详本编二一则注释。白石：姜夔。详本
编三一则注释。许文雨曰："高华谓其响高，疏越谓其馀韵，兼济之者，则
有激朗之音，复饶倡叹之情也。"（《人间词话讲疏》第 231 页）

【译文】

近代人所作词，例如谭献《复堂词》的深婉，朱祖谋《彊村
词》的隐秀，都在王鹏运（半塘老人）的上面。朱祖谋（彊村）学
习吴文英（梦窗）而比吴文英（梦窗）更加富有情味。朱祖谋（彊
村）词有王安石（临川）及欧阳修（庐陵）高旷华丽的特点，同时
以姜夔（白石）的疏畅动宕加以补充。在学者词中这已经到达极
顶。然而要达到古人那种自然神妙的境界，却还是有一定距离的。

二三　寄兴深微

宋直方（原作"尚木"，误。案"徵舆"字"直方"，"尚木"乃"徵璧"字，因据改）《蝶恋花》："新样罗衣浑弃却，犹寻旧日春衫著。"谭复堂《蝶恋花》："连理枝头侬与汝，千花百草从渠许。"可谓寄兴深微。

【题解】

这两首《蝶恋花》词描写儿女情思。宋徵舆一首描写女主人公秋夜相思情景。用弃却新罗衣，犹寻旧衫这一举动，寄寓对于情人的思念，既细微又深刻。谭献一首描写男主人公不见当时人面的相思情景。用眼前所见连理枝以反衬其孤寂心境及对于情人的追忆，同样也是颇用心机的。所以，王国维特别赞赏词中的"新样罗衣浑弃却，犹寻旧日春衫著"二句及"连理枝头侬与汝，千花百草从渠许"二句。

【注释】

〔1〕宋直方：宋徵舆（1618—1667），字直方，一字辕文，江苏松江（今上海松江）人。清代词人。为诸生时，与陈子龙、李雯倡几社。所作《蝶恋花》云："宝枕轻风秋梦薄。红敛双蛾，颠倒垂金雀。新样罗衣浑弃却。犹寻旧日春衫著。　　偏是断肠花不落。人苦伤心，镜里颜非昨。曾误当初青女约。只今霜夜思量著。"（据《半厂丛书》本《箧中词今集》卷一）谭献评此词云："悱恻忠厚。"（据徐珂《清词选集评》转引）

〔2〕谭复堂：谭献。所作《蝶恋花》云："帐里迷离香似雾。不烬炉灰，酒醒闻馀语。连理枝头侬与汝。千花百草从渠许。　莲子青青心独苦。一唱将离，日日风兼雨。豆蔻香残杨柳暮。当时人面无寻处。"（《半厂丛书》本《复堂词》）

【译文】

宋徵舆（直方）的《蝶恋花》："新样罗衣浑弃却，犹寻旧日春衫著。"谭献（复堂）《蝶恋花》："连理枝头侬与汝，千花百草从渠许。"可以说其中所寄寓的情感既微妙而又无比深刻。

二四　半塘和正中《鹊踏枝》

《半塘丁稿》中和冯正中《鹊踏枝》十阕，乃《鹜翁词》之最精者。"望远愁多休纵目"等阕，郁伊惝怳，令人不能为怀。定稿只存六阕，殊为未允也。

【题解】

冯延巳《鹊踏枝》十四首，抒写相思愁苦之情，论者以为"必有寄托"（谭献评《词辨》卷一），把它当作抒写君臣关系的政治诗，未免牵强附会。但冯延巳所抒写的相思愁苦之情，凄清宛转，郁伊惝怳，当与其所处危乱的社会环境有关。因此，冯延巳的《鹊踏枝》在后世读者中所产生的共鸣，不仅包括爱情生活，而且也包括全部人生体验。王鹏运所和十首，其中所写当已超出了男女欢爱的范围。但是，正如词序所说，这十首词乃"就均成词，无关寄托"。王国维赞赏此类作品，谓其"郁伊惝怳，令人不能为怀"，就是肯定其词中所抒写的真情性。

【注释】

〔1〕半塘和正中词：王鹏运《鹊踏枝》（冯正中《鹊踏枝》十四阕，郁伊惝怳，义兼比兴，蒙嗜诵焉。春日端居，依次属和。就均成词，无关寄托，而章句尤为凌杂。忆云生云："不为无益之事，何以遣有涯之生？"三复前言，我怀如揭矣。时光绪丙申三月二十八日。录十）：

落蕊残阳红片片。懊恨比邻，尽日流莺转。似雪杨花吹又散。东风无力将春限。　　慵把香罗裁便面。换到轻衫，欢意垂垂浅。襟上泪痕犹隐见。笛声催按梁州遍。（其一）

斜日危阑凝伫久。问讯花枝，可是年时旧。浓睡朝朝如中酒。谁怜梦里人消瘦。　　香阁帘栊烟阁柳。片霎氤氲，不信寻常有。休遣歌筵回舞袖。好怀珍重春三后。（其二）

谱到阳关声欲裂。亭短亭长，杨柳那堪折。挑菜渝裙春事歇。带罗羞指同心结。　　千里孤光同皓月。画角吹残，风外还呜咽。有限坠欢争忍说。伤生第一生离别。（其三）

风荡春云罗样薄。难得轻阴，芳事休闲却。几日啼鹃花又落。绿笺莫忘深深约。　　老去吟情浑寂寞。细雨檐花，空忆灯前酌。隔院玉箫声乍作。眼前何物供哀乐。（其四）

漫说自成心便许。无据杨花，风里频来去。怅望朱楼难寄语。伤春谁念司勋误。　　枉把游丝牵弱缕。几片闲云，迷却相思路。锦帐珠帘歌舞处。旧欢新恨思量否。（其五）

昼日恹恹惊夜短。片霎欢娱，那惜千金换。燕睨莺骞春不管。敢辞弦索为君断。　　隐隐轻雷闻隔岸。暮雨朝霞，咫尺迷银汉。独对舞衣思旧伴。龙山极目烟尘满。（其六）

望远愁多休纵目。步绕珍丛，看笋将成竹。晓露暗垂珠寰寰。芳林一带如新浴。　　檐外春山森碧玉。梦里骖鸾，记过清湘曲。自定新弦移雁足。弦声未抵归心促。（其七）

谁遣春韶随水去。醉倒芳尊，忘却朝和暮。换尽大堤芳草路。倡条都是相思树。　　蜡烛有心灯解语。泪尽唇焦，此恨消沉否。坐对东风怜弱絮。萍飘后日知何处。（其八）

对酒肯教欢意尽。醉醒恹恹，无那饮春困。锦字双行笺别恨。泪珠界破残妆粉。　　轻燕受风飞远近。消息谁传，盼断乌衣信。曲几无憀闲自隐。镜奁心事孤鸾鬓。（其九）

几见花飞能上树。难系流光，枉费垂杨缕。筝雁斜飞排锦柱。只伊不解将春去。　　漫诩心情黏地絮。容易飘飏，那不惊风雨。倚遍阑干谁与语。思量有恨无人处。（其十）（据原刻本《半塘丁稿》之《鹜翁集》）按今《半塘定稿·鹜翁集》中存《鹊踏枝》六阕，计删其三、其六、其七、其九共四阕。

【译文】

　　王鹏运《半塘丁稿》中有和冯延巳（正中）《鹊踏枝》词十首，这是《鹜翁词》中最为精彩的。"望远愁多休纵目"等首，苦闷、忧郁、失意、惆怅，使人读后无法控制得了自己的感情。但是，《半塘定稿》只保存六首，这是很不允当的。

二五　皋文论词，深文罗织

固哉，皋文之为词也！飞卿《菩萨蛮》、永叔《蝶恋花》、子瞻《卜算子》，皆兴到之作，有何命意？皆被皋文深文罗织。阮亭《花草蒙拾》谓："坡公命宫磨蝎，生前为王珪、舒亶辈所苦，身后又硬受此差排。"由今观之，受差排者，独一坡公已耶？

【题解】
　　词中的索隐派始于张惠言。他为了附会所谓"意内言外"之说，将温庭筠《菩萨蛮》说成是"感士不遇"的作品，将欧阳修《蝶恋花》说成是有关政事的作品，并借铜阳居士的话，说苏轼《卜算子》"与《考槃》诗极相似"。王国维不同意这种牵强附会的说法。以为温庭筠、欧阳修、苏轼等人作品，都是一时兴到之作，未必另有寓意。这种着眼于词作提供的艺术形象本身，"就词论词"的做法，还是比较客观的。"深文罗织"，强作解人，不利于批评与欣赏。

【注释】
　　〔1〕飞卿《菩萨蛮》：温庭筠《菩萨蛮》云："小山重叠金明灭。鬓云欲度香腮雪。懒起画娥眉。弄妆梳洗迟。　　照花前后镜。花面交相映。新贴绣罗襦。双双金鹧鸪。"（据《全唐五代词》第 194 页）张惠言《词

选》评曰：“此感士不遇也。篇法仿佛《长门赋》，而用节节逆叙。此章从梦晓后领起。‘懒起’二字，含后文情事；‘照花’四句，《离骚》初服之意。”（据《词选》卷一）

〔2〕永叔《蝶恋花》：即为冯延巳《鹊踏枝》（已见本编三则所引）。张惠言《词选》作欧阳修词，并评曰：“‘庭院深深’，闺中既以邃远也。‘楼高不见’，哲王又不寤也。‘章台游冶’，小人之径。‘雨横风狂’，政令暴急也。‘乱红飞去’，斥逐者非一人而已，殆为韩（韩琦）、范（范仲淹）作乎？”

〔3〕子瞻《卜算子》：苏轼《卜算子》（黄州定慧院寓居作）云：“缺月挂疏桐，漏断人初静。谁见幽人独往来，缥缈孤鸿影。　惊起却回头，有恨无人省。拣尽寒枝不肯栖，寂寞沙洲冷。”〔据龙沐勋《东坡乐府笺》卷二，商务印书馆，民国二十五年（1936）一月上海初版〕张惠言《词选》评曰：“此东坡在黄州作。鲖阳居士云：‘缺月’，刺明微也。‘漏断’，暗时也。‘幽人’，不得志也。‘独往来’，无助也。‘惊鸿’，贤人不安也。‘回头’，爱君不忘也。‘无人省’，君不察也。‘拣尽寒枝不肯栖’，不偷安于高位也。‘寂寞沙洲冷’，非所安也。此词与《考槃》诗极相似。”

〔4〕命宫磨蝎：磨蝎星，星宿名。命宫磨蝎，谓命运多舛。苏轼《东坡志林》（卷一）云：“退之诗云：‘我生之辰，月宿直（南）斗。’乃知退之磨蝎为身宫，而仆乃以磨蝎为命，平生多得谤誉，殆是同病也。”王士禛《花草蒙拾》云：“仆尝戏谓：坡公命宫磨蝎，湖州诗案，生前为王珪、舒亶辈所苦，身后又硬受差排耶？”王士禛此说针对鲖阳居士而发。

〔5〕王珪、舒亶：指断章取义、深文罗织诬告苏轼，使之下狱的李定、舒亶、何正臣等人。《宋史·苏轼传》载：“(轼)徙知湖州……以事不便民者不敢言，以诗托讽，庶有补于国。御史李定、舒亶、何正臣摭其表语，并媒孽所为诗以为讪谤，逮赴台狱，欲置之死，锻炼久之不决。神宗独怜之，以黄州团练副使安置。”（据《宋史》卷三百三十八）又《续资治通鉴》“神宗元丰二年”条载：“御史中丞李定言：‘知湖州苏轼，本无学术，偶中异科。……及陛下修明政事，怨不用己，遂一切毁之，以为非是。伤教乱俗，莫甚于此。伏望断自天衷，特行典宪。’御史舒亶言：‘轼近上谢表，颇有讥切时政之言，流俗翕然争相传诵。陛下发钱以本业贫民，则曰：“赢得儿童语音好，一年强半在城中。”陛下明法以课试群吏，则曰：“读书万卷不读律，致君尧舜知无术。”陛下兴水利，则曰：“东海若知明主意，应教斥卤变桑田。”陛下谨盐禁，则曰：“岂是闻韶解忘味，尔来三月食无盐。”其他触物即事，应口所言，无一不以诋谤为主。小则镂

板，大则刻石，传播中外，自以为能。'并上轼印行诗三卷。御史何正臣亦言轼愚弄朝廷，妄自尊大。"（《续资治通鉴》卷七十四）

【译文】

　　张惠言（皋文）论词，实在过于牵强附会。温庭筠（飞卿）的《菩萨蛮》、欧阳修（永叔）的《蝶恋花》、苏轼（子瞻）的《卜算子》，都是一时兴到而写成的，有什么寓意呢？他们都被张惠言（皋文）编造出一些言外之意来。王士禛（阮亭）《花草蒙拾》说："坡公命星属磨蝎宫，生前受到王珪、舒亶等人的诬告，身后又受到这类无中生有的诬蔑。"现在看来，受到诬蔑的，仅仅是苏轼（坡公）一人吗？

二六 "软语商量"与"柳昏花暝"

贺黄公谓:"姜论史词,不称其'软语商量',而赏(原作"称",依《词筌》改)其'柳昏花暝',固知不免项羽学兵法之恨。"然"柳昏花暝",自是欧、秦辈句法,前后有画工、化工之殊。吾从白石,不能附合黄公矣。

【题解】

史达祖《双双燕》(咏燕)上片写双燕飞入旧巢的情景,"还相雕梁藻井,又软语商量不定",描摹物态,惟妙惟肖,可谓极其能事矣;下片接写双燕"贴地争飞,竞夸轻俊"的情状,明白写燕,但到了"红楼归晚,看足柳昏花暝",却将人事打并入物态之中,此时所写,燕耶?人耶?实难分辨。于是,归结到最后,"愁损翠黛双娥,日日画阑独凭",人们才猛然醒悟,以上一切景象,皆由此美人眼中看出也。其中,"软语商量"与"柳昏花暝"都是词中警句,究竟哪一句为胜?王国维不赞成贺裳的意见,而同意白石的看法,以为"柳昏花暝"比"软语商量"好,其理由是前句("软语商量")为画工之笔,后句("柳昏花暝")为化工之笔,二句自有形似与神似之别。王国维所说甚是。

【注释】

〔1〕然"柳昏花暝",自是欧、秦辈句法,前后有画工、化工之殊:

稿本最初作"二句境界自以后为胜",后改为"前句画工之笔,后句化工之笔",最后改作:"然'柳昏花暝',自是欧、秦辈,以(似)属为胜。"

〔2〕贺黄公:即贺裳,其《皱水轩词筌》论史达祖《双双燕》(咏燕)云:"《稗史》称韩幹画马,人入其斋,见幹身作马形,凝思之极,理或然也。作诗文亦必如此始工。如史邦卿咏燕,几于形神俱似矣。……常观姜论史词,不称其'软语商量'而赏其'柳昏花暝',固知不免项羽学兵法之恨。"(据《词话丛编》本)史词见本编三八则注释。

〔3〕姜论史词:黄昇《花庵词选·中兴以来绝妙词选》(卷七)于史词《双双燕》(咏燕)后注云:"姜尧章极称其'柳昏花暝'之句。"

【译文】

贺裳(黄公)说:"姜夔(白石)论史达祖词,不称道他的'软语商量'句,而欣赏他的'柳昏花暝'句,可以得知,这与项羽学习兵法一样使人感到遗憾。"然而,"柳昏花暝",这本来是欧阳修、秦观的写法,但欧阳修、秦观与史达祖相比,却有画工与化工的区别。所以,我同意姜夔(白石)的批评,不能附和贺裳(黄公)的意见。

二七　池塘春草谢家春

"池塘春草谢家春，万古千秋五字新。传语闭门陈正字，可怜无补费精神"。此遗山《论诗绝句》也。梦窗、玉田辈，当不乐闻此语。

【题解】

"池塘生春草，园柳变鸣禽"。自然清新，不事雕琢，万古千秋推为名句，亦即王国维所谓"不隔"之典范。这是"闭门觅句"所创造不出来的。王国维论词主境界，反对雕琢，因以吴、张等人为词中的"陈正字"。

【注释】

〔1〕陈正字：陈师道（1053—1101），字履常、无己，号后山居士，曾官秘书省正字。彭城（今江苏徐州）人。北宋诗人。当时有"闭门觅字陈无己"之诮（见黄庭坚《病起荆江亭即事十首》之八）。

〔2〕遗山：元好问（1190—1257），字裕之，号遗山，太原秀容（今山西忻州市忻府区）人。金代诗人。有《论诗三十首》，此则所引为第二十九首。据《元遗山诗集笺注》卷十一。

【译文】

"池塘春草谢家春，万古千秋五字新。传语闭门陈正字（师道），可怜无补费精神。"这是元好问（遗山）《论诗绝句》中的一首。吴文英（梦窗）、张炎（玉田）等人是不乐意听到这种话的。

二八 有句与无句

朱子《清邃阁论诗》谓:"古人诗中(原无"诗中"两字,依《朱子大全》增)有句,今人诗更无句,只是一直说将去。这般诗(原无"诗"字)一日作百首也得。"余谓北宋之词有句,南宋以后便无句。如玉田、草窗之词,所谓"一日作百首也得"者也。

【题解】

王国维论词,既重境界,又重"句"与"篇"。他认为,"有境界则自成高格,自有名句"(本编一则)。他把名句也看作境界的一个组成部分。不因境界而忽视"句",即将艺术形象看得混沌一片、不可分割,而是将艺术形象看作是可以句解、可以分割的艺术整体。

这里所说,有句与无句,实际已带有有境界与无境界之意。

【注释】

〔1〕朱子:朱熹(1130—1200),字元晦,一字仲晦,号晦庵,别号紫阳,徽州婺源(今属江西)人。南宋哲学家、教育家。

〔2〕《清邃阁论诗》:朱熹《清邃阁论诗》语载《朱子语类》卷一百四十。

【译文】

朱熹《清邃阁论诗》说："古人的诗有句，今人的诗无句，只是一直说下去，这种诗一天可以作得一百首。"我认为北宋的词有句，南宋以后的词就无句了。例如张炎（玉田）、周密（草窗）的词，就是朱熹所说的"一日作百首也得"啊。

二九　平 淡 与 枯 槁

朱子谓：“梅圣俞诗，不是平淡，乃是枯槁。”余谓草窗、玉田之词亦然。

【题解】

王国维论词“最恶梦窗、玉田”，但他将草窗与玉田相提并论，可见草窗亦在其“最恶”之列。综观王氏所论，所谓“不是平淡，乃是枯槁”，除了上文所述“玉老田荒”的迟暮之感以外，那就是“肤浅”二字。论者谓草窗“立意不高，取韵不远”（周济《宋四家词选序论》），这大概是其词“枯槁”的一个原因。

【注释】

〔1〕朱熹语载《朱子语类》卷一百三十九。

【译文】

朱熹说：“梅尧臣（圣俞）诗，不是平淡无味，而是枯槁无生气。”我认为周密（草窗）、张炎（玉田）的词也是这样。

三〇　词 中 警 句

"自怜诗酒瘦，难应接、许多春色。""能几番游？看花又是明年。"此等语亦警句耶？乃值如许笔力。

【题解】

陆辅之《词旨》说词中警句，列举九十二例，其中说到史达祖《喜迁莺》"自怜诗酒瘦，难应接、许多春色"和张炎《高阳台》"见说新愁，如今也到鸥边"以及"莫开帘，怕见飞花，怕听啼鹃"等例。王国维不以为然，他所举"能几番游，看花又是明年"例，也为张炎《高阳台》词中句。王氏以为此等语句，称不上警句，不值得如此花费力气。王国维否定史、张所作，主要谓其刻画太过，用力太多，并非出于自然。其实，史达祖《喜迁莺》"自怜"句，乃反用杜甫"诗酒尚堪驱使在，未须料理白头人"诗意，翻得并不差。王国维不满意南宋词，所论未免偏颇。

【注释】

〔1〕"如许笔力"，原稿本作"如许费力"。

〔2〕"自怜"二句：史达祖《喜迁莺》云："月波疑（别作"凝"）滴。望玉壶天近（戈选作"天近玉壶"），了无尘隔。翠眼圈花，冰丝织练，黄道宝光相直。自怜诗酒瘦，难应接、许多春色。最无赖，是随香趁烛，曾伴狂客。　　踪迹。漫记忆。老了杜郎，忍听东风笛。柳院灯疏，梅厅雪在，谁与细倾春碧。旧情拘（别无"拘"字）未定，犹自学、当年游历。

怕万一，误玉人、夜寒（戈选作"寒夜"，别本"寒"下有"窗际"二字）帘隙。"（据《全宋词》第 2328 页）

〔3〕"能几"二句：张炎《高阳台》（西湖春感）云："接叶巢莺，平波卷絮，断桥斜日归船。能几番游，看花又是明年。东风且伴蔷薇住，到蔷薇、春已堪怜。更凄然。万绿西泠，一抹荒烟。　　当年燕子知何处，但苔深韦曲，草暗斜川。见说新愁，如今也到鸥边。无心再续笙歌梦，掩重门、浅醉闲眠。莫开帘。怕见飞花，怕听啼鹃。"（同上第 3463 页）

【译文】

"自怜诗酒瘦，难应接、许多春色"。"能几番游？看花又是明年"。这种语句怎么算得上警句呢？为什么就值得这样花费气力。

三一　文 文 山 词

文文山词，风骨甚高，亦有境界，远在圣与、叔夏、公谨诸公之上。亦如明初诚意伯词，非季迪、孟载诸人所敢望也。

【题解】

文天祥（1236—1282），初名云孙，字天祥，后改字宋瑞，一字履善，号文山，吉安人。宋时曾任右丞相兼枢密使。元兵至，奉使军前被拘，逃亡入真州，渡海至温州。益王立，拜右丞相，以都督出任江西，兵败被执。囚于燕京四年，不屈，死于柴市，年四十七。在历史上文天祥是一位民族英雄。传词十一首，颇能体现其朱颜变尽、丹心难灭的奇杰肝胆。因此，王国维谓之"风骨甚高"，并且以为有境界。但是，王国维评文文山词的着眼点，似乎侧重其民族意识，即风骨。在这一意义上讲，王沂孙、张炎、周密当自愧不如。宋亡之后，他们当了遗民，虽也在词中通过咏物、怀古等方式寄寓其故国之思，但终究缺乏文天祥在词中所表现的气概。

【注释】

〔1〕文文山词：刘熙载《艺概·词曲概》云："文文山词，有'风雨如晦，鸡鸣不已'之意，不知者以为变声，其实乃变之正也。故词当合其人之境地观之。"

〔2〕风骨：刘勰《文心雕龙·风骨》云："结言端直，则文骨成焉；意气骏爽，则文风清焉。"又云："练于骨者，析辞必精。深于风者，述情必显。捶字坚而难移，结响凝而不滞，此风骨之力也。"

〔3〕圣与：王沂孙，字圣与，号碧山、中仙，会稽（今浙江绍兴）人。宋、元间词人。入元后，曾任庆元路学正。词属姜夔一派，常与张炎、周密唱和，多寄托兴亡、缅怀身世之作。

〔4〕诚意伯：刘基（1311—1375），字伯温，青田（今属浙江）人。元末明初文学家、政治家。洪武三年（1370），授弘文馆学士，封诚意伯。洪武四年（1371），因与左丞相胡惟庸交恶，被胡所潜，受朱元璋猜忌，被迫退归乡里。洪武八年（1375），忧愤而死。

〔5〕季迪：高启（1336—1374），字季迪，长洲（今江苏苏州）人。明代诗人。因受魏观株连而被腰斩。

〔6〕孟载：杨基（1326—？），字孟载，号眉庵，原籍嘉州（今四川乐山），生于吴中（今江苏苏州）。明初诗人。元末，曾入张士诚幕。明初被谗夺官，罚服劳役，死于工所。

【译文】

文天祥（文山）的词，格调很高，而且有境界，远远超过王沂孙（圣与）、张炎（叔夏）、周密（公谨）等人。正像明初刘基（诚意伯）的词一样，并不是高启（季迪）、杨基（孟载）等人所能相比的。

三二　和凝《长命女》

　　和凝《长命女》词："天欲晓。宫漏穿花声缭绕。窗里星光少。　　冷霞寒侵帐额，残月光沉树杪。梦断锦帏空悄悄。强起愁眉小。"此词前半，不减夏英公《喜迁莺》也。

【题解】
　　夏竦《喜迁莺》写月夜凭吊旧时宫阙的情景，颇有太白气象，深得王国维好评。这里，王氏以和凝《长命女》与夏词相比，同样称赞其境界与气象。

【注释】
　　〔1〕原稿于文末尚有"此词见《乐府雅词》，《历代诗馀》选之"句。
　　〔2〕和凝（898—955），字成绩，郓州须昌（今山东东平东）人。五代词人。后梁进士。仕后晋为中书门下平章事，仕后汉封鲁国公，入后周为侍中。凝长于短歌艳曲，号曲子相公。著有《红叶稿》等集，已失传。王国维辑本《红叶稿》载此词，题作《薄命女》。《长命女》，又名《西河长命女》，始见《教坊记》。
　　〔3〕夏英公《喜迁莺》，见本编一〇则注释。

【译文】

　　和凝的《长命女》词写道："天欲晓。宫漏穿花声缭绕。窗里星光少。　　冷霞寒侵帐额，残月光沉树杪。梦断锦帏空悄悄。强起愁眉小。"这首词的前半阕，与夏竦（英公）的《喜迁莺》相比，并无逊色。

三三　疏远高古与切近凡下

宋《李希声诗话》曰："唐人作诗，正以风调高古为主，虽意远语疏。皆为佳作，后人有切近得当、气格凡下者，终使人可憎。"余谓北宋词亦不妨疏远，若梅溪以降，正所谓"切近得当、气格凡下"者也。

【题解】
　　李希声论唐诗，推崇其风调，谓其虽意远语疏而自成佳作。疏远与切近，高古与凡下，表示两种不同的艺术境界。王国维借此以评说宋词，认为北宋尚有疏远高古之作，南宋，尤其是梅溪以后，即面目可憎。这段记述正与王氏重北宋而轻南宋的论点相合。

【注释】
　　〔1〕《李希声诗话》：见魏庆之《诗人玉屑》卷十（中华书局，1959年8月上海第1版）所引。又据郭绍虞《宋诗话辑佚》（中华书局，1980年9月北京第1版）。"唐人"应为"古人"。
　　〔2〕梅溪以降：许文雨曰："王氏以为北宋词运语疏远，而意境高超，南宋以降，构词虽精，而未脱凡俗，此论当有所见。至贬薄梅溪，则亦随评论家主观之见，难以强同。陈廷焯《白雨斋词话》卷二，尝举梅溪词云：'如："碧袖一声歌，石城怨，西风随去。沧波荡晚，孤蒲弄秋，还重到，断魂处"，沉郁之至。又"三年梦冷，孤吟意短，屡烟钟津鼓，屡齿厌登临，移镫（灯）后，几番凉雨。"亦居然美成复生。又《临

江仙》结句云:"枉教装得旧时多。向来萧鼓地,曾见柳婆娑。"慷慨生哀,极悲极郁。'盖求梅溪之佳制,而推崇颇至。"(《人间词话讲疏》第239～240页)

【译文】

宋代《李希声诗话》说:"唐人写诗,正以风骨格调高尚古朴为准的,虽然用意深远而造语粗疏浅显,却能成为好的作品。后人写诗,有的人追求逼真,气格不高,终究使人感到面目可憎。"我认为北宋的词还称得上疏远高古,如果史达祖(梅溪)以后,那就是前人所说的"过于拘泥、约束,气质、格调都极为粗俗低下"的了。

三四 《草堂诗馀》与《绝妙好词》

自竹垞痛贬《草堂诗馀》而推《绝妙好词》，后人群附和之。不知"草堂"虽有褒诨之作，然佳词恒得十之六七。《绝妙好词》则除张、范、辛、刘诸家外，十之八九，皆极无聊赖之词。古人云："小好小惭，大好大惭。"洵非虚语。

【题解】

南宋坊间所刻《草堂诗馀》是一部供"说话人使用的歌词选本，其宗旨主要在于配合说唱，而不是为了存词"（说详吴世昌先生《〈草堂诗馀〉跋》，据《词学论丛》），自然采入许多适合下里巴人口味的作品，即多"褒诨之作"。而《绝妙好词》是在南宋复雅风气盛行时出现的一部选本，戈载谓其"采掇菁华，无非雅音正轨"（《书草窗词后》，《宋七家词选》卷五），自然多俊语。朱彝尊痛贬《草堂诗馀》而推尊《绝妙好词》，就是以传统雅词观念为批评标准的。王国维反其道而行之，以为《草堂诗馀》虽有褒诨之作，而佳词十之六七，《绝妙好词》则十之八九为无聊赖之作，其反传统精神颇可称道。而且，王氏不赞赏"无聊赖之词"，当与所提倡"真景物、真感情"相关。

【注释】

〔1〕"古人云:'小好小惭,大好大惭。'洵非虚语。"原稿作"甚矣,人之贵耳贱目也"。

〔2〕《草堂诗馀》:详本编五五则注。

〔3〕《绝妙好词》:词总集。南宋周密编选。全篇七卷,录词三百八十五首,始自张孝祥,终于仇远,计一百三十二家。

〔4〕竹垞痛贬《草堂诗馀》而推《绝妙好词》:朱彝尊《书〈绝妙好词〉后》云:"词人之作,自《草堂诗馀》盛行,屏去激楚、阳阿,而巴人之唱齐进矣。周公谨《绝妙好词》选本虽未全醇,然中多俊语,方诸'草堂'所录,雅俗殊分。"(据《曝书亭全集》,《绝妙好词笺》文字稍异)

〔5〕后人群和之:《绝妙好词》辑成后,"在元时已为难得,有明三百年乐府家未曾见其只字"〔厉鹗康熙六十一年(1722)跋〕。清初钱谦益绛云楼藏有钞本,后归钱曾述古堂,康熙年间始有柯煜、高士奇刊本。乾隆年间查为仁、厉鹗同为之笺注,颇便省览。朱彝尊(1629—1709)当于康熙年间见此书刊本。朱氏在《书〈绝妙好词〉后》推尊此书,其后,高士奇《绝妙好词序》云:"公谨生于宋末,以博雅名东南,所作音节凄清,情寄深远,非徒以绮丽胜者。兹选披沙拣金,合一百三十二人,为词不满四百,亦云精矣。"(据《绝妙好词笺》,上海古籍出版社,1984年1月上海1版)《四库全书总目提要》谓:"去取谨严,犹在曾慥《乐府雅词》、黄昇《花庵词选》之上。又宋人词集,今多不传,并作者姓名,亦不尽见于世,零玑碎玉,皆赖此以存,于词选中最为善本。"(据中华书局,1965年6月北京第1版)宋翔凤《乐府馀论》云:"南宋词人,系情旧京,凡言归路,言家山,言故国,皆恨中原隔绝。此周公谨氏《绝妙好词》所由选也。"(据《词话丛编》本)

〔6〕"草堂"佳词十之六七:《四库全书总目提要》"类编草堂诗馀"条云:"朱彝尊作《词综》,称'草堂'选词可谓无目,其垢之甚至。今观所录,虽未免杂而不纯,不及'花间'诸集之精善,然利纯互陈,瑕瑜不掩,名章俊句,亦错出其间。一概诋排,亦未为公论。"

〔7〕张、范、辛、刘:张孝祥、范成大、辛弃疾、刘过。

〔8〕小好小惭,大好大惭:韩愈《与冯宿论文书》云:"时时应事作俗下文字,下笔令人惭。及示人,则以为好矣。小惭者亦蒙谓之小好,大惭者即必以为大好矣。"(据《韩昌黎文集校注》第三卷)

【译文】

　　自从朱彝尊（竹垞）痛贬《草堂诗馀》而推尊《绝妙好词》，后人多群起而相附和。不知道《草堂诗馀》虽然有某些猥亵打诨的作品，但好词却占有十分之六七。《绝妙好词》却除了张孝祥、范成大、辛弃疾、刘过各家以外，十分之八九都是些极其无聊赖的作品。古人说："小好小惭，大好大惭。"这实在不是一句虚无的话语。

三五　梅溪、梦窗诸家词肤浅

梅溪、梦窗、玉田、草窗、西麓诸家，词虽不同，然同失之肤浅。虽时代使然，亦其才分有限也。近人弃周鼎而宝康瓠，实难索解。

【题解】

对于南宋词，王国维自谓只爱稼轩一人，而最恶梦窗、玉田（附录二九则）。他曾说：梦窗、玉田等人，面目不同，同归于乡愿而已。对其人品持以卑视的态度。对其词品，谓"失之肤浅"，同样是否定的。王国维认为：梅溪之后，宋词之衰微，虽然是时代造成的，也与其"才分"相关。论"才分"，主要着眼于梅溪诸家人品。

【注释】

〔1〕原稿于梦窗后有中仙（王沂孙号）二字。

〔2〕梅溪、梦窗：史达祖及吴文英。

〔3〕玉田、草窗：张炎及周密。周济《宋四家词选目录序论》云："玉田才本不高，专恃磨砻雕琢。装头作脚，处处妥当。后人翕然宗之。"又云："草窗镂冰刻楮，精妙绝伦，但立意不高，取韵不远，当与玉田抗行（衡），未可方驾王（王沂孙）、吴（吴文英）也。"（据《宋四家词选》）

〔4〕西麓：陈允平（1205？—1285？），字君衡，一字衡仲，号西麓，别署莆鄮澹室后人，四明（今浙江宁波）人。宋元间词人。陈廷焯云："西麓词，在中仙（王沂孙）梦窗（吴文英）之间，沉郁不及碧山（王

沂孙），而时有清超处。超逸不及梦窗，而婉雅犹过之。"（《白雨斋词话》卷二）

〔5〕弃周鼎而宝康瓠：贾谊《吊屈原》："乌虖哀哉兮，逢时不祥。……斡弃周鼎，宝康瓠兮。腾驾罢牛，骖蹇驴兮。骥垂两耳，服盐车兮。"（注：斡，转也。康瓠，瓦盆底也。蹇，跛也。骥，骏马也。）（据朱熹《楚辞集注》卷八）

【译文】

　　史达祖（梅溪）、吴文英（梦窗）、张炎（玉田）、周密（草窗）、陈允平（西麓）等人，他们的词作风格各不相同，而同样有着肤浅的毛病。虽然这是时代所造成的，但是也说明他们的才分是有限的。近人抛弃周鼎而以康瓠为宝贝，实在难以解释。

三六　沈昕伯《蝶恋花》

余友沈昕伯纮自巴黎寄余《蝶恋花》一阕云："帘外东风随燕到。春色东来，循我来时道。一霎围场生绿草。归迟却怨春来早。　　锦绣一城春水绕。庭院笙歌，行乐多年少。著意来开孤客抱。不知名字闲花鸟。"此词当在晏氏父子间，南宋人不能道也。

【题解】

沈昕伯《蝶恋花》抒写客子怨春念别情绪，其作风、境界可以追步二晏父子，但这种情绪与作风并非北宋人所独有，南宋词中也不是无有此等篇什。王国维所说不免带有偏见。

【注释】

〔1〕沈昕伯：沈纮，字昕伯，王国维就读于东文学社时同学。

〔2〕晏氏父子：指晏殊及晏幾道。晏殊（991—1055），字同叔，抚州临川（今属江西）人。北宋政治家、文学家。古文、诗词均承袭晚唐五代传统。所作词既有"花间"温、韦的格调，又受南唐冯延巳影响。所传《珠玉词》三卷，汲古阁并为一卷，为《宋六十名家词》之首集，计词一百三十一首。晏幾道，详本编二八则注释。周济《宋四家词选目录叙论》称："晏氏父子，仍步温、韦，小晏精力尤胜。"（据《宋四家词选》，古典文学出版社，1958 年上海版）

【译文】

　　我的朋友沈纮（昕伯）从巴黎寄给我一首《蝶恋花》词，写道："帘外东风随燕到。春色东来，循我来时道。一霎围场生绿草。归迟却怨春来早。　　锦绣一城春水绕。庭院笙歌，行乐多年少。著意来开孤客抱。不知名字闲花鸟。"这首词的风格与晏殊、晏幾道父子的相接近，南宋人写词达不到这一境界。

三七　政治家之眼与诗人之眼

"君王枉把平陈业，换得雷塘数亩田"。政治家之言也。"长陵亦是闲丘陇，异日谁知与仲多"？诗人之言也。政治家之眼，域于一人一事。诗人之眼，则通古今而观之。词人观物，须用诗人之眼，不可用政治家之眼。故感事、怀古等作，当与寿词同为词家所禁也。

【题解】

政治家与诗人，因其社会职责不同，二者在观察世界、认识世界以及反映世界方面，是有一定区别的。王国维论政治家之眼与诗人之眼，强调艺术的特殊性，要求艺术家要能够摆脱一人一事的束缚，通古今之变，在自己作品中抒写宇宙人生中既深且广的忧世忧生之思，反对写无聊的应酬之作，这是有其一定的合理性的，但他似乎夸大了艺术的力量。在他看来，诗人之眼要比政治家之眼来得高明，这是不妥当的。而且，就罗隐与唐彦谦两首怀古诗篇看，也无法说明所谓"域于一人一事"与"通古今而观之"的区别来。王氏所说，难免稍有偏激。

【注释】

〔1〕"君王"二句：罗隐《炀帝陵》："入郭登桥出郭船，红楼日日柳年年。君王忍把平陈业，只博（一作"换"）雷塘数亩田。"（据《全唐诗》

第十函第四册）《隋书·炀帝纪》载：杨广死后，宇文化及把他"葬吴公台下"，"大唐平江南之后改葬雷塘"（据《隋书》卷四）。许文雨曰："诗盖悼炀帝平陈大业不能久保，仅留区区葬身之所。此意自专吊炀帝一人之得失，不得移之于古今任何人也。"（《人间词话讲疏》第243页）此即王氏所谓"域于一人一事"之意。

〔2〕"长陵"二句：唐彦谦《仲山》（高祖兄仲隐居之所）："千载遗踪寄薜萝，沛中乡里旧山河。长陵亦是闲丘垄，异日谁知与仲多。"（据《全唐诗》第十函第五册）许文雨曰："诗意谓由后论之，则汉高亦何殊于其弟（兄），同荒没于丘垄而已。凭吊一人，而古今无数人，无不可同此感慨，此之谓诗人造情之伟大。"（《人间词话讲疏》第243页）此即王氏所谓"通古今而观之"之意。

〔3〕谁知与仲多：《汉书·高帝纪》载："九年冬十月……置酒前殿。上奉玉卮为太上皇寿。曰：'始大人常以臣亡赖，不能治产业，不如仲力。今某之业所就，孰与仲多！'殿上群臣皆称万岁，大笑为乐。"（据《汉书》卷一下）

〔4〕诗人之眼：不以政治偏见看世界、看历史。王国维《红楼梦评论》云："美术之为物，欲者不观，观者不欲；而艺术之美所以优于自然之美者，全存于使人易忘物我之关系也。"（据《静庵文集》）意即"必遗其关系、限制处"也，详本编第五则。

【译文】

　　"君王枉把平陈业，换得雷塘数亩田"。这是政治家的语言。"长陵亦是闲丘陇，异日谁知与仲多"？这是诗人的语言。政治家的眼光，局限于特定的人和事，诗人的眼光，能够贯通古今，纵观历史。词人观察事物，必须用诗人的眼光，不可以用政治家的眼光。所以，凡是感事、怀古一类作品，应当与寿词一起，同样作为词家所禁忌的。

三八　宋人小说多不足信

　　宋人小说，多不足信。如《雪舟脞语》谓：台州知府唐仲友眷官妓严蕊奴。朱晦庵系治之。及晦庵移去，提刑岳霖行部至台，蕊乞自便。岳问曰：去将安归？蕊赋《卜算子》词云："住也如何住。"云云。案：此词系仲友戚高宣教作，使蕊歌以侑觞者，见朱子《纠唐仲友奏牍》。则《齐东野语》所纪朱、唐公案，恐亦未可信也。

【题解】

　　宋人笔记小说，为投合读者欣赏趣味，每以有关词章演绎故事。其中牵强附会处，不胜枚举。后世词论家，不辨真伪，用以说词，误人不浅。此风之所长，实为清代常州派之"意内言外"说开了先例。宋人小说中类似此等故事，当予澄清，才能还之以词人的真面目。

【注释】

　　〔1〕《雪舟脞语》：宋末邵桂子《雪舟脞语》云："唐悦斋（仲友）字兴正，知台州，朱晦庵为浙东提举，数不相得，至于互申。寿皇问宰执二人曲直，对曰：'秀才争闲气耳。'悦斋眷官妓严蕊奴，晦庵捕送囹圄。提刑岳商卿霖行部疏决，蕊奴乞自便。宪使问：'去将安归？'蕊奴赋《卜算子》，末云：'住也如何住，去也终须去。若得山花插满头，莫问奴归处。'宪笑而释之。"（据陶宗仪《说郛》卷五十七引，涵芬楼本）

〔2〕蕊赋《卜算子》：严蕊《卜算子》云："不是爱风尘，似被前身误。花落花开自有时，总是东君主。　去也终须去。住也如何住。若得山花插满头，莫问奴归处。"（据《全宋词》第1677页）蕊字幼芳，天台营妓。《全宋词》录其词三首。

〔3〕朱子奏牍：朱熹《按唐仲友第三状》："仲友自到任以来，宠爱弟妓。严蕊稍以色称，仲友与之媟狎，虽在公庭，全无顾忌，公然与之落籍，令表弟高宣教以公库轿乘钱物津发归婺州。"（据《朱子大全》卷十八）又《按唐仲友第四状》云："每遇仲友筵会。严蕊进入宅堂，因此密熟，出入无间，上下合干人并无阻节。今年二月二十六日宴会。夜深，仲友因与严蕊逾滥，欲行落籍，遣归婺州永康县亲戚家。说与严蕊：'如在彼处不好，却来投奔我。'至五月十六日筵会，仲友亲戚高宣教撰曲一首，名《卜算子》。后一段云：'去又如何去。住又如何住。但得山花插满头，休问奴归处。'"（据《朱子大全》卷十九）

〔4〕朱唐公案：周密《齐东野语》卷十七《朱唐交奏本末》："朱晦庵按唐仲友事。或云吕伯恭尝与仲友同书会，有隙，朱主吕，故抑唐，是不然也。盖唐平时恃才轻晦庵，而陈同父颇为朱所进，与唐每不相下。同父游台，尝狎籍妓，嘱唐为脱籍，许之。偶郡集，唐语妓云：'汝果欲从陈官人耶？'妓谢。唐云：'奴须能忍饥受冻乃可。'妓闻大恚。自是陈至妓家，无复前之奉承矣。陈知为唐所卖，丞往见朱。朱问：'近日小唐云何？'答曰：'唐谓公尚不识字，如何作监司？'朱衔之，遂以部内有冤狱，乞再巡按。既至台，适唐出迎少稽，朱益以陈言为信。立索郡印，付以次官，乃摭唐罪具奏，而唐亦作奏驰上。时唐乡相王淮当轴。既进呈，上问王。王奏：'此秀才争闲气耳。'遂两平其事。详见周平园、王季海日记。"（据张茂鹏点校本，中华书局，1983年11月北京第1版）

【译文】

宋人笔记小说，大都不能凭信。例如《雪舟脞语》说：台州知府唐仲友（悦斋），因为娶官妓严蕊为妾，朱熹（晦庵）曾经处治他。等到朱熹调离，提刑官岳霖视察到达台州，严蕊才申请人身自由。当时，岳霖问：离开后将往哪里去？蕊诵《卜算子》词说："住也如何住。"我认为：这首词原来是唐仲友的亲戚（表弟）高宣教所写的，叫严蕊歌唱来助酒兴的，这件事见朱熹《纠唐仲友奏牍》中记载。因此，周密《齐东野语》所记载的朱熹、唐仲友打官司的事，恐怕也是不能相信的啊。

三九 词之最工者

《沧浪》《凤兮》二歌，已开《楚歌》体格。然《楚
辞》之最工者，推屈原、宋玉，而后此之王褒、刘向之
词不与焉。五古之最工者，实推阮嗣宗、左太冲、郭景
纯、陶渊明，而前此曹、刘，后此陈子昂、李太白不与
焉。词之最工者，实推后主、正中、永叔、少游、美成，
而后此南宋诸公不与焉。

【题解】

我国诗歌经过漫长的发展演化过程，由《诗经》，而《楚辞》，
而乐府，而五七言古诗，而近体格律诗，而长短句填词。在体格
上，不断变革、更新，历代作者各有其开创之功和集成之功。王
国维认为：在《诗经》时代流行的《沧浪》歌和《凤兮》歌，已
经具备《楚辞》的体格。不过，只有到了屈原、宋玉手中，《楚
辞》的发展才达到顶峰。以后王褒、刘向等人虽有所作，但已成
为馀韵尾声。并认为：五言古诗的发展，以阮籍、左思、郭璞、
陶潜成就最高，前此曹植、刘桢及后此陈子昂、李白，都无法比
并。对于长短句填词，王国维推尊李煜、冯延巳、欧阳修、秦观
及周邦彦，谓为"词之最工者"。认为南宋以后词，不足道矣。有
关《楚辞》和五古诗的发展情况，当另行探讨，有关词的发展情
况，王国维的观点，是有一定片面性的。在很大程度上，是出于

个人的艺术偏见。

【注释】

〔1〕沧浪：《孟子·离娄上》有《孺子歌》云："沧浪之水清兮，可以濯我缨。沧浪之水浊兮，可以濯我足。"

〔2〕凤兮：《论语·微子》："楚狂接舆歌而过孔子曰：'凤兮凤兮，何德之衰？往者不可谏，来者犹可追。已而已而，今之从政者殆而。'"许文雨曰："二歌皆有兮字，用南方稽留语也。"（《人间词话讲疏》第246页）

〔3〕屈原：屈原（约前339—约前278），《屈原列传》称其名平，字原。《离骚》自称名正则，字灵均。战国时期楚国诗人、政治家。

〔4〕宋玉：战国后期楚国辞赋家。

〔5〕王褒：王褒，字子渊，蜀资中（今四川资阳）人。西汉辞赋家。

〔6〕刘向：刘向（约前77—前6），本名更生，字子政，西汉学者、文学家。许文雨曰："王逸本《楚辞》收王褒《九怀》，刘向《九叹》，大抵皆摹拟原、玉《九章》《九辨》之作。"（《人间词话讲疏》第246页）

〔7〕阮嗣宗：阮籍（220—263），字嗣宗，陈留尉氏（今属河南）人。三国魏诗人。

〔8〕左太冲：左思，字太冲，临淄（今山东淄博）人。西晋文学家。

〔9〕郭景纯：郭璞（276—324），字景纯，河东闻喜（今属山西）人。晋代学者、文学家。

〔10〕曹：曹植（192—232），字子建，曹操之妻卞氏所生第三子。三国魏诗人。

〔11〕刘：刘桢（？—217），字公幹，"建安七子"之一，汉末文学家。

〔12〕陈子昂：（约659—700），字伯玉，梓州射洪（今属四川）人，唐代文学家。

〔13〕五古之最工者……后此陈子昂、李太白不与焉：王氏之意，盖以曹植、刘桢之五古，尚系初创之制；阮、陶、左、郭，各放异彩，为五古诗之最烂盛者，陈、李之于五古，亦犹向、褒之于《楚辞》，皆不足与原制争先（详参许文雨《人间词话讲疏》第246页）。

【译文】

　　"沧浪""凤兮"两首歌，已经初步具备《楚辞》的体式格调。《楚辞》作者中最有成就的，当推屈原、宋玉二人。屈宋以后，王褒、刘向的词章不能和他们相比。五言古诗中最有成就的作者，应推阮籍（嗣宗）、左思（太冲）、郭璞（景纯）、陶潜（渊明），在他们前面的曹植、刘桢及以后的陈子昂、李白（太白），都无法相比。词中最有成就的，应推李煜（后主）、冯延巳（正中）、欧阳修（永叔）、秦观（少游）、周邦彦（美成），他们以后南宋的作者都不能相比。

四〇 词中的句与篇

唐五代之词，有句而无篇。南宋名家之词，有篇而无句。有篇有句，唯李后主降宋后之作，及永叔、子瞻、少游、美成、稼轩数人而已。

【题解】

关于"句"与"篇"，其实际含义如何，王国维似未有明确界定。王国维曾说："词以境界为最上。有境界则自成高格，自有名句。五代北宋之词所以独绝者在此。"显然将"名句"与境界相提并论。这里，所谓"有名句"，或"有句"，是与"无句"相对立的。"有名句"或"有句"，就是有句外之意，即有境界；而"无句"，便是"一直说将去"，如朱熹所说"一日作百首也得"，即无境界。至于"篇"，王国维的概念则十分含混。王国维说："唐五代之词有句而无篇，南宋名家之词，有篇而无句。"其所谓"篇"，似乎指一般意义上的篇章结构。在王国维看来，因为唐、五代、北宋词重句外之意，不讲究篇内功夫，南宋词只在篇内讨生活，法度严谨，因而以"有句而无篇"与"有篇而无句"加以区分，这似乎还说得过去。但是，王国维所说"有篇有句"，其所谓"篇"又似乎不限于篇章结构，而是由"名句"所构成的"篇"，即具有"无疆""无穷"之境的"篇"，所谓"有篇"又与所谓"有句"及"有境界"相接近。因此，对于"句"与"篇"，似不必太拘泥于概念的划分上，而当联系具体作家、作品加以理解。

【译文】
　　唐五代的词，有名句而无名篇。南宋名家的词，有名篇而无名句。有名篇而有名句的，只有李煜（后主）降宋以后的作品以及欧阳修（永叔）、苏轼（子瞻）、秦观（少游）、周邦彦（美成）、辛弃疾（稼轩）这几个人的作品而已。

四一 倡优与俗子

唐五代北宋之词家，倡优也。南宋后之词家，俗子也。二者其失相等。但词人之词，宁失之倡优，不失之俗子。以俗子之可厌，较倡优有甚故也。

【题解】

词在宋代，因为社会经济、政治以及思想文化诸因素的制约和影响，经历了不同的发展道路，两宋词家的成就是有一定不同的。周济曾经指出："北宋有无谓之词以应歌，南宋有无谓之词以应社。"（《介存斋论词杂著》）北宋时期的歌词创作，因应歌而继续发展为一代之胜，因应歌而成为娱宾遣兴的工具。南渡后，合乐歌词虽继续发展，仍然为歌唱，但更多的是为应社，供文人酬唱之工具。两者弊病：为应歌、为妓女立言，缺乏个性；为应社，无病呻吟，苍白无力。但就歌词本身看，为应歌，并未丧失其艺术的生命力；为应社，却变为无聊的文字游戏。两者相比较，同样未免失之于庸俗。因此，王国维以倡优、俗子之比论两宋词，还是有一定道理的。但是，也不可概括全面，因为两宋歌词创作，在反映"时代的生活和情绪"方面，还是有其特殊的贡献的。

【译文】

唐五代北宋的词作家，是倡妓和优伶。南宋以后的词作家是庸俗无聊的文人。两种人的过失大致相等同。但是词人的词，宁愿为倡妓优伶的词，而不能成为庸俗无聊的作品。因为，庸俗无聊比倡优更加令人讨厌。

四二　欧阳修与柳永

《蝶恋花》"独倚危楼"一阕，见《六一词》，亦见《乐章集》。余谓：屯田轻薄子，只能道"奶奶兰心蕙性"耳。

【题解】

《蝶恋花》（"独倚危楼风细细"），既载欧阳修之《近体乐府》，又载柳永之《乐章集》。《全宋词》既收为欧词，又收为柳词。一般以为柳永所作。王国维认定这首词必为欧阳修所作，以为非欧公即不能道，值得探讨。欧阳修作为北宋文坛盟主，在政治上，他是个卫道士，作文、作诗，同样戴上"载道""言志"的面具，但填词，却往往不戴面具。例如《醉蓬莱》，写幽会、说欢情，就十分露骨。所谓"却待更阑，庭花影下，重来则个"，实际上并不亚于柳永之"奶奶兰心蕙性"。王国维论词，主境界，强调词的特性，但仍不免为封建卫道士的观念所制约。他论《蝶恋花》，曾说"衣带渐宽终不悔，为伊消得人憔悴"，为成就大事业、大学问之第二境界，并不把这首词当作一般的言情词看待。因此，在王国维看来，"日与偎子纵游倡馆酒楼间，无复检率"的"轻薄子"柳永（屯田），自然说不出这样的话，达不到这种境界。实际上，如果不在欧、柳二人歌词上蒙上一层政治迷雾，那么，二人所作，实际难有高低之分。

【注释】

〔1〕原稿于文后尚有："'衣带渐宽终不悔，为伊消得人憔悴'。此等语固非欧公不能道也。"

〔2〕《蝶恋花》（"独倚危楼"）：详本编二六则注释。

〔3〕屯田：柳永（987—1053），原名三变，字耆卿，福建崇安（一作"乐安"）人。北宋词人。因排行第七，故也称为柳七。官至屯田员外郎，世称柳屯田。所传《乐章集》有汲古阁《宋六十名家词》本及《彊村丛书》本。

〔4〕奶奶兰心蕙性：柳永《玉女摇仙佩》（佳人）云："飞琼伴侣，偶别珠宫，未返神仙行缀。取次梳妆，寻常言语，有得几多姝丽。拟把名花比。恐旁人笑我，谈何容易。细思算、奇葩艳卉，惟是深红浅白而已。争如这多情，占得人间，千娇百媚。　须信画堂绣阁，皓月清风，忍把光阴轻弃。自古及今，佳人才子，少得当年双美。且恁相偎倚。未消得、怜我多才多艺。愿奶奶、兰心蕙性，枕前言下，表余深意。为盟誓。今生断不孤鸳被。"（据《全宋词》第13页）

【译文】

《蝶恋花》（"独倚危楼风细细"）这首词，载欧阳修《六一词》，也载柳永《乐章集》。我认为：柳永（屯田）是一名轻薄浪子，只能够唱出"奶奶兰心蕙性"这类歌词（而道不出那样的言语）。

四三 艳词与儇薄语

读《会真记》者，恶张生之薄幸，而恕其奸非。读《水浒传》者，恕宋江之横暴，而责其深险。此人人之所同也。故艳词可作，惟万不可作儇薄语。龚定盦诗云："偶赋凌云偶倦飞，偶然闲慕遂初衣。偶逢锦瑟佳人问，便说寻春为汝归。"其人之凉薄无行，跃然纸墨间。余辈读耆卿、伯可词，亦有此感。视永叔、希文小词如何耶？

【题解】

儇薄语就是轻薄语，即不是出自于内心的假言假语。用这种假言假语所作的词，是不忠实的，王国维称之为"游词"（见下则）。他认为，柳永、康与之与欧、范之间，区别就在于此。因此，他提出：艳词可作，惟万不可作儇薄语。反对假言假语，反对轻薄语，这是必要的。但如果认为，词中艳语、绮语，只要是真实的，就当肯定，这也还是不尽妥当的。

【注释】

〔1〕《会真记》：即《莺莺传》，唐传奇，元稹著。记张生、莺莺爱情故事。董解元《西厢记诸宫调》及王实甫《西厢记》均取材于此。

〔2〕《水浒传》：施耐庵著，描写梁山农民起义的长篇小说。

〔3〕龚定盦：龚自珍（1792—1841），字尔玉，又字璱人；更名易简，字伯定；又更名巩祚，号定盦，又号羽琌山民。浙江仁和（今杭州）人。近代思想家、文学家。王国维所引诗见《己亥杂诗》三百一十五首之一，载《定盦文集》文集补续集杂诗。

〔4〕耆卿、伯可：柳永，原名三变，字耆卿，详上则注释。康与之，字伯可，号顺庵，滑州（今河南滑县）人。南宋词人。张炎论柳、康二家词云："词欲雅而正，志之所之，一为情所役，则失其雅正之音。耆卿、伯可不必论，虽美成亦有所不免。"（《词源》卷下）王国维论词，与张氏所说相近。

【译文】

读《会真记》的人，往往厌恶张生的轻薄，而宽恕他的淫乱行为。读《水浒传》的人，往往宽恕宋江的蛮横暴劣，而指责他的阴沉奸险。这是人人所共通的。所以词可以写，只是万万不可以作轻浮浅薄言语。龚定盦诗写道："偶赋凌云偶倦飞，偶然闲慕遂初衣。偶逢锦瑟佳人问，便说寻春为汝归。"他这个人的浮滑浅薄，缺少德行，已经完全暴露在纸墨之间。我们读柳永（耆卿）、康与之（伯可）的词，同样有这种感觉。然而，看看欧阳修（永叔）、范仲淹（希文）的小歌词，又有怎样的感觉呢？

四四 词人须忠实

词人之忠实，不独对人事宜然。即对一草一木，亦须有忠实之意，否则所谓游词也。

【题解】

真实是艺术的生命。强调忠实，强调真情实感，这是非常必要的。王国维对儇薄语、对游词之所以这样深恶痛疾，正是看到了这一点。但是，将"真"当作艺术批评的唯一标准，难免产生偏差。作为艺术作品，包括长短句填词，不仅要求其"真"，而且还必须与善、美相为表里，才能构成完整的艺术整体。

【注释】

〔1〕词人之忠实：陈廷焯云："无论诗、古文、词，推到极处，总以一诚为主。杜诗、韩文，所以大过人者在此。求之于词，其惟碧山乎。明乎此，则无聊之酬应，与无病之呻吟，皆可不作矣。"（《白雨斋词话》卷八）吴世昌云："填词之道，不必千言万语，只二句足以尽之。曰：说真话；说得明白自然，切实诚恳。前者指内容本质，后者指表达艺术。易曰'修辞立诚'，要不外此。论古今人词，亦不必千言万语，只此二句足以衡之：凡是真话，深固可贵，浅亦可喜。凡游词遁词，皆是假话。'岂不尔思，室是远而'。伪饰之情，如见肺腑。故圣人恶之。"（《罗音室诗词存稿增订本·词跋》，商务印书馆香港分馆，一九八四年九月香港初版）

〔2〕游词：指缺乏真情实感的假言假语，金应珪将其当作词中三敝之一（详补录一三则注释）。

【译文】

词人的忠实，不但对待人和事应当这样，而且，即使是对待一草一木，也必须要有忠实的态度，要不然他所写的词就是"游词"。

四五 《花间集》《尊前集》《草堂诗馀》
《词综》与《词选》

读《花间集》《尊前集》，令人回想徐陵《玉台新
咏》。读《草堂诗馀》，令人回想韦縠《才调集》。读朱竹
垞《词综》，张皋文、董子远（原误作"晋卿"）《词选》，
令人回想沈德潜《三朝诗别裁集》。

【题解】

这里所列举的有关诗、词选本，就其编集宗旨及所集作品看，
其中确有某些相近之处。《花间集》和《尊前集》，作为唐五代时期
的两部歌词总集，基本上以言花柳与闺情为主，在题材上，与《玉
台新咏》颇为相近。《草堂诗馀》是南宋坊间所刻歌词总集，为说
唱艺术的脚本，专为备唱用，与崇尚韵高词丽之《才调集》，其美
感兴趣当也有某些相近之处。而朱彝尊的《词综》及张惠言等人的
《词选》《续词选》，其选词宗旨或在于主"醇雅"，或在于体现其
"意内言外"之说，其与沈德潜之提倡温柔敦厚的诗教原则，更是
同出一辙。当然，上述两种类型的选本，一为词，一为诗，简单的
类比难免出差错，但大致而论，王国维所说还是有一定依据的。

【注释】

〔1〕《花间集》《尊前集》：《花间集》十卷。晚唐五代歌词总集。选

录唐末五代词作者十八人，词五百首。编者赵崇祚，字弘基。生平事迹不详。据欧阳炯《花间集序》，可知此集成于后蜀广政三年（940），其时赵崇祚为卫尉少卿。此集编纂，主要为歌伎伶人演唱曲子词提供选本。《尊前集》二卷，朱孝臧校辑本不分卷。此书选录唐五代三十九家词二百六十一首。不著编辑者名氏，宋人提及此书，多称《唐尊前集》，以此书为唐末人所编。此集编纂，同样为供歌唱。纪昀谓："就词论词，《尊前》不失《花间》之骖乘，盖二书实相类也。"（详参《四库全书总目提要·〈尊前集〉提要》）王士祯《花草蒙拾》云："《花间》字法，最著意设色，异纹细艳，非后人纂组所及。如'泪沾红袖黦'、'犹结同心苣'、'豆蔻花间趖晚日'、'画梁尘黦'、'洞庭波浪颭晴天'，山谷所谓古蓄锦者，其殆是耶。"又云："或问《花间》之妙，曰：蹙金结绣而无痕迹。"（据《词话丛编》本）

〔2〕徐陵《玉台新咏》：徐陵（507—583），字孝穆，祖籍东海郯（今山东郯城）。南朝梁、陈间诗人。所编《玉台新咏》十卷，收诗六百六十九篇，为东周至南朝梁代的诗歌总集。其编纂宗旨在"选录艳歌"，即有关男女欢情之作。许文雨曰："《花间》首登温庭筠，以为鼻祖。《尊前》则取唐明皇《好时光》以冠其编。二书所录，并多绮罗脂粉之词，亦犹徐陵《玉台新咏》之于诗也。《四库提要》引刘肃《大唐新语》云：'梁简文为太子，好作艳诗，境内化之，晚年欲改作，追之不及，乃令徐陵为《玉台集》，以大其体。'此即后人所谓'玉台体'，以目淫艳之词者也。"（《人间词话讲疏》第248页）

〔3〕《草堂诗馀》及韦縠《才调集》：《草堂诗馀》，唐宋歌词总集。详本编五五则注释。宋翔凤《乐府馀论》云："《草堂》一集，盖以征歌而设，故别题春景、夏景等名，使随时即景，歌以娱客。题吉席庆寿，更是此意。其中词语，间与集本不同。其不同者，恒平俗，亦以便歌。以文人观之，适当一笑，而当时歌伎，则必需此也。"（据《词话丛编》本）。韦縠，曾在后蜀任监察御史，迁尚书。所编《才调集》十卷，采录署名诗人一百八十多人，自初唐沈佺期至唐末五代罗隐等人，广涉妇女及无名氏，录诗一千首。其选诗标准在于："韵高而桂魄争先，词丽而春色斗艳。"许文雨曰："《类编草堂诗馀》四卷，旧传南宋人作。其书取流俗易解，实为歌伎而设，已见前引宋翔凤之论矣。王士祯《花草蒙拾》云：'或问《草堂》之妙，曰："采采流水，蓬蓬远春。"'是则阮亭以纤秾目《草堂》一书也。蜀韦縠编《才调集》十卷，纪昀谓其所选取法晚唐，以秾丽宏敞为宗。合阮亭、晓岚二家之说观之，则词有《草堂》，亦同诗有《才调》矣。"（《人间词话讲疏》第248～249页）

〔4〕《词综》：历代词总集。朱彝尊编选二十六卷，汪森增补十卷。选辑唐、五代、宋、金、元诸家词三十卷，补人三卷，补词三卷。其收录词人六百五十多家，词二千二百五十首。录词标准，"以醇雅为宗"。

〔5〕董子远：董毅，字子运，张惠言外孙。继张氏《词选》后，复编《续词选》。张氏《词选》选录唐、五代、宋词四十四家，词一百一十六首。主比兴寄托，选词范围较偏窄。董氏复编三卷，续选五十二家，词一百二十二首。

〔6〕沈德潜：沈德潜（1673—1769），字确士，号归愚，长洲（今江苏苏州）人。清代诗人。所编《三朝诗别裁集》包括《唐诗别裁集》《明诗别裁集》和《清诗别裁集》。其宗旨在于"合乎温柔敦厚之旨"，凡"徒辨浮华"，或直露"叫号"之作，或香奁诗等，皆不足取。许文雨曰："朱彝尊编《词综》三十四卷，汪森为之增定。彝尊谓词必出于雅正，故推重宋曾慥之《乐府雅词》，以'雅词'尽去谐谑及当时艳曲，具有风旨，非靡靡之音可比，为足尚也。张皋文《词选》及其外孙董毅子远《续词选》，均以'风骚'之义，裁量诗馀。即《词选》后郑善长所附录诸家词，陈廷焯亦称其大旨皆不悖于'风骚'。（《白雨斋词话》卷六）是均存雅正之旨者。沈德潜崇奉温柔敦厚之诗教，别裁伪本，故有唐、明、清《三朝诗别裁集》之选，与朱、张选词，如出一辙。"（《人间词话讲疏》第249页）

【译文】

读《花间集》和《尊前集》，让人联想到徐陵的《玉台新咏》。读《草堂诗馀》，让人联想到韦縠的《才调集》。读朱彝尊（竹垞）的《词综》及张惠言（皋文）、董毅（子远）的《词选》，让人联想到沈德潜的《三朝诗别裁集》。

四六 清代词论

明季国初诸老之论词，大似袁简斋之论诗。其失也，纤小而轻薄。竹垞以降之论词者，大似沈归愚。其失也，枯槁而庸陋。

【题解】

明词中衰，至明末清初，词的创作始见勃兴，但词的研究，即词论，至此仍有偏颇。清代康熙、乾隆期间较有影响的词派是浙西、阳羡。浙西派标举姜、张，自朱竹垞开其端，厉樊榭振其绪，所谓"浙西填词者，家白石户玉田"（朱彝尊《静志居诗话》），曾经盛极一时，但其末流即由讲求清空醇雅而渐流于浮薄空疏。阳羡派崇尚苏、辛，以陈迦陵为领袖，也曾风靡当世，但其末流亦由讲求雄迈豪放而渐流于粗率叫嚣。到了嘉庆初期，浙西、阳羡两派已渐趋衰散。此时，常州派兴起，强调比兴寄托，强调"意内言外"，反对琐屑饤饾之习，反对无病呻吟，极力推尊词体，但其流弊是深文罗织、牵强附会，由拔高词体变为诬词体。王国维评清代词论，以为国初诸老失诸"纤小而轻薄"，竹垞以后失诸"枯槁而庸陋"，颇能切中要害。

【注释】

〔1〕袁简斋：袁枚（1716—1798），字子才，号简斋、随园老人，钱塘（今浙江杭州）人。乾、嘉时期重要诗人之一，与赵翼、蒋士铨并称乾

隆三大家。六十馀年存诗四千馀首，论诗主性灵说。有《随园诗话》十六卷及《补遗》十卷。许文雨曰："如邹祗谟《远志斋词衷》取柴绍炳'华亭肠断，宋玉魂消'之语，以为论词神到，贺裳《皱水轩词筌》称誉廖莹中《个侬》词，皆略近袁枚《随园诗话》所论。"（《人间词话讲疏》第249页）

〔2〕竹垞以降之论词者：指张惠言、周济、谭献、冯煦诸辈。许文雨曰："继朱彝尊（竹垞）《词综》而起者，如御选《历代诗馀》、张惠言《词选》等，均本尚雅黜浮之旨，以张声教。与沈德潜（归愚）之各朝诗《别裁集》旨意相近。"（同上）

【译文】

明末清初各前辈论词，大都与袁枚（简斋）论诗相似。他们的过失，同样是过于纤细微小而且轻浮浅薄。朱彝尊（竹垞）以后论词的人，大都与沈德潜（归愚）相似。他们的过失在于教条刻板而且庸俗浅陋。

四七　白石之旷在貌

东坡之旷在神，白石之旷在貌。白石如王衍口不言阿堵物，而暗中为营三窟之计，此其所以可鄙也。

【题解】

南宋词人姜夔，终生布衣，流落于江湖间，充当达官贵人之清客。其为人，既不免带有一般文人雅士的作风，与一般文人雅士之奉承阿谀又有所区别。王国维论词重人品，他看清了白石之作为清客词人的弱点。既指出其与张炎的不同处（附录二六则），又指出其自身的弱点：不能不为营三窟之计。王国维认为，白石的旷达，只是在表面，实际上，他是不旷达的。这是与白石特定的社会地位相关联的。

【注释】

〔1〕东坡之旷在神：俞彦《爰园词话》云："子瞻词，无一语著人间烟火，此自大罗天上一种，不必与少游、易安辈较量体裁也。"（据《词话丛编》本）

〔2〕白石之旷在貌：周济《介存斋论词杂著》云："白石放旷，故情浅。"又云："白石词，如明七子诗，看是高格响调，不耐人细思。"（人民文学出版社本）

〔3〕阿堵物：指钱。刘义庆《世说新语·规箴第十》云："王夷甫雅尚玄远，常嫉其妇贪浊，口未尝言'钱'字。妇欲试之，令婢以钱绕床不

得行。夷甫晨起，见钱阂行，呼婢曰：'举却阿堵物'。"（上海古籍出版社，1982 年 11 月上海第 1 版）

〔4〕三窟之计：齐人冯谖替孟尝君赴薛收债，将债务全部取消，并将债券当众烧毁，替孟尝君积德。当孟尝君罢官归薛，即受欢迎。冯谖说："狡兔有三窟，仅得免死耳。今君有一窟，未得高枕而卧也。请为君复凿二窟。"事成之后，冯谖说："三窟已就，君姑高枕为乐矣。"（详见《战国策·齐策》）

【译文】

苏轼（东坡）的旷达体现了他的精神面貌，姜夔（白石）的旷达却仅仅是在表面上。姜夔（白石）像王衍一样，口头上不谈到"阿堵物"，暗地里偷偷地经营着"三窟"的计策，这就是他之所以可鄙的地方。

四八　内美与修能

"纷吾既有此内美兮，又重之以修能。"文字之事，于此二者，不能缺一。然词乃抒情之作，故尤重内美。无内美而但有修能，则白石耳。

【题解】

内美指先天具有的美好品格；修能，即修态，是与内美相对的后天的修饰。文学创作，此二者不可缺一，而抒情之作，尤其重视内美。王国维《文学小言》称："三代以下之时人，无过于屈子、渊明、子美、子瞻者。此四子者若无文学之天才，其人格亦自足千古。故无高尚伟大之人格，而有高尚伟大文章者，殊未之有也。"这段话可作为王氏重内美的注脚。王氏批评白石，谓其"无内美而但有修能"，主要不满其品格。

【注释】

〔1〕"文字之事"，原稿本作"文学之事"。

〔2〕"纷吾"二句：见屈原《离骚》。

〔3〕内美：指诗人高尚的人格。王国维《二田画庼记》云："夫绘画之可贵者，非以其所绘之物也，必有我焉以寄于物之中。故自其外而观之，则山水、云树、竹石、花草无往而非物也；自其内而观之，则子久也、仲圭也、元镇也、叔明也，吾见之于墙而闻其謦欬矣。且子久不能为仲圭，仲圭不能为元镇，元镇、叔明不能为子久、仲圭，则以子久之我非仲圭之

我，而仲圭、元镇、叔明三人者，亦各自有其我故也。画之高下，视其我之高下，一人之画之高下，又视其一时之我之高下。"（据《观堂集林》卷二十三，《海宁王静安先生遗书》第四册。）按：子久、仲圭、元镇、叔明指元代画家黄公望（字子久）、吴镇（字仲圭）、倪瓒（字元镇，号云林子）、王蒙（字叔明）。他们是元代最有影响的画家，世称"元四家"。（详参滕咸惠《人间词话新注》增订本第 101 页）

【译文】

"纷吾既有此内美兮，又重之以修能"。进行文艺创作，于这两个方面，不能缺少其中一个方面。但是，词是一种抒情诗体，则更加重视内在的美。没有内在的美而只有外表的修饰，就是姜夔（白石）。

四九 诙谐与严重

诗人视一切外物，皆游戏之材料也。然其游戏，则以热心为之。故诙谐与严重二性质，亦不可缺一也。

【题解】

王国维曾将文学看作是游戏事业。说："人之势力，用于生存竞争而有馀，于是发而为游戏。……成人以后，又不能以小儿之游戏为满足，于是对其自己之情感及所观察之事物而摹写之、咏写之，以发泄所储蓄之势力。"（《文学小言》）从文学的实质看，王国维的文学观，带有一定的主观色彩。即：他认为文学是于生存竞争之馀的游戏事业，而未认识到，文学乃是人之生存竞争的反映。因此，王国维将文学当作艺术家"势力"的自我表现，而将一切外物当作游戏的材料。这是违背唯物主义反映论的原则的。但他强调"以热心为之"，强调作家的人格和创作态度，却是应当予以肯定的。

【译文】

诗文将所有的外在物体，都看成是游戏的材料。但是，他们的游戏，却是以满腔热情进行的。所以，诙谐幽默和庄严典重这两种特性，也不能缺少其中一种。

卷三 人间词话附录

一 况蕙风词

蕙风词小令似叔原，长调亦在清真、梅溪间，而沉痛过之。彊村虽富丽精工，犹逊其真挚也。天以百凶成就一词人，果何为哉！

【题解】

朱彊村、况蕙风在清季四大词人中，成就甚为突出，尤其是朱彊村，论者以为"集清季词学之大成"，"为词学之一大结穴"（叶恭绰《广箧中词》）。朱、况并称，但朱的成就当在况之上。王国维论清词，对于朱彊村也极为推重，以为"学人之词"的最高典范（删稿二二则）。这里，王国维颠倒过来，谓朱不及况，主要以为况氏所作具有真情实感，与前贤相比，"沉痛过之"，而彊村则颇为逊色，不及其"真挚"。以情真景真作为批评标准，与所谓境界说是相一致的。但是王国维推尊况周颐，以为"天以百凶成就一词人"，难免言过其实（详下则）。朱彊村与况周颐皆以遗民的身份进入民国，其生活经历大致相同，其所作词在抒写情性上，所谓"真挚"与否，实际相差并不太远，王国维之厚此薄彼，显然带有一定的偏见。

【注释】

〔1〕蕙风：况周颐（1859—1926），原名周仪，字夔笙，号蕙风，广西临桂人。光绪五年（1879）举人，官内阁中书。嗜倚声，与同里王鹏运

共晨夕，寝馈其间者五年。论词主"重、拙、大"，所作寄兴渊微、情调抑郁。与王鹏运、文廷式、郑文焯、朱孝臧合称清季五大词人。晚居上海，以鬻文为活。有词九种，合刊为《第一生修梅花馆词》，后又删定为《蕙风词》一卷，其门人赵尊岳为刊于《蕙风词话》后。

〔2〕小令似叔原：晏几道（叔原）有《小山词》，其词曲折深婉，浅处皆深。如其《临江仙》云："梦后楼台高锁，酒醒帘幕低垂。去年春恨却来时。落花人独立，微雨燕双飞。　记得小蘋初见，两重心字罗衣。琵琶弦上说相思。当时明月在，曾照彩云归。"况周颐亦有《临江仙》词云："杨柳楼台花世界，嘶骢共在铜街。金荃兰畹惜荒莱。无多双鬓绿，禁得几徘徊。　暖不成晴寒又雨，昏昏过却黄梅。愁边万一损风怀。雁筝犹有字，蜡炬未成灰。"叔原《浣溪沙》云："日日双眉斗画长。行云飞絮共轻狂。不将心嫁冶游郎。　溅酒滴残歌扇字，弄花薰得舞衣香。一春弹泪说凄凉。"蕙风亦有《浣溪沙》（绿叶成阴苦忆阊门杨柳）云："翠袖单寒亦自伤。何曾花里并鸳鸯。只拚陌路属萧郎。　黄绢竟成碑上字，红绵谁见被中装。可曾将恨付斜阳。"似皆略足相拟。（参见许文雨《人间词话讲疏》第250～251页）

〔3〕沉痛过之：赵尊岳《蕙风词史》云："先生初为词，以颖悟好为侧艳语，遂把臂南宋竹山、梅溪之林。自佑遐进以重大之说，乃渐就为白石，为美成，以抵于大成。"其长调沉痛过于周邦彦（清真）、史达祖（梅溪）者，例如《南浦》（春草）云："南浦暗销魂，共春波，误入江郎愁赋。金谷悄和烟，王孙去，犹自萋萋无数。愁苗艳种，夕阳消尽成今古。依样东风依样绿，人老翠云深处。　凭栏无限芳菲，待轻阴薄暝，殷勤乞与。生意重低回，长亭路，争忍玉骢轻去。春心似海，算来谁识红心苦，何况深深深径曲，犹有抱香蘅杜。"谭献评之曰："字字《离骚》屈宋心。"周、史皆各有《南浦》词，均无沉痛语。（同上书第251页）

〔4〕天以百凶成就一词人：况氏清末以文学显，及入民国，客居上海，至贫无以举炊，卖书遣日。所作《浣溪沙》（无米）云："逃墨翻教突不黔。瓶罍何暇耻齑盐。半生辛苦一时甜。　传苦（语）枯萤共宁耐，无怜饥鼠误窥觇。顽夫自笑为谁怜。"《秋宵吟》（卖书）云："似怨别侯门，玉容深锁。字里珠尘，待幻作山头饭颗。"（节录）盖况氏本胜朝遗老，晚遇侘傺，天挺骚才，逢此百凶，哀已。（同上）

【译文】

况周颐（蕙风）词，小令类似晏几道（叔原），长调也在周邦彦（清真）、史达祖（梅溪）之间，而他在词中所体现的思想情感，则比周邦彦、史达祖更加沉痛深刻。朱祖谋（彊村）的词，虽然作得华美富贵、精致工巧，比起况周颐来，在表现真情实感上，还是有所逊色的。老天爷果然是以一百种灾难来造就这么一位大词人。

二 蕙风词境似清真

蕙风《洞仙歌》"秋日游某氏园"及《苏武慢》"寒夜闻角"二阕，境似清真。集中他作，不能过之。

【题解】

王国维推尊况周颐，这里以具体词例加以证实。他认为：况氏《洞仙歌》及《苏武慢》，词境似清真。其实，这两首词所写不过是一种孤寂情绪而已，难讲有何崇高境界，而且这两首词在艺术表现上也不无缺陷，并非佳构。王国维的赞语难免失当。吴世昌先生曾指出："况氏二词极勉强做作，且有不通之句。如翻《西厢》'倩疏林你与我挂住斜阳'，乃情人离别时'吾令羲和弭节兮'之意，今独游某园，何得谓'问几见斜阳疏林挂'？其《苏武慢》'遮莫城乌'云云，尚未通训诂，瞎凑而已。"(《评〈人间词话〉》)所以，吴世昌先生说："此等标榜同人之语，皆夸张溢美，了不足取。"

【注释】

〔1〕况周颐《洞仙歌》(秋日独游某氏园)："一骎闲缘借。便意行散缓，消愁聊且。有花迎径曲，鸟呼林罅。秋光取次披图画。恣远眺、登临台与榭。堪潇洒。奈盼断征鸿，幽恨翻萦惹。 忍把。鬓丝影里，袖泪寒边，露草烟芜，付与杜牧狂吟，误作少年游冶。残蝉肯共伤心话。问几见，斜阳疏柳挂。谁慰藉。到重阳、插菊携萸事真假。酒更贳。更有约束篱下。怕蹉跎霜讯，梦沉人悄西风乍。"(据《清名家词·蕙风词》)

〔2〕况周颐《苏武慢》(寒夜闻角)："愁入云遥，寒禁霜重，红烛泪深人倦。情高转抑，思往难回，凄咽不成清变。风际断时，迢递天街，但闻更点。枉教人回首，少年丝竹，玉容歌管。　凭作出、百绪凄凉，凄凉惟有，花冷月闲庭院。珠帘绣幕，可有人听，听也可曾肠断。除却塞鸿，遮莫城乌，替人惊惯。料南枝明月，应减红香一半。"(同上)

【译文】

况周颐(蕙风)的《洞仙歌》(秋日游某氏园)和《苏武慢》(寒夜闻角)这两首词，词境类似周邦彦(清真)。集中其他作品，没有能够超过它们的。

三 彊村《浣溪沙》

彊村词，余最赏其《浣溪沙》"独鸟冲波去意闲"二阕，笔力峭拔，非他词可能过之。

【题解】

王国维曾批评彊村在创造境界上所存在的缺陷，谓其达不到古人自然神妙的境界（删稿二三则），在情感真挚上，也比况蕙风稍有逊色（附录一则）。他称赏彊村《浣溪沙》二阕，其词抒写月夜航船行进时的江天景象，以外境烘托心境，寄意甚为高远，正与所谓景物真、情感真的要求相合，所以认为是彊村词中所仅见的佳篇。

【注释】

〔1〕彊村《浣溪沙》：朱祖谋《浣溪沙》二首，其一云："独鸟冲波去意闲。瑰霞如赭水如笺。为谁无尽写江天。　并舫风弦弹月上，当窗山髻挽云还。独经行地未荒寒。"其二云："翠阜红崖夹岸迎。阻风滋味暂时生。水窗官烛泪纵横。　禅悦新耽如有会，酒悲突起总无名。长川孤月向谁明。"（据《清名家词·彊村语业》）

【译文】

朱祖谋（彊村）词，我最欣赏他《浣溪沙》（"独鸟冲波去意闲"）二阕，这两首词寄意高远，峻峭挺拔而富有笔力，是其他篇章所不能相比的。

四　蕙风听歌诸作

蕙风"听歌"诸作，自以《满路花》为最佳。至"题香南雅集图"诸词，殊觉泛泛，无一言道著。

【题解】
　　王国维认为蕙风听歌诸作，以《满路花》一首为最佳。这首词写听歌，不仅让人想象歌者的姿态风度，歌曲的内容，而且也体现了听歌者的心情，写得甚为真切。但是，蕙风其他听歌作品，例如《戚氏》，专为梅郎而作却显得有些空泛。所以，王国维所说蕙风之"题香南雅集图"诸词虽未可考，而《戚氏》似可作为"无一言道著"之一例。

【注释】
　　〔1〕蕙风《满路花》：况周颐《满路花》（彊村有听歌之约，词以坚之）："虫边安枕箪，雁外梦山河。不成双泪落，为闻歌。浮生何益，尽意付消磨。见说寰中秀，曼睩修娥。旧家风度无过。　　凤城丝管，回首惜铜驼。看花馀老眼，重摩挲。香尘人海，唱彻《定风波》。点鬓霜如雨，未比愁多。问天还问嫦娥。"（梅郎兰芳以《嫦娥奔月》一剧蜚声日下）（据《蕙风词》卷下）
　　〔2〕"题香南雅集图"诸词：诸词已无从考知。据《蕙风词史》，知《蕙风词》卷下之《戚氏》属之。兹录《戚氏》（沤尹为畹华索赋此调，走笔应之）作为参考。词曰："伫飞鸾。萼绿仙子彩云端。影月娉婷，浣霞明

艳，好谁看。华鬘梦寻难。当歌掩泪十年闲。文园鬓雪如许，镜里长葆几朱颜。缟袂重认，红帘初卷，怕春暖也犹寒。乍维摩病榻，花雨催起，著意清欢。　　丝管。赚出婵娟。珠翠照映，老眼太辛酸。春宵短，系骢难稳，栩蝶须还。近尊前。暂许对影，香南笛语，偏写乌阑。番（去）风渐急，省识将离，已忍目断关山。（畹华将别去，道人先期作虎山之游避之）　　念我沧江晚，消何逊笔，旧恨吟边。未解《清平调》苦，道苔枝、翠羽信缠绵。剧怜画罨瑶台，醉扶纸帐，争遣愁千万。算更无、月地云阶见。谁与诉、鹤守缘悭。甚素娥、暂缺能圆。更芳节、后约是今番。耐清寒惯，梅花赋也、好好纫兰。"（同上）

【译文】

况周颐（蕙风）有关听歌的作品当中，《满路花》应是最好的一首。至于"题香南雅集图"各词，显得特别空泛，没有一句话能有着落。

五　皇甫松词

　　（皇甫松）词，黄叔旸称其《摘得新》二首为有达观之见。余谓不若《忆江南》二阕，情味深长，在乐天、梦得上也。

【题解】

　　皇甫松《摘得新》二首，谓人生短暂，应及时行乐，表现得十分洒脱，故黄昇以为有"达观之见"。但其所谓"繁红一夜经风雨，是空枝"，虽然比"莫待无花空折枝"更为含蓄，"平生都得几十度，展香茵"，也颇得"未知平生当著几两屐"之情趣，却难免有"说尽"之嫌。所以，如果以"思无疆""意无穷"的标准来衡量，这两首词还是存有缺陷的。王国维以为，皇甫松的《忆江南》二阕，不仅超过这两首《摘得新》，而且更在乐天、梦得之上，其原因就在"情味深长"四个字。

【注释】

　　〔1〕皇甫松：皇甫松（一作"嵩"，约857年前后在世），字子奇，自号檀栾子，睦州新安（今浙江建德）人。皇甫湜之子，牛僧孺表甥。唐代词人。所作《摘得新》二首，其一云："酌一卮。须教玉笛吹。锦筵红蜡蠋，莫来迟。繁红一夜经风雨，是空枝。"其二云："摘得新。枝枝叶叶春。管弦兼美酒，最关人。平生都得几十度，展香茵。"（据《全唐五代词》第178～179页）

〔2〕黄叔旸：黄昇，字叔旸，号玉林，又号花庵词客，闽（今福建福州闽侯）人。南宋词人。其评《摘得新》云："皇甫松为牛僧孺甥，以《花仙子》著名，终不若《摘得新》二首为有达观之见。"（沈雄《古今词语·词评》卷上引）

〔3〕皇甫松《忆江南》二阕：其一云："兰烬落，屏上暗红蕉。闲梦江南梅熟日，夜船吹笛雨潇潇。人语驿边桥。"其二云："楼上寝，残月下帘旌。梦见秣陵惆怅事，桃花柳絮满江城。双髻坐吹笙。"（据《全唐五代词》第 180 页）

〔4〕乐天、梦得：白居易（772—846），字乐天，号香山居士、醉吟先生，祖籍太原（今属山西），曾祖父白温迁居下邽（今陕西渭南），遂为下邽人。贞元中擢进士第，补校书郎，历官至太子太傅，以刑部尚书致仕。工诗词，平易近人，老妪都解。有《白氏长庆集》。所作《忆江南》三首，其一云："江南好，风景旧曾谙。日出江花红胜火，春来江水绿如蓝。能不忆江南。"其二云："江南忆，最忆是杭州。山寺月中寻桂子，郡亭枕上看潮头。何日更重游。"其三云："江南忆，其次忆吴宫。吴酒一杯春竹叶，吴娃双舞醉芙蓉。早晚得相逢。"（据《全唐五代词》第 121～122 页）梦得：刘禹锡（772—842），字梦得，洛阳（今属河南）人，祖籍中山（今河北定州市）。贞元九年（793）进士，登博学宏词科。王叔文用事，引入禁中。叔文败，坐贬连州刺史，在道贬朗州司马。十馀年召还，将置之郎署，又以作诗讥刺执政，两度外放。善诗词，与白居易酬唱颇多。著有《刘宾客集》。所作《忆江南》（和乐天春词，依《忆江南》曲拍为句）二首，其一云："春去也，多谢洛阳人。弱柳从风疑举袂，丛兰裛露似沾巾。独坐亦含嚬。"其二云："春去也，共惜艳阳年。犹有桃花流水上，无辞竹叶醉尊前。惟待见青天。"（同上第 97～98 页）

【译文】

皇甫松的词，黄昇（叔旸）曾称赞《摘得新》二首，以为表现得很达观，很洒脱；我认为不如《忆江南》二首，这两首词情味既深且长，耐人寻思，超过了白居易（乐天）和刘禹锡（梦得）。

六 韦 端 己 词

　　端己词情深语秀，虽规模不及后主、正中，要在飞卿之上。观昔人颜、谢优劣论可知矣。

【题解】
　　温庭筠与韦庄词风格不同。王国维曾以"画屏金鹧鸪"与"弦上黄莺语"加以对比。王国维认为：温、韦之区别，就像是颜（延之）谢（灵运）一样，谁高、谁低，谁优、谁劣，自古以来已有公论。

【注释】
　　〔1〕颜、谢优劣论：详本编一二则。

【译文】
　　韦庄（端己）的词感情真挚、语言隽美，虽然比不上李煜（后主）、冯延巳（正中）那么阔大高远，但要超过飞卿。只要看看以前人怎样评论颜延之和谢灵运，就可以知道他们两人谁高谁低，谁优谁劣。

七 毛 文 锡 词

（毛文锡）词比牛、薛诸人，殊为不及。叶梦得谓："文锡词以质直为情致，殊不知流于率露。诸人评庸陋词者，必曰：'此仿毛文锡之《赞成功》而不及者。'"其言是也。

【题解】

据王国维所说，在"花间"作者中，毛文锡不仅比不上牛峤、薛昭蕴，而且也比不上魏承班、顾夐及毛熙震，当属于二、三流作者。王国维不满意毛文锡，主要以为他的词质朴率直而流于粗疏浅露。例如《赞成功》，叶梦得把它当作"庸陋词"的代表作，王氏十分赞同。毛文锡传词三十一首。前人曾谓其"著意刻划而缺生气"（栩庄评《接贤宾》语，见《栩庄漫记》。据李冰若《花间集评注》，开明书店，1935年上海版），"意浅词支"（栩庄评《纱窗恨》语，同上），"意浅辞庸，味如嚼蜡"（栩庄评《浣溪沙》语，同上）；或谓其"多供奉之作，其庸率也固宜"（栩庄评《鞓红》语，同上）云云。王国维意见与之大致相近。但是，毛文锡所作，其中也有佳篇。例如《更漏子》写闺情，"婉而多怨"，论者以为"压卷之作"（栩庄语，同上），并以为"红纱一点灯"五字五点血，读之不觉失声一哭（陈廷焯《白雨斋词评》，据李冰若评注本）。可见不能一概而论。

【注释】

〔1〕毛文锡：毛文锡（约913年前后在世），字平珪，高阳（今属河南）人。五代词人。仕前蜀至司徒，复仕后蜀，著有《前蜀纪事》二卷、《茶谱》一卷。《花间集》录其词三十一首，《全唐诗》同。所作《赞成功》云：“海棠未坼，万点深红。香包缄结一重重。似含羞态，邀勒春风。蜂来蝶去，任绕芳丛。　　昨夜微雨，飘洒庭中。忽闻声滴井边桐。美人惊起，坐听晨钟。快教折取，戴玉珑璁。”（据《全唐五代词》第665页）

〔2〕牛：牛峤（850—920），字松卿，一字延峰。陇西（今甘肃）人。牛僧孺之孙。五代词人。原有《歌诗集》三卷，不传。《花间集》载其词三十二首，《全唐诗》附词载二十七首。

〔3〕薛：薛昭蕴，河东人，唐末五代词人。唐薛存诚后裔，仕蜀官至侍郎。《花间集》列于韦庄之后，牛峤之前，可知系前蜀词人。《花间集》录其词十九首，《全唐诗》同。

〔4〕叶梦得：叶梦得（1077—1148），字少蕴，苏州吴县（今江苏苏州）人。宋代词人。评毛文锡词语见沈雄《古今词话》词评上卷，文字略有不同。

【译文】

（毛文锡）的词远远比不上牛峤和薛昭蕴。叶梦得说：“文锡的词因为质朴率直而显示出它的情趣韵致，却不知道有着粗疏浅露的弊病。凡是不满意庸俗浅鄙词的人，他们评论庸俗浅鄙词时，必定说，这是模仿毛文锡的《赞成功》而又达不到毛文锡的水平的作品。”这段话是正确的。

八 魏承班词

（魏承班）词逊于薛昭蕴、牛峤，而高于毛文锡，然皆不如王衍。五代词以帝王为最工，岂不以无意于求工欤。

【题解】

魏承班擅长艳词，但常"说到尽头"，缺少韵味。在"花间"作者中，王国维以为比毛文锡高明，实际上魏与毛比，并不相上下（栩庄评《玉楼春》语，见《栩庄漫记》）。

【注释】

〔1〕魏承班：魏承班（约930年前后在世），字籍未详。魏宏夫之子。宏夫为前蜀王建养子，赐姓名王宗弼，封齐王。承班为驸马都尉，官至太尉。《花间集》录其词十五首，《全唐诗》附词载二十首，《全唐五代词》录二十一首。《柳塘词话》云："魏承班词，较南唐诸公更淡而近，更宽而尽，尽人喜效为之。"（沈雄《古今词话》词评上卷。据《词话丛编》本。）况周颐云："魏承班词，沈偶僧言其有故意求尽之病。余谓不妨说尽，只是少味耳。"（据《花间集评注》转引）

〔2〕王衍：王衍（生卒年不详），初名宗衍，字化源，许州舞阳（今属河南）人，前蜀后主。有文才，能为浮艳之词，后为后唐所灭。著有《烟花集》。《全唐诗》附词载其词二首。论者以为"音节谐婉，有古乐府遗意"（俞陛云评《醉妆词》语，见《唐五代宋词选释》第54页。上海古

籍出版社，1985 年 9 月上海第 1 版）。

【译文】

　　（魏承班）的词比薛昭蕴、牛峤逊色，而比毛文锡高明，但是，他们都比不上王衍。五代时期的词，帝王写得最工巧，难道不是不追求工巧而自然工巧的吗？

九 顾 夐 词

（顾）夐词在牛给事、毛司徒间，《浣溪沙》"春色迷人"一阕，亦见《阳春录》。与《河传》《诉衷情》数阕，当为夐最佳之作矣。

【题解】

在王国维看来，顾夐在"花间"作者中，仅仅略高于毛文锡，但他特别赞赏其《浣溪沙》《河传》《诉衷情》诸词。顾夐所作《浣溪沙》，同见冯廷巳《阳春集》，论者以为"巧致可咏"（栩庄《栩庄漫记》）；《河传》三首，论者曾誉为"绝唱"（汤显祖评本《花间集》卷三）；《诉衷情》二首，所谓"换我心，为你心，始知相忆深"，更被称作"透骨情语"（王士禛《花草蒙拾》）。诸词均确有动人之处，足以传诵千古。

【注释】

〔1〕顾夐：顾夐（约928年前后在世），字里无考。前蜀词人。前蜀通正时，以小臣给事内庭。久之，擢升茂州（今属四川）刺史，后复事后蜀高祖（孟知祥），累官至太尉。善小词，有《醉公子》词，为一时艳称。《花间集》录其词五十五首，《全唐诗》同。况周颐云："顾夐词《全唐诗》五十五首，皆艳词也。浓淡疏密，一归于艳。五代艳词之上驷矣。"又云："顾太尉词，工致丽密，时复清疏。以艳之神与骨为清，其艳乃入神入骨。其体格如宋画院工笔折枝小幀，非元人设色所及。"又云："顾夐艳词，

多质朴语，妙在分际恰合，孙光宪便涉俗。"(《餐樱庑词话》，载《小说月报》。)顾氏所作《浣溪沙》八首，其一云："春色迷人恨正赊。可堪荡子不还家。细风轻露著梨花。　帘外有情双燕飐，槛前无力绿杨斜。小屏狂梦极天涯。"(据《全唐五代词》第 707 页) 此首同见《阳春集》。

〔2〕《阳春录》，即《阳春集》。

〔3〕顾夐《河传》《诉衷情》：顾夐《河传》三首，其一云："燕飐。晴景。小窗屏暖，鸳鸯交颈。菱花掩却翠鬟欹，慵整。海棠帘外影。　绣帏香断金鸂鶒。无消息。心事空相忆。倚东风。春正浓。愁红。泪痕衣上重。"其二云："曲槛。春晚。碧流纹细，绿杨丝软。露花鲜□杏枝繁。莺啭。野芜平似翦。　直是人间到天上。堪游赏。醉眼疑屏障。对池塘。惜韶光。断肠。为花须尽狂。"其三云："棹举。舟去。波光渺渺，不知何处。岸花汀草共依依。雨微。鹧鸪相逐飞。　天涯离恨江声咽。啼猿切。此意向谁说。倚兰桡。独无憀。魂销。小炉香欲焦。"(据《全唐五代词》第 700～701 页并王氏辑本及《词律》校律) 又《诉衷情》二首，其一见删稿一一则注释。其二云："香减帘垂春漏永，整鸳衾。罗带重。双凤。缕黄金。窗外月光临。沉沉。断肠无处寻。负春心。"(同上第 717 页)

【译文】

　　顾夐词介于牛峤（给事）、毛文锡（司徒）之间。《浣溪沙》（"春色迷人"）一首，也见《阳春录》。这首词与《河传》《诉衷情》等词，当是顾氏最好的作品。

一〇　毛 熙 震 词

　　（毛熙震）周密《齐东野语》称其词新警而不为儇薄。余尤爱其《后庭花》，不独意胜，即以调论，亦有隽上清越之致，视文锡蔑如也。

【题解】

　　毛熙震所作艳词，"风流蕴藉，妖而不妖"（陈廷焯《白雨斋词评》），无有轻佻浅薄姿态。但是，《后庭花》三首，王国维所谓"意胜"及"隽上清越之致"，却未必然。例如，《后庭花》第二首写舞妓，论者以为"堆缀丽字，羌无情致"（栩庄《栩庄漫记》），可见并非佳作。

【注释】

　　〔1〕周密《齐东野语》：周密论毛熙震词云："蜀人毛熙震集止二十馀调，中多新警，而不为儇薄。"（据《历代词话》卷三转引，《词话丛编》本。张海鹏校本《齐东野语》卷二〇未载此数语）
　　〔2〕毛熙震：毛熙震（约947年前后在世），蜀人。曾为后蜀秘书监，善为词。《花间集》录其词二十九首，《全唐诗》同。陈廷焯云："闲情之作，虽属词中下乘，然亦不易工。盖摹色绘声，碍难著笔，第言姚冶，易近纤佻；兼写幽贞，又病迂腐。然则何为而可？曰：根底于风、骚，涵泳于温、韦，以之作正声也可，以之作艳体亦无不可。古人词若毛熙震之'暗思闲梦，何处逐云行'……似此则婉转缠绵，情深一往，丽而有

则，耐人玩味。"（《白雨斋词话》卷五）栩庄云："毛熙震词，《花间集》录存二十九首，与周密所言之数相符。其词浓丽处似学飞卿，然亦有清淡者，要当在毛文锡上，欧阳炯、牛松卿间耳。"（《栩庄漫记》）毛熙震所作《后庭花》三首，其一云："莺啼燕语芳菲节。瑞庭花发。昔时欢宴歌声揭。管弦清越。　自从陵谷追游歇。画梁尘黦。伤心一片如珪月。闲锁宫阙。"其二云："轻盈舞妓含芳艳。竞妆新脸。步摇珠翠修蛾敛。腻鬟云染。　歌声慢发开檀点。绣衫斜掩。时将纤手匀红脸。笑拈金靥。"其三云："越罗小袖新香蒨。薄笼金钏。倚栏无语摇金扇。半遮匀面。　春残日暖莺娇懒。满庭花片。争不教人长相见。画堂深院。"（据《全唐五代词》第 751～752 页）

【译文】

　　（毛熙震）周密《齐东野语》称赞他的词，以为清新警策而且不轻佻浅薄。我特别喜爱他的《后庭花》，它不单单以意取胜，即使是情调，也有隽上清越的韵致，与毛文锡相比，毛氏显得更加不如。

一一 阎选词

（阎选）词惟《临江仙》第二首有轩翥之意，馀尚未
足与于作者也。

【题解】

阎选，五代时后蜀布衣。酷善小词，与欧阳炯、鹿虔扆、毛
文锡、韩琮合称"五鬼"。其词亦多侧艳语，颇近温庭筠一路，
然意多平衍，与毛文锡不相上下（楜庄《楜庄漫记》）。王国维只
是赞赏其《临江仙》之第二首，谓"有轩翥之意"。此词借神女
峰的故事叙说恋情。将羁旅行役中的愁思与神话融为一体，表现
得姿态飞动，如入神仙化境，但结果又是"猿啼明月照空滩"，
仍然独窗孤舟，做不成云雨之梦。此词确实比其馀各词写得更加
动人。

【注释】

〔1〕阎选《临江仙》（其二）云："十二高峰天外寒。竹梢轻拂仙坛。
宝衣行雨在云端。画帘深殿，香雾冷风残。　　欲问楚王何处去，翠屏犹
掩金鸾。猿啼明月照空滩。孤舟行客，惊梦亦艰难。"（据《全唐五代词》
第736页）

〔2〕轩翥：亦作搴翥，飞举貌。《楚辞·远游》云："鸾鸟轩翥而翔
飞。"（《楚辞集注》卷五）

【译文】

　　阁选的词只有《临江仙》的第二首显得姿态飞动，有飞举之貌，其馀各首还达不到一般作者的水平。

一二 张泌词

　　昔沈文悫深赏（张）泌"绿杨花扑一溪烟"为晚唐名词。然其词如"露浓香泛小庭花"，较前语似更幽艳。

【题解】
　　张泌，一作似，字子澄，常州（今属江苏）人。后主（李煜）朝，仕为考功员外郎，改内史舍人。随后主入宋，以故臣在史馆。后官河南（今河南洛阳）。擅艳词，有写得极为"幽艳"者。例如《浣溪沙》之"露浓香泛小庭花"，描写人物活动环境显得风光旖旎。因此，有人即将《浣溪沙》改题《小庭花》（沈雄《古今词话》词评卷上）。王国维特别赞赏这首词，还是有一定依据的。

【注释】
　　〔1〕沈文悫：即沈德潜，其语见《唐诗别裁》卷十六张蠙《夏日题老将林亭》一诗后评语。
　　〔2〕"绿杨"句：张泌《洞庭阻风》云："空江浩荡景萧然，尽日孤蒲泊钓船。青草浪高三月渡，绿杨花扑一溪烟。情多莫举伤春目，愁极兼无买酒钱。犹有渔人数家住，不成村落夕阳边。"（据《全唐诗》第十一函第四册）
　　〔3〕"露浓"句：张泌有《浣溪沙》九首。其一云："独立寒阶望月华。露浓香泛小庭花。绣屏愁背一灯斜。　　云雨自从分散后，人间无路到仙

家。但凭魂梦访天涯。"（据《全唐五代词》第 597～598 页）

【译文】

　　前人沈德潜（文悫）曾经极为赞赏张泌的诗句"绿杨花扑一溪烟"，以为是唐诗的名句。但是张泌词中的"露浓香泛小庭花"，这句话要比他的诗句更加幽美艳丽。

一三 孙 光 宪 词

（孙光宪词）昔黄玉林赏其"一庭花（当作"疏"）雨湿春愁"为古今佳句。余以为不若"片帆烟际闪孤光"，尤有境界也。

【题解】

在"花间"作者中，孙光宪视野较为宽阔。他的作品，除了一般艳词之外，还有大量有关咏史以及抒写南国风光的篇章，令人耳目一新。而且，孙光宪所作艳词，其中有故事，也显得较为充实、深厚。这里，"一庭疏雨湿春愁"及"片帆烟际闪孤光"均为《浣溪沙》中词句。孙光宪有《浣溪沙》十九首，《花间集》采录九首。九首中，第二首至第九首合成联章，叙说主人公与两位美人相恋的故事（详参吴世昌《论读词须有想象》，据《词学论丛》）。"一庭疏雨湿春愁"，这是第四首中的词句。这首词描写主人公与美人分离之后，美人没有心绪梳妆打扮（"揽镜无言泪欲流"）的情景。这句话以"一庭疏雨"，烘衬春愁，着一"湿"字，即将物境与心境合而为一。所谓"含思绵渺，使人读之，徒唤奈何"（栩庄《栩庄漫记》），这句话历来被称为"秀句"。但是，如果从"思无疆""意无穷"的标准看，这句话所表现的境界又不及"片帆烟际闪孤光"显得宽广而无有穷尽。"片帆"句在第一首中，与上述所说恋爱故事无涉。其所造境界阔大而又深长，论者以为足以"历遍古今词人"（《白雨斋词评》）。王国维赞赏这句话，就是以境界说为依据的。

【注释】

〔1〕孙光宪：孙光宪（900—968），字孟文，号葆光，贵平（今四川仁寿东北）人。所作《浣溪沙》云："揽镜无言泪欲流。凝情半日懒梳头。一庭疏雨湿春愁。　　杨柳只知伤怨别，杏花应信损娇羞。泪沾魂断轸离忧。"（据《全唐五代词》第 792 页）又云："蓼岸风多橘柚香。江边一望楚天长。片帆烟际闪孤光。　　目送征鸿飞杳杳，思随流水去茫茫。兰红波碧忆潇湘。"（同上第 790 页）

〔2〕黄玉林：即黄昇，曾谓："孙葆光'一庭花雨湿春愁'，佳句也。"（据《历代词话》卷三转引）

【译文】

孙光宪的词，前人黄昇（玉林）赞赏他的"一庭疏雨湿春愁"，以为古今佳妙词句。我以为这句话不如"片帆烟际闪孤光"，更加有境界。

一四 词中老杜周清真

（周清真）先生于诗文无所不工，然尚未尽脱古人蹊径。平生著述，自以乐府为第一。词人甲乙，宋人早有定论。惟张叔夏病其意趣不高远。然北宋人如欧、苏、秦、黄，高则高矣，至精工博大，殊不逮先生。故以宋词比唐诗，则东坡似太白，欧、秦似摩诘，耆卿似乐天，方回、叔原则大历十子之流。南宋唯一稼轩可比昌黎。而词中老杜，则非先生不可。昔人以耆卿比少陵，犹为未当也。

【题解】

王国维论周清真，态度极为矛盾。他曾承袭刘熙载的观点，谓永叔、少游与清真之作艳语，有淑女与倡伎之别（本编三二则），但这里却将清真比作"词中老杜"，评价极高。两处意见不同，前者乃以传统雅俗观为依据，带有较大局限性，后者以境界说为依据，认为清真词"精工博大"，欧、苏、秦、黄皆难以匹敌，此评乃较为公允。

【注释】

〔1〕词人甲乙：陈振孙《直斋书录解题》（卷二十一）云："（清真词）

多用唐人诗语檃括入律，浑然天成。长调尤善铺叙，富艳精工，词人之甲乙也。"（据《丛书集成初编》本）

〔2〕张叔夏语：张炎《词源》（卷下）曰："美成词只当看他浑成处，于软媚中有气魄。采唐诗融化如自己者，乃其所长。惜乎意趣却不高远。"

〔3〕摩诘：王维（？—761），字摩诘，祖籍太原祁（今山西祁县）人。唐代诗人、画家。

〔4〕乐天：白居易。详附录五则注释。

〔5〕大历十子：唐代大历（766—779）年间十位诗人。《新唐书·卢纶传》云："纶与吉中孚、韩翃、钱起、司空曙、苗发、崔峒、耿湋、夏侯审、李端皆能诗，齐名，号大历十才子。"

〔6〕昌黎：韩愈（768—824），字退之，河南河阳（今河南孟州市）人。中唐文学家、哲学家、诗人。

〔7〕昔人以耆卿比少陵：张端义《贵耳集》（卷上）载：项平斋谓："学诗当学杜诗，学词当学柳词；杜诗、柳词皆无表德，只是实说。"（据《丛书集成初编》本）

【译文】

〔周邦彦（清真）〕先生对于诗文创作都极为当行，但是还不能完全脱离古人的路数。他一生著作成就，应当以乐府（长短句填词）为第一。词作者之甲与乙，即第一名与第二名，宋人早就有了定论。只有张炎（叔夏）认为他的弊病是意趣不够高大深远。但是北宋词人中如欧阳修（永叔）、苏轼（东坡）、秦观（少游）、黄庭坚（山谷），说高大也甚高大，至于细密、工致、博大、精深，那就大大比不上周邦彦（清真）了。所以，如果将宋词与唐诗相比较的话，必将得出这样的结论：苏轼（东坡）像李白（太白），欧阳修、秦观像王维（摩诘），柳永（耆卿）像白居易（乐天），贺铸（方回）、晏幾道（叔原）就是大历十才子一类人。南宋只有辛弃疾（稼轩）可以与韩愈（昌黎）相比并。而词中的老杜，就一定要让给周邦彦（清真）。前人以柳永（耆卿）比杜甫（少陵），实在不妥当。

一五　模写物态，曲尽其妙

（清真）先生之词，陈直斋谓其多用唐人诗句檃括入律，浑然天成，张玉田谓其善融化诗句，然此不过一端。不如强焕云：“模写物态，曲尽其妙。”为知言也。

【题解】

宋人论清真词，陈直斋及张玉田所说，在一定意义上，虽能揭示清真词溯源之所自，对于认识清真词颇有帮助，但其所说均限于语言运用范围，正如王国维所说，不过其成就之一端，未能窥其全貌。而强焕所说“模写物态，曲尽其妙”，乃表现手法上的成就，突出了周清真的拿手本领，所以王国维称为“知音”。

【注释】

〔1〕强焕语见《题周美成词》，据汲古阁本《片玉词》。

【译文】

清真（周邦彦）先生的词，陈振孙（直斋）说他大量地将唐人诗句檃括到词中来，诗句与词律浑然一体，就像是天生的一般，张炎（玉田）说他善于融化诗句，但他们说的不过只是一个方面的特点而已。还是强焕所说的“描摹事物的神情态度，能够将它的妙处表现得淋漓尽致”，这才是知人之言。

一六　清真词入于人者至深

山谷云："天下清景，不择贤愚而与之，然吾特疑端为我辈设。"诚哉是言！抑岂独清景而已，一切境界，无不为诗人设。世无诗人，即无此种境界。夫境界之呈于吾心而见于外物者，皆须臾之物。惟诗人能以此须臾之物，镌诸不朽之文字，使读者自得之。遂觉诗人之言，字字为我心中所欲言，而又非我之所能自言，此大诗人之秘妙也。境界有二：有诗人之境界，有常人之境界。诗人之境界，惟诗人能感之而能写之，故读其诗者，亦高举远慕，有遗世之意。而亦有得有不得，且得之者亦各有深浅焉。若夫悲欢离合、羁旅行役之感，常人皆能感之，而惟诗人能写之。故其入于人者至深，而行于世也尤广。（清真）先生之词，属于第二种为多。故宋时别本之多，他无与匹。又和者三家，注者二家。（强焕本亦有注，见毛跋。）自士大夫以至妇人女子，莫不知有清真，而种种无稽之言，亦由此以起。然非入人之深，乌能如是耶？

【题解】

王国维将境界分为"诗人之境界"与"常人之境界"二种，并且从"为我心中所欲言，而又非我之所能自言"以及"能感之"与"能写之"多种角度，说明作者、读者对于境界创造及感受的各种不同关系。在此基础上，对于清真词之受到不同阶层人士的喜爱及因此而生出的种种无稽之言这一现象进行科学剖析。最后，王国维得出这样的结论：所谓"诗人之境界"，只有"能感之"而又"能写之"的诗人才能创造，但"诗人之境界"，正像天下之清景一样，对于所有的人，都平等奉献。只是有的人有所得，有的人有所不得，而且所得之深浅也各不相同罢了。王国维的论断，与所谓"接受美学"的原理颇为相合，就今天看，其理论仍有参考价值。

【注释】

〔1〕山谷云：山谷语见释惠洪《冷斋夜话》卷三。

〔2〕（清真）宋时别本：王国维《清真先生遗集·著述二》云："案先生词集，其古本则见于《景定严州续志》《花庵词选》者，曰《清真诗馀》。见于《词源》者，曰《圈法周美成词》。见于《直斋书录》者，曰《清真词》，曰《曹杓注清真词》。又与方千里、杨泽民《和清真词》合刻者，曰《三英集》（见毛晋《方千里和清真词跋》）。子晋所藏《清真集》，其源亦出宋本，加以溧水本，是宋时已有七本。别本之多，为古今词家所未有。"（据《海宁王静安先生遗书》第十一册）。又，罗忼烈云："宋刊词家别集，亦以清真最多，自王鹏运《清真词后记》、郑文焯《清真词校后录要》、朱孝臧《片玉集跋》及《遗事》（王国维《清真先生遗事》）以次，至近时饶宗颐兄之《词籍考》、吴则虞之《清真词版本考辨》，可知者凡十二本矣。"（《清真词时地考略》。《两小山斋论文集》第53页，中华书局，1982年7月北京第1版）

〔3〕和者三家：宋人和《清真词》全词者有方千里、杨泽民《和清真词》以及陈允平《西麓继周集》三家。

〔4〕注者二家：宋人注《清真词》者有曹杓、陈元龙两家。曹注已佚，陈注即《彊村丛书》本《片玉集》。

〔5〕莫不知有清真：陈郁《藏一话腴》云："周邦彦字美成，自号清真，二百年来以乐府独步。贵人、学士，市儈、妓女，（皆）知美成词为

可爱。"（据《豫章丛书》本）

〔6〕无稽之言：宋人有关清真轶事的笔记甚多。如张端义《贵耳集》、周密《浩然斋雅谈》、王明清《挥尘徐话》、王灼《碧鸡漫志》等书，其中多无稽之言，王国维《清真先生遗事·事迹一》曾纠其谬。

【译文】

黄庭坚（山谷）说："普天之下的清景，对于所有的人，不分聪明贤惠与愚笨，都平等奉献，但我非常怀疑，如此之清景是不是只为我们这般人而设？"这句话讲得十分诚实。但是，依我看来，不单单是清景而已，所有的境界，都没有不是为诗人而设的。我认为如果世界上没有诗人，也就没有这种境界。所谓境界是呈现于内心而又体现为外物的境象，这都是一瞬间的境象。只有诗人才能将这一瞬间的境象，用不朽的文字摹写下来，让读者也能够有所感受。因此觉得诗人的言语，字字句句都是我心中所要说的，而又不是我自己所能够说得出来的，这就是大诗人的奥秘之所在。境界有两种：有诗人的境界，有一般人的境界。诗人的境界，只有诗人能够感受它而又能够把它写出来，所以读诗的人，也同样跟着诗人一起发挥遐想，上下远近，浮想联翩，有着遗世独立的意趣。但是，并非人人都能达到这一地步，有的人有所得，有的人则有所不得，而且所得之深浅程度也各不相同。比如悲欢离合、羁旅行役的情思，一般人都能感受到，而只有诗人才能摹写。所以，凡是深入人心的诗篇，它在世间的流传也就更加广泛。清真先生的词，大多属于这一种。因此，清真词在宋代的版本特别多，这是他人所无法匹比的。此外，还有三家和清真词，两家注清真词。社会上从士大夫到一般妇女，没有不知道周邦彦（清真）的，而各种各样没有依据的传说也是从这里引起的。然而如果不是他的词这样深入人心，又怎么能达到这一境地呢？

一七　周清真妙解音律

楼忠简谓（清真）先生妙解音律，惟王晦叔《碧鸡漫志》谓："江南某氏者，解音律，时时度曲。周美成与有瓜葛。每得一解，即为制词。故周集中多新声。"则集中新曲，非尽自度。然顾曲名堂，不能自已，固非不知音者。故先生之词，文字之外，须兼味其音律。惟词中所注宫调，不出教坊十八调之外。则其音非大晟乐府之新声，而为隋唐以来之燕乐，固可知也。今其声虽亡，读其词者，犹觉拗怒之中，自饶和婉。曼声促节，繁会相宜；清浊抑扬，辘轳交往。两宋之间，一人而已。

【题解】

作为词人兼音乐家，周清真妙解音律，这是词史上所公认的。周清真曾经提举大晟府，与协律郎晁端礼、制撰官万俟雅言、田为以及教坊大使丁仙现等，负责搜集、审定前代和当时社会所流行的各种曲拍和腔调，并在这基础之上创造"大晟新声"。他们的工作是有一定成效的。但周清真任职时间甚短暂，他的创作活动基本上不在大晟府任上。王灼《碧鸡漫志》所记，说明周清真和柳永一样，曾在民间与乐工歌伎合作歌词，这当也是合乎事实的，并非说明周氏不知音。同时，周清真还十分注重词调的"规范化"，注重以文字之声律以应合乐曲之乐律，为词家之依调填词提供典范。所以，在歌词合乐上，周清真堪称集大成者。

【注释】

〔1〕楼忠简：楼钥（1137—1213），字大防，号攻媿主人。鄞县（今浙江宁波）人。南宋文学家。所著《清真先生文集序》云："（周邦彦）风流自命，又性好音律，如古之妙解，顾曲名堂，不能自已。"（据《攻媿集》，《四部丛刊》本）

〔2〕王晦叔：王灼，字晦叔，号颐堂，遂宁（今属四川）人。绍兴中曾为幕僚。南宋文学家。博学多闻，娴于音律。有关周清真事迹见《碧鸡漫志》卷二所载。

〔3〕教坊十八调：周集中所用十五宫调——大石、越调、商调、歇指、双调、仙吕、小石、高平、黄钟、般涉、中吕、正宫、林钟、正平、道宫，都在俗乐二十八调范围之内，说明周词所合之乐为燕乐（即俗乐）乐曲；所谓"教坊十八调"，实际上也包括在燕乐（俗乐）二十八调之内。

【译文】

楼钥（忠简）说清真先生擅长音律，只有王灼（晦叔）的《碧鸡漫志》说："江南有一位歌者，擅音律，经常自度曲。周美成和他有一定关系。歌者每制成一曲，周氏就为填词，所以，周氏集中有许多新声歌曲。"照么说，周氏集中的新声歌曲，那就不全是自己创制的。但是周氏用"顾曲"作为堂名，欣然自得，难以抑制，可见并不是不知音律的人。读先生的词，除了欣赏语言文字之外，还必须玩味音律。只是周词中所注明的宫调，都不曾超出教坊十八调的范围。因此，他所采用的不是大晟乐府的"新声"，而是隋唐以来社会上所流行的俗乐俗曲，这是可以理解的。现在，周词的乐谱已失传，但读他的词，觉得曲折变化，似乎不很顺口，而又非常和谐婉转。所谓曼声与促节相配合，各种各样的色彩相映照；清浊高低、抑扬顿挫，就像是辘轳转动一样，此起彼落，很有规则。在两宋词人中，不过清真一人而已。

一八　云谣集中《天仙子》

（《云谣集杂曲子》）《天仙子》词，特深峭隐秀，堪与飞卿、端己抗行。

【题解】

《云谣集杂曲子》一卷，为唐代民间杂言歌辞总集，计三十三首。其中《天仙子》三首，其一为双叠之调，其二、其三为单调。王国维对双叠之调极为赞赏。以为"深峭隐秀"，"堪与飞卿、端己抗行"，甚至怀疑为民间作品，谓"当是文人之笔"（评《云谣集》）。任中敏以为，王氏仅是看到遣辞造句等表面现象，未及其实质。任氏指出：这是游女情辞。上下两片各有一境，"其实难副"，但下片诡喻奇警。谓情之真不如珠之真，泪珠终不能换真珠。如与白居易相比，所谓"莫染红丝线，徒夸好颜色。我有双泪珠，知君穿不得"，便显得"老实可怜"；如与苏轼相比，所谓"泪眼无穷似梅雨，一番匀了一番新"，也显得"何其渺小"。任氏说民间文艺乃不可轻视也（详参《敦煌歌辞总编》第122～123页。上海古籍出版社，1987年12月上海第1版）。此说可供参考。

【注释】

〔1〕《天仙子》：《云谣集杂曲子》中有《天仙子》三首，其一为双叠之调。云："燕语莺啼三月半。烟蘸柳条金线乱。五陵原上有仙娥，携歌扇。香烂漫。留住九华云一片。　　犀玉满头花满面。负妾一双偷泪眼。

泪珠若得似真珠，拈不散。知可限。串向红丝应百万。"（据任半塘《敦煌歌辞总编》上册第 121 页）其二、其三为单调，云："燕语莺啼惊觉梦。羞见鸾台双舞凤。思君别后信难通，无人共。花满洞。羞把同心千遍弄。"又云："叵耐不知何处去。正值花开谁是主。满楼明月夜三更，无人语。泪如雨。便是思君肠断处。"（同上第 127～128 页）按：《天仙子》三首，诸本多作二首，今据任本定为三首。

【译文】

（《云谣集杂曲子》）《天仙子》词，特别深刻峻峭、含蓄隽永，足以与温庭筠（飞卿）、韦庄（端己）相抗衡。

一九　王 以 宁 词

　　（王）以凝（当作"宁"）词句法精壮，如"和虞彦恭寄钱逊升"（当作"叔"）《蓦山溪》一阕、"重午登霞楼"《满庭芳》一阕、"舣舟洪江步下"《浣溪沙》一阕，绝无南宋浮艳虚薄之习。其他作亦多类是也。

【题解】

　　通行本指出："此则乃观堂所录阮元《四库未收书目·王周士词提要》。实非观堂论词之语。"当删去。

【注释】

　　〔1〕王以宁：字周士，湘潭人。北宋词人。有《王周士词》一卷，《彊村丛书》本。所作《蓦山溪》（和虞彦恭寄钱逊叔）云："平山堂上，侧盏歌南浦。醉望五州山，渺千里、银涛东注。钱郎英远，满腹贮精神，窥素壁，墨栖鸦，历历题诗处。　　风裘雪帽，踏遍荆湘路。回首古扬州，沁天外、残霞一缕。德星光次，何日照长沙，渔父曲，竹枝词，万古歌来暮。"（据《全宋词》第1063页）《满庭芳》（重午登霞楼）云："千古黄州，雪堂奇胜，名与赤壁齐高。竹楼千字，笔势压江涛。笑问江头皓月，应曾照、今古英豪。菖蒲酒，宓尊无恙，聊共访临皋。　　陶陶。谁晤对，粲花吐论，宫锦纫袍。借银涛雪浪，一洗尘劳。好在江山如画，人易老、双鬓难莏。升平代，凭高望远，当赋反离骚。"（同上）《浣溪沙》（舣舟洪江步下）云："起看船头蜀锦张。沙汀红叶舞斜阳。杖拏惊起睡鸳鸯。　　木

落群山凋玉□，霜和冷月浸澄江。疏篷今夜梦潇湘。"（同上第 1065 页）

【译文】

　　王以宁（周士）的词，句法精警雄壮，例如《蓦山溪》（和虞彦恭寄钱逊叔）一首，《满庭芳》（重午登霞楼）一首及《浣溪沙》（舣舟洪江步下）一首，都没有南宋人轻浮浅薄、艳丽空虚的习气。他的其他篇章也与这三首词相接近。

二〇 夏 言 词

有明一代，乐府道衰。《写情》《扣舷》，尚有宋元遗响。仁宣以后，兹事几绝。独文愍（夏言）以魁硕之才，起而振之。豪壮典丽，与于湖、剑南为近。

【题解】

词兴于唐，盛于两宋，至明代已经衰微。明初词坛，刘基、高启等人，由元入明，在政治上遭受挫折，所作词自成家数，各具特色，尚存宋元遗响。明代中叶以后，词风日下。杨慎、王世贞、汤显祖等人多所制作，却都不是当行作家。至明代末期，词的创作方才呈现一线生机。但是，所谓"中衰"并非"中断"。据饶宗颐、张璋所编《全明词》（未刊），有作家一千三百馀，词一万八千馀首，与唐圭璋编《全宋词》规模相当。而且，所谓清词"中兴"，也是由明末词学勃兴引起的。就有明一代词的发展史看，明词自身也有个"复兴"问题。论者一般将此"复兴"归功于陈子龙、夏完淳以及屈大均、王夫之、金堡等人，谓其所作不仅挽救一代词运，而且也为清词"中兴"开了风气。王国维将此"复兴"之功归于夏言，未必有当。夏氏所作，其中有的虽可与宋贤相比，但毕竟势单力薄，未能"起而振之"。

【注释】

〔1〕《写情》《扣舷》：《写情集》，刘基词集。《扣舷集》，高启词集。

　　〔2〕文愍：夏言（1482—1548）字公谨，江西贵溪人。明代词人。正德十二年（1517）进士，世宗（朱厚熜）朝参预机务，居首辅。为严嵩所嫉，诬陷至死。谥文愍。有《桂州集》《近体乐府》六卷。

　　〔3〕于湖：张孝祥（1132—1169），字安国，号于湖居士，历阳乌江（今安徽马鞍山市和县）人。南宋词人。其词"声律宏迈，音节振拔。气雄而调雅，意缓而语峭"（查礼《铜鼓书堂遗稿》。转引自上彊村民重编、唐圭璋笺注《宋词三百首笺注》第140页）。所传《于湖词》有多种刊本。

　　〔4〕剑南：即陆游。详本编四三则注释。

【译文】

　　明代词业衰微，只有《写情集》和《扣舷集》仍然保存宋元时代的作风。仁宗、宣宗以后，词的发展就几乎中断。但是，夏言（文愍）以他作为政界魁首的杰出才华，使词业衰而复兴。夏言的词豪迈雄壮而又典雅华丽，与张孝祥（于湖）、陆游（剑南）的词风相接近。

二一 樊志厚《人间词》序（一）

王君静安将刊其所写《人间词》，诒书告余曰："知我词者如子，叙之莫如子宜。"余与君处十年矣，比年以来，君颇以词自娱。余虽不能词，然喜读词。每夜漏始下，一灯荧然，玩古人之作，未尝不与君共。君成一阕，易一字，未尝不以讯余。既而睽离，苟有所作，未尝不邮以示余也。然则余于君之词，又乌可以无言乎？夫自南宋以后，斯道之不振久矣！元明及国初诸老，非无警句也。然不免乎局促者，气困于雕琢也。嘉道以后之词，非不谐美也。然无救于浅薄者，意竭于摹拟也。君之于词，于五代喜李后主、冯正中，于北宋喜永叔、子瞻、少游、美成，于南宋除稼轩、白石外，所嗜盖鲜矣。尤痛诋梦窗、玉田。谓梦窗砌字，玉田垒句。一雕琢，一敷衍。其病不同，而同归于浅薄。六百年来词之不振，实自此始。其持论如此。及读君自所为词，则诚往复幽咽，动摇人心。快而沉，直而能曲。不屑屑于言词之末，而名句间出，殆往往度越前人。至其言近而指远，意决而辞婉，自永叔以后，殆未有工如君者也。君始为词时，亦不自意其至此，而卒至此者，天也，非人之所能为也。若夫观物之微，托兴之深，则又君诗词之特色。求之古代作者，罕有伦比。呜呼！不胜古人，不足以与古人并，君其知之矣。世有疑余言者乎，则何不取古人之词，与君词比类而观之也？光绪丙午三月，山阴樊志厚叙。

【题解】

《人间词话》附录收有两篇序文，均录自《海宁王静安先生遗书》。这两篇序文是否王国维所作，历来存在分歧。一种意见认为，两篇序文均为王国维所自撰，而假名于樊志厚；一种意见则认为，樊志厚并非王国维化名，乃是山阴樊少泉（炳清）。学界争论多时，至今尚未有定论。滕咸惠同志据赵万里意见将此两篇序文定为王氏所自撰，本书暂依此说。

【译文】

王君静安即将刊行他的著作《人间词》，写信告诉我说："没有人比你更加理解我的词，为我作序的也只有你最合适。"我与静安君相处已有十年时间，最近几年来，他喜欢用填词来自我消遣。我虽然不会填词，但喜欢读词。每天晚上夜漏刚下，对着灯光玩赏古人作品，无时不和静安君一起探讨。静安君每填好一首词，每更换一个字，也没有不和我探讨的。以后分离，静安君如果有了新的作品，没有不寄来给我看的。那么，我对于静安君的词，又怎么能够无所表示呢？自从南宋以后，填词此道衰而不振已是很长久的了。元明两代以及国初各位老前辈，并不是没有惊人之句，只是过于拘谨，难免雕琢，元气受到束缚。嘉庆、道光以后的词，并不是不和谐不佳美，而是一味模拟，无法克服肤浅单薄的缺点。静安君治词，在五代，喜欢李煜（后主）和冯延巳（正中）；在北宋，喜欢欧阳修（永叔）、苏轼（子瞻）、秦观（少游）和周邦彦（美成）；在南宋，除了辛弃疾（稼轩）、姜夔（白石）以外，所喜欢的作家极少。静安君尤其痛批吴文英（梦窗）和张炎（玉田）。曾说：吴文英（梦窗）堆砌字面，张炎（玉田）铺张词句。一个失之于雕琢、晦涩，一个失之于敷衍、累赘。他们的毛病各不相同，但同样肤浅单薄。六百年间词业衰微就是从他们二人开始的。这是静安君对于词的总看法。静安君自己所作的词，感情往返起伏、声音幽咽婉转，颇能动人心弦。所谓畅快而又沉着，既率直而又曲折有致。不拘拘于文词语句中讨生活，而时时有名句。所以，他的成就能够超越前人。至于所谓言语浅近而寄意高远，立意深刻而辞情委婉，自欧阳修（永叔）以后，恐怕没有人比得上静安君。当然，静安君开始填词的时候，并不知道自己能有这么高的造诣，但他终于达到了这么高的造诣，这是天助也，而不是人力所能做到的。再说细微地体察外物，赋予深远的寓意，这又是静安诗词的一个特色。古代众多作家中，没有一个能够和静安君相匹比。可叹啊，如果不是超越古人，就无法和古人相比并。静安君，你当知道吧？世上如果有人怀疑我所说的话，那么为什么不拿古人的词来与静安君的词比一比呢？光绪丙午（1906年）三月，山阴樊志厚叙。

二二　樊志厚《人间词》序（二）

去岁夏，王君静安集其所为词，得六十馀阕，名曰《人间词》甲稿。余既叙而行之矣。今冬，复录所作词为乙稿，丐余为之叙。余其敢辞。乃称曰：文学之事，其内足以摅己，而外足以感人者，意与境二者而已。上焉者意与境浑，其次或以境胜，或以意胜。苟缺其一，不足以言文学。原夫文学之所以有意境者，以其能观也。出于观我者，意馀于境。而出于观物者，境多于意。然非物无以见我，而观我之时，又自有我在。故二者常互相错综，能有所偏重，而不能有所偏废也。文学之工不工，亦视其意境之有无，与其深浅而已。自夫人不能观古人之所观，而徒学古人之所作，于是始有伪文学。学者便之，相尚以辞，相习以模拟，遂不复知意境之为何物，岂不悲哉！苟持此以观古今人之词，则其得失，可得而言焉。温、韦之精绝，所以不如正中者，意境有深浅也。"珠玉"所以逊"六一"，"小山"所以愧"淮海"者，意境异也。美成晚出，始以辞采擅长，然终不失为北宋人之词者，有意境也。南宋词人之有意境者，唯一稼轩，然亦若不欲以意境胜。白石之词，气体雅健耳。至于意境，则去北宋人远甚。及梦窗、玉田出，并不求诸气体，而惟文字之是务，于是词之道熄矣。自元迄明，盖以不振。至于国朝，而纳兰侍卫以天赋之才，崛起于方兴之族。其所为词，悲凉顽艳，独有得于意境之深，可谓豪杰之士，奋乎百世之下者矣。同时朱、陈，既非劲敌，后世项、蒋，尤难鼎足。至乾嘉以降，审乎体格韵律之间者愈微，而意味之溢于字句之表者愈浅。岂非拘泥文字，而不求诸意境之失欤！抑观我观物之事自有天在，固难期诸流俗欤？余与静安，均夙持此论。静安之为词，真能以意境胜。夫古今人词之以意胜者，莫若欧阳公。以境胜者，莫若秦少游。至意境两浑，则惟太白、后主、正中数人足以当之。静安之词，大抵意深于欧，而境次于秦。至其合作，如甲稿《浣溪沙》之"天末同云"、《蝶恋花》之"昨夜梦中"，乙稿《蝶恋花》之"百尺朱楼"等阕，皆意境两忘，物我一体。高蹈乎八荒之表，而抗心乎千秋之间。骎骎乎两汉之疆域，广于三代；贞观之政治，隆于武德矣。方之侍卫，岂徒伯仲。此固君所得于天者独深，抑岂非致力于意境之效也。至君词之体裁，亦与五代、北宋为近。然君词之所以为五代、北宋之词者，以其有意境在。若以其体裁故，而至遽指为五代、北宋，此又君之不任受。固当与梦窗、玉田之徒，专事摹拟者，同类而笑之也。光绪三十三年十月，山阴樊志厚叙。

【题解】

这篇序文论意境，可作为王国维境界说的补充。

【注释】

〔1〕珠玉：晏殊词集名《珠玉词》。详删稿三六则注释。

〔2〕六一：欧阳修晚号六一居士，有《六一词》。说详编二一则注释。

〔3〕小山：晏幾道有《小山词》。详本编二八则注释。

〔4〕淮海：秦观号淮海居士，学者称淮海先生。有《淮海居士长短句》。详本编二八则注释。

〔5〕纳兰侍卫：纳兰性德，原名成德，康熙进士，官一等侍卫。详本编五一则注释。

〔6〕朱、陈：朱彝尊、陈维崧。朱彝尊事迹详删稿一九则注释。陈维崧（1625—1682），字其年，号迦陵，宜兴（今属江苏）人。清初诸生，康熙十八年（1679）举博学鸿词，授翰林院检讨，五十四岁时参与修纂《明史》，四年后卒于任所。与朱彝尊在京师时曾共切磋词学，并合刊《朱陈村词》。清初词，陈、朱并列，朱为浙派（一称"浙西派"）领袖，陈为阳羡派领袖。陈氏一生词作甚多，传世《湖海楼词》存词一千六百馀首。

〔7〕项、蒋：项鸿祚、蒋春霖。详删稿一八则注释。

〔8〕甲稿《浣溪沙》：王国维《人间词》甲稿《浣溪沙》云："天末同云黯四垂。失行孤雁逆风飞。江湖寥落尔安归。　陌上金丸看落羽，闺中素手试调醯。今宵欢宴胜平时。"

〔9〕甲稿《蝶恋花》：王国维《人间词》甲稿《蝶恋花》云："昨夜梦中多少恨。细马香车，两两行相近。对面似怜人瘦损。众中不惜搴帷问。　陌上轻雷听隐辚。梦里难从，觉后那堪讯。蜡泪窗前堆一寸。人间只有相思分。"

〔10〕乙稿《蝶恋花》：王国维《人间词》乙稿《蝶恋花》："百尺朱楼临大道。楼外轻雷，不问昏和晓。独倚阑干人窈窕。闲中数尽行人小。　一霎车尘生树杪。陌上楼头，都向尘中老。薄晚西风吹雨到。明朝又是伤流潦。"

〔11〕意境两忘，物我一体：王国维《此君轩记》云："竹之为物，草木中之有特操者。……使人观之，其胸廓然而高、渊然而深、泠然而清，挹之而无穷，玩之而不可褻也。其超世之致与不可屈之节与君子为近，是以君子取焉。……善画竹者亦然。彼独有见于其原，而直以其胸中潇洒之致、劲直之气一寄之于画。其所写者，即其所观；其所观者，即其所畜者

也。物我无间，而道艺为一，与天冥合而不知其所以然。"（据《观堂集林》卷二十三）

〔12〕贞观（627—649），唐太宗李世民年号。

〔13〕武德（618—626），唐高祖李渊年号。

【译文】

去年夏天，王君静安将他所作词汇为一篇，共六十馀首，名为《人间词》甲稿。我为他作了序，并已刊行。今年冬天，静安君又将他所作汇集为乙稿，请我为他作序，我又怎么能推辞呢？我认为：所谓文学作品，对于作者来说，应当能够充分地抒发情志；对于读者来说，应当有强大的感染力。那么，关键就在意和境两个方面。第一流的作品意和境融为一体，其次是以境取胜，或者以意取胜。如果缺少其中一个方面，那就说不上文学。文学之所以要求有意境，因为它是世界的反映。如果从"我"的角度反映世界，往往意比境多；如果从客观物境的角度反映世界，往往境比意多。但是，并不是非得通过物才能体现自我，当作者进行内心体验时，又自然而然地有自我之存在。所以意和境，或我与物，两个方面互相交错在一起，能够有所偏重，而不能有所偏废。文学作品的工与不工，即优与劣，应当看它有意境或无意境，以及意境的深浅厚薄如何，才能判定。当然，现代人已不能体验古代人当时所体验的物境，而只能学习古代人的作品。因此就有不真实的文学，即"伪文学"出现。后代学者，仅仅崇尚辞藻文采，模拟外部形式，而不再进一步了解其中所创造的意境是怎么一回事，这难道不是可悲的吗？如果能够用这一观点来看古代人的词，那么其中得与失，也就可以得知。温庭筠、韦庄词精工艳丽，之所以不如正中，是因为所造意境有深有浅的缘故。《珠玉词》所以比《六一词》逊色，《小山词》所以有愧于《淮海词》，也是因为所造意境深浅不同的缘故。周邦彦（美成）出现得比较晚，他开始以辞藻文采显示自己的才华，但他所作仍然不愧为北宋人的词，这是因为有意境的缘故。南宋词人所作，其中有意境的只有辛弃疾（稼轩）一人，但作者本人又好像不一定要以意境取胜。姜夔（白石）的词，气度体态典雅雄健而已，如果论意境，那就与北宋人相距很远。到了吴文英（梦窗）、张炎（玉田），因为并不想在气度体态上用功夫，而只是追求字面，词道也就衰微了。从元代到明代，则更加无法振兴。到了本朝，纳兰成德（侍卫）以上天赋予的才华，崛起于刚刚兴起的民族。他所作的词，哀感顽艳、婉丽逸俊，意境极为深厚，可以说是古代的豪杰之士而奋发于千百世之后。和他同时代的朱彝尊、陈维崧之流，已不是他的对手；后世项鸿祚、蒋春霖就更加不能和他鼎足而立。到了乾隆、嘉庆以后，人们在体式格律音律上所用的功夫越来越细微，表现在字句以外的意味就越来越肤浅。这难道不是因为拘泥于文字而不讲求意境的过失吗？古往今来凡作词以意取胜的，没有比得上欧阳公的，而以境取胜的，没有比得上秦观（少游）的。至于意境浑然一体，却只有李白（太白）、李煜（后主）、冯延巳（正中）等几个人才做得到。静安的词，大体上意比欧深，而境稍次于秦。在他的代表作中，例如甲稿的《浣溪沙》（"天末同云"）、《蝶恋花》（"昨夜梦中"）以及乙稿的《蝶恋花》（"百尺朱楼"）等首，都达到意与境互相包涵、物与我合而为一的境界。其后来居上之势，就像两汉时的疆界已经超越了夏商周三代，唐太宗因为贞观之治，国运已经比其父唐高祖武德时期更加兴盛。如果与纳兰容若（侍卫）相比，那就不仅仅是伯仲之间了。这固然是因为静安君得天独厚的缘故，难道不是因为致力于意境创造所获得的成效吗？至于静安君所作词的体裁，也与五代、北宋相接近。但是静安君的词之所以为五代、北宋词，主要在于有意境，如果仅仅是看它的体裁，就认定为五代、北宋词，静安君也不会同意的。要不然，这就将与只会模仿、不会创新的吴文英（梦窗）、张炎（玉田）的徒子徒孙们一样，遭到人们的嘲笑。光绪三十三年（1907）十月，山阴樊志厚叙。

二三　欧阳修《蝶恋花》

欧公《蝶恋花》"面旋落花"云云，字字沉响，殊不可及。

【题解】

《人间词话》论及欧阳修者，有二十馀处之多，总的以为，欧阳修乃王氏所喜爱的北宋词人之一。此则所说《蝶恋花》，上片说花片被风吹落而旋转，柳絮在空中飞来飞去。这是产生伤春情绪，即所谓"春愁酒病"的外在物境。"落花""飞絮"，语语与"愁""病"相关。下片说"愁"与"病"的原因。一是"翠被华灯，夜夜空相向"，说明独守空房时间之长久；一是拉开绣帘，看到"月明正在梨花上"的情景，说明眼下仍然独守空房。无论是枕畔屏山，或者是帘外明月，处处惹起"愁"与"病"。这首词抒写伤春情绪，意与境完全融为一体。所以，字字句句，沉着、响亮，堪称名作。

【注释】

〔1〕此则陈乃乾录自王国维旧藏《六一词》眉批。

〔2〕欧公《蝶恋花》：欧阳修《蝶恋花》云："面旋落花风荡漾。柳重烟深，雪絮飞来往。雨后轻寒犹未放。春愁酒病成惆怅。　枕畔屏山围碧浪。翠被华灯，夜夜空相向。寂寞起来褰绣幌。月明正在梨花上。"（据《全宋词》第126页）

【译文】

欧阳修的《蝶恋花》（"面旋落花"），字字句句沉着、响亮，真是不可企及。

二四　清真不宜有之作

《片玉词》"良夜灯光簇如豆"一首，乃改山谷《忆帝京》词为之者，似屯田最下之作，非美成所宜有也。

【题解】

周邦彦著述甚丰，流传也广。宋代周词刻本达十二种，刻本之多，在两宋词人中是独一无二的。但是，因为层层流转，周词集中伪作也在所难免。王国维《清真先生遗事》称，"伪词最多，强焕本所增，强半皆是"。强焕本，即宋孝宗（赵昚）淳熙七年庚子（1180）年间溧水令强焕序刻之《清真词》。据说毛晋汲古阁所刻《宋六十名家词·片玉词》，即据强本所编。凡二卷，一百八十二首，另补遗一卷凡十首，则毛所增也。此则所说周邦彦的《青玉案》，见毛本卷上，注"《清真集》不载"。四印斋本《清真集外词》及《唐宋名贤百家词·片玉集抄补》皆收。此词是否决非周氏所作，尚可存疑。

【注释】

〔1〕王国维《清真先生遗事》云："伪词最多，强焕本所增，强半皆是。如《片玉词》上《青玉案》'良玉灯光簇如豆'一阕，乃改山谷《忆帝京》词为之者，决非先生作。不独《送傅国华》《寄李伯纪》二首，岁月不合也。"

〔2〕"良夜灯光簇如豆"：周邦彦《青玉案》云："良夜灯光簇如豆。

占好事，今宵有。酒罢歌阑人散后。琵琶轻放，语声低颤，灭烛来相就。　　玉体偎人情何厚。轻惜轻怜转唧嚼。雨散云收眉儿皱。只愁彰露，那人知后，把我来僝僽。"（据《全宋词》第622～623页）

〔3〕山谷《忆帝京》：黄庭坚《忆帝京》（私情）云："银烛生花如红豆。占好事，而今有。人醉曲屏深，借宝瑟、轻招手。一阵白蘋风，故灭烛、教相就。　　花带雨、冰肌香透。恨啼鸟、辘轳声晓，岸柳微凉吹残酒。断肠时、至今依旧。镜中消瘦。那人知后，怕夯你来僝僽。"（同上第394页）《全宋词》按：此首又见《绿窗新话》卷上引《古今词话》作秦观《御街行》。

【译文】

《片玉词》中《青玉案》（"良夜灯光簇如豆"）一首，是改写黄庭坚（山谷）《忆帝京》词而成的，很像是柳永（屯田）的下手货，一定不是周邦彦（美成）的作品。

二五　少游脱胎温词

温飞卿《菩萨蛮》:"雨后却斜阳，杏花零落香。"少游之"雨馀芳草斜阳。杏花零落（当作"乱"）燕泥香"，虽自此脱胎，而实有出蓝之妙。

【题解】
少游《画堂春》有句"雨馀芳草斜阳，杏花零乱燕泥香"，乃由温词"雨后却斜阳，杏花零落香"脱胎而出，王国维以为有出蓝之妙。二者相对照，少游之不同于飞卿，不过是于飞卿所造物境再加上"芳草"与"燕泥"二物而已。就字面上看，二者实在难见高下优劣，但就全词所造意境看，少游添上二物，效果就不一样。原来，温词所写只有"斜阳"及"杏花"，一点明时令，一为眼前实景。此眼前实景——零落之杏花，虽能与"无聊独闭门"时之主人公之心境相映照，使得词中所写"物"与"我"，境与意，互相切合，但其所造意境，其阔大、深长之程度还是很有限的。少游在此基础之上，平添二物，"芳草"与"斜阳"相接，显得无边无际;"杏花"与"燕泥"相合，更加可惜可怜。于是，词中所谓"无限思量"，其内涵就更加丰富。就两首词的意境看，少游确实高出一等。

【注释】
〔1〕温飞卿《菩萨蛮》:温庭筠《菩萨蛮》云:"南园满地堆轻絮。愁闻一霎清明雨。雨后却斜阳。杏花零落香。　　无言匀睡脸。枕上屏山

掩。时节欲黄昏。无聊独倚门。"（据《全唐五代词》第 202 页）

〔2〕秦观《画堂春》（春情）云："东风吹柳日初长。雨馀芳草斜阳。杏花零落燕泥香。睡损红妆。　宝篆暗消鸾凤，画屏萦绕潇湘。暮寒轻透薄罗裳。无限思量。"（据《全宋词》第 469 页）《唐宋诸贤绝妙词选》卷四按：此首别见明刻本《豫章黄先生词》。

【译文】

温庭筠（飞卿）《菩萨蛮》："雨后却斜阳，杏花零落香。"秦观（少游）《画堂春》："雨馀芳草斜阳。杏花零乱燕泥香。"秦观词虽然由温庭筠词脱胎而出，而实际上却有"出蓝之妙"，即大大胜过了温庭筠词。

二六 玉田不如白石

白石尚有骨，玉田则一乞人耳。

【题解】

　　王国维论南宋词，独许稼轩，对于梦窗、玉田最是深恶痛疾，但对白石，则于否定之中，乃有所肯定。王氏批评标准为境界说，并将词品与人品联系在一起。他之所以痛诋梦窗、玉田，就是不满其品格。但是，王氏谓之为"乞人"，究竟有何依据，仍须具体分析。如果就词论词，前人的批评，主要在于"积谷作米，把缆放船，无开阔手段"（周济《介存斋论词杂著》），或在于"只在字句上着功夫，不肯换意"（同上），似未见否定其品格。王氏论玉田，谓之"玉老田荒"，即失之"枯槁"，缺乏生气，还说得过去，谓之为"乞人"，难免有无限上纲之嫌。

【译文】

　　姜夔（白石）的为人和他的词，格调还比较高，至于张炎（玉田），不过是一名乞丐罢了。

二七　美成词多作态

美成词多作态，故不是大家气象。若同叔、永叔虽不作态，而一笑百媚生矣。此天才与人力之别也。

【题解】

上文所说，王国维论周邦彦态度极其矛盾，其实，所谓矛盾，也是很自然的。作为一位大作家，人们往往可以从各个不同角度进行评判，横看、侧看，得出各种不同的结论。对于周邦彦，王国维曾经以传统雅俗观念，将其全盘否定（详本编三二则），但又从艺术创造的角度，给予全盘肯定，谓之为"词中老杜"（附录一四则）。在艺术表现手段上，王国维既肯定其"模写物态，曲尽其妙"的高超造诣（附录一五则），又指出其"多作态"的毛病。这当是摹写物态超越了限度的缘故。可见，无论运用哪一种艺术表现手段，都应当恰到好处，才不至弄巧反拙。在周词中，所谓"多作态"的词作，王氏未曾举例说明，读者当细察之。

【注释】

〔1〕一笑百媚生：白居易《长恨歌》有句："回眸一笑百媚生，六宫粉黛无颜色。"（《全唐诗》卷四三五）

【译文】

　　周邦彦（美成）的词多有矫揉造作的毛病，所以不是大家气派。如果是晏殊（同叔）和欧阳修（永叔），他们虽然不讲究姿态，但是，自然而然地回眸一笑，都能产生无数美好的姿态。这是天才与人力的差别。

二八　近人崇拜玉田，门径浅狭

周介存谓白石以诗法入词，门径浅狭，如孙过庭书，但便后人模仿。予谓近人所以崇拜玉田，亦由于此。

【题解】

此则借用周介存论白石语，揭示近人崇拜玉田的弊病。在艺术创作史上，因为模仿而出现的避难求易的现象甚为普遍。对此，王国维极为鄙视。他曾指出：近人祖南宋而祧北宋，就是以为南宋之词可学，北宋不可学。并提出：学南宋，不祖白石，则祖梦窗，也是以为白石、梦窗可学，幼安不可学。至于学幼安，只是推崇其粗犷、滑稽，同样以为粗犷、滑稽处可学，佳处不可学（本编四三则）。这都是避难求易的做法。因此，王国维认为，近人崇拜玉田、学玉田，门径浅狭，甚不可取。

【注释】

〔1〕周介存语：见《介存斋论词杂著》。

〔2〕孙过庭：孙过庭，字虔礼（一名虔礼，字过庭），陈留（今属河南，自署为吴郡，故或作富阳）人。唐代书法家、书法理论家。工正、行、草，尤以草书擅名。宋米芾以为："凡唐草得二王法，无出其右。"所著《书谱》有墨迹及多种刻本传世。

【译文】

周济（介存）认为：“姜夔（白石）用作诗的笔法填词，入门途径非常偏窄，好像是孙过庭的书法，只是便于后人模仿。”我认为近代人所以崇拜张炎（玉田），恐怕也是因为这一缘故。

二九 周介存（济）论词多独到语

予于词，五代喜李后主、冯正中而不喜"花间"。宋喜同叔、永叔、子瞻、少游而不喜美成。南宋只爱稼轩一人，而最恶梦窗、玉田。介存《词辨》所选词，颇多不当人意，而其论词则多独到之语。始知天下固有具眼人，非予一人之私见也。

【题解】

　　王国维创境界说，认为能探其本，比前代诗论中的兴趣说及神韵说都较为高明，故颇为自信。对于前人词论，王氏也常有不同看法。例如，对于张惠言寄托说，他曾予以批评，以为深文罗织，不足为训（详删稿二五则）；对于朱彝尊痛贬《草堂诗馀》而推尊《绝妙好词》，他也曾加以重新评价（删稿三四则）。等等。但王氏对周济词论则极为赞许，以为多独到之语。《人间词话》引述周济论词语计六七处，除了不同意将李后主置于温、韦之下外（本编一五则），其馀都表示赞同，尤其是周济之推尊北宋词，则更加合乎其口味（删稿一九则）。此则谓其为"具眼人"，正是因为周济所论与王氏主五代北宋的词学观相吻合的缘故。

【译文】

　　我对于词，五代喜欢李煜（后主）、冯延巳（正中）而不喜欢花间词。北宋喜欢晏殊（同叔）、欧阳修（永叔）、苏轼（子瞻）、秦观（少游）而不喜欢周邦彦（美成）。南宋只喜爱辛弃疾（稼轩）一人，而最厌恶吴文英（梦窗）和张炎（玉田）。周济（介存）《词辨》所选的词，许多不能令人满意，但是他的词论却有许多独到见解。因此，我认识到世间还是有独具眼力的人的。对于词，并不是只有我一个人持有这种看法。

卷四 人间词话补录

一 余填词不喜作长调

余填词不喜作长调，尤不喜用人韵。偶尔游戏，作《水龙吟》咏杨花用质夫、东坡倡和韵，作《齐天乐》咏蟋蟀用白石韵，皆有与晋代兴之意。余之所长殊不在是，世之君子宁以他词称我。

【题解】

　　王国维论词崇尚五代、北宋，一是因为五代、北宋词有境界，二是因为他在艺术形式上有所偏好。他曾将近体诗体制分为三等，并将词中小令比绝句，长调比律诗，而将长调中的《百字令》《沁园春》比排律（本编五九则）。在他看来，小令乃创造有境界词的最好形式。因此，他不喜欢作长调。同时，这也说明，王国维于长调尚非当行。这一点，他心中也是很明白的。至于和韵，他尤其不赞成。其原因除了因为自己不擅长之外，恐怕也与创造境界有关。在艺术爱好上，王国维对于自己的剖析，基本上符合其创作实际。

【注释】

　　〔1〕质夫、东坡倡和韵：见本编三七则注释。

　　〔2〕王国维《水龙吟》（杨花，用章质夫、苏子瞻唱和韵）："开时不与人看，如何一霎濛濛坠。日长无绪，回廊小立，迷离情思。细雨池塘，斜阳院落，重门深闭。正参差欲住，轻衫掠处，又特地，因风起。　　　花事

阑珊到汝，更休寻、满枝琼缀。算人只合，人间哀乐，者般零碎。一样飘零，宁为尘土，勿随流水。怕盈盈、一片春江，都贮得，离人泪。"（据《苕华词》，《海宁王静安先生遗书》第五册）

〔3〕《齐天乐》（咏蟋蟀）用白石韵：姜夔《齐天乐》（序略）："庾郎先自吟愁赋。凄凄更闻私语。露湿铜铺，苔侵石井，都是曾听伊处。哀音似诉，正思妇无眠，起寻机杼。曲曲屏山，夜凉独自甚情绪。　　西窗又吹暗雨。为谁频断续，相和砧杵。候馆迎秋，离宫吊月，别有伤心无数。幽诗漫与。笑篱落呼灯，世间儿女。写入琴丝，一声声更苦。"（宣政间，有士大夫制蟋蟀吟。）（据《全宋词》第2176页）

王国维《齐天乐》（咏蟋蟀，用姜白石原韵）："天涯已自愁秋极，何须更闻虫语。乍响瑶阶，旋穿绣闼，更入画屏深处。喁喁似诉。有几许哀丝，佐伊机杼。一夜东堂，暗抽离恨万千绪。　　空庭相和秋雨。又南城罢柝，西院停杵。试问王孙，苍茫岁晚，那有闲愁无数。宵深漫与。怕梦稳春酣，万家儿女。不识孤吟，劳人床下苦。"（据《苕华词》）

〔4〕与晋代兴：语出《国语·郑语》史伯为桓公论兴衰："（桓）公曰：'若周衰，诸姬其孰兴？'对曰：'……武王之子，应韩不在，其在晋乎！'……及平王之末，而秦、晋、齐、楚代兴。"王国维所说，意即自己的和韵词，可与前人相匹比。（参见《人间词话新注》修订本）

【译文】

对于填词，我不喜欢作长调，特别不喜欢步人原韵。我曾填制一首《水龙吟》咏杨花，用的是章粢（质夫）、苏轼（东坡）倡和韵，并曾填制一首《齐天乐》咏蟋蟀，用的是姜夔（白石）韵，都有与前人较量高下的意思。而我所擅长的并不在长调及和韵上，但愿世上有识之士还是看看我的其他作品。

二　开词家未有之境

樊抗夫谓余词如《浣溪沙》之"天末同云",《蝶恋花》之"昨夜梦中""百尺高楼""春到临春"等阕,凿空而道,开词家未有之境。余自谓才不若古人,但于力争第一义处,古人亦不如我用意耳。

【题解】

樊抗夫,或以为即樊志厚。在《人间词》序中,樊氏曾列举甲稿中《浣溪沙》("天末同云")、《蝶恋花》("昨夜梦中")及乙稿中《蝶恋花》("百尺朱楼")三首词作为王氏"意境两忘,物我一体"的代表作。此则添加《蝶恋花》("春到临春")一首,合四首,以为"凿空而道,开词家未有之境"。对此,王国维是颇为自信的。王国维填词,既不赞赏寄托方法,也不满足于一般比兴手段。他将象征主义引入词中,在词中说哲理,确实是前无古人的。例如《浣溪沙》("天末同云")以失行孤雁之无所归依,象征人生在抗争过程中难于自我解脱所造成的烦恼,以抒发"人生明属徒劳,快乐尽为幻觉,则惟有抵抗生活之欲以求解脱,而解脱亦终不易得"的感慨(缪钺《王静安与叔本华》)。王国维的新创造,对于开拓词境、提高词的艺术表现能力,确有贡献。

【注释】

〔1〕樊抗夫:樊炳清,字抗夫,王国维就读于东文学社时同学。论者

或以为，樊炳清与樊志厚即为一人。

〔2〕《浣溪沙》之"天末同云"：见附录二三则注释。

〔3〕《蝶恋花》诸词，附录二二则注释曾引录二首，另有一首云："春到临春花正妩。迟日阑干，蜂蝶飞无数。谁遣一春抛却去。马蹄日日章台路。　　几度寻春春不遇。不见春来，那识春归处。斜日晚风杨柳渚。马头何处无飞絮。"（据《苕华词》）

〔4〕第一义：佛教用语，借指艺术上最高追求。《沧浪诗话·诗辨》云："禅家者流，乘有小大，宗有南北，道有邪正；学者须从最上乘，具正法眼，悟第一义。"郭绍虞注云："《传灯录》（卷九）：'心即是法，法即是心，不可将心更求于心，历千万劫终无得日，不如当下无心，便是本法。……故佛言，我于阿耨菩提实无所得，恐人不信，故引五眼所见，五语所言，真实不虚，是第一义谛。'"（据《沧浪诗话校释》第13页）

【译文】

樊炳清（抗夫）说我的词，诸如《浣溪沙》（"天末同云"）和《蝶恋花》中的"昨夜梦中""百尺高楼""春到临春"各首，开天辟地，创造了前代词家所未曾创造的境界。我自以为才华不如古人，但是在努力实现"第一义"这一点上，古人也有不像我那么用心的。

三　抒情诗与叙事诗

　　叔本华曰:"抒情诗,少年之作也。(按:原稿无
"也"字)叙事诗及戏曲,壮年之作也。"余谓:抒情
诗,国民幼稚时代之作也。叙事诗(按:诗,原稿误作
时),国民盛壮时代之作也。故曲则古不如今。(元曲诚
多天籁,然其思想之陋劣,布置之粗笨,千篇一律,令
人喷饭。至本朝之《桃花扇》《长生殿》诸传奇,则进
矣。)词则今不如古。盖一则以布局为主,一则须伫兴
而成故也。

【题解】
　　王国维套用叔本华有关抒情诗与叙事诗及戏曲的观点,阐述自
己对于词曲发展史的看法。谓:曲的发展趋势是古不如今,词的发
展趋势是今不如古。因为曲以布局为主,属于叙事诗,当是越到后
来越成熟;而词是伫兴而成之抒情诗,必然是少年时期所作胜于壮
年,即古胜于今。用这种比附方法论文学,当然也不无道理,但是
未免过于简单化,而且也不尽合乎文学发展实际。例如戏曲,明清
是否就能够超过元代,这就值得考虑。此后,王国维著《宋元戏曲
考》就曾对这一论断进行过修正。谓:"凡一代有一代之文学:楚之
骚,汉之赋,六朝之骈语,唐之诗,宋之词,元之曲,皆所谓一代

之文学，而后世莫能继焉者也。"(《宋元戏曲考·序》)对于元曲评价极高。这说明，以简单比附方法研究文学史，未必有当。

【注释】

〔1〕叔本华语：叔本华在《作为意志和表象的世界》中指出："少年人仅仅只适于作抒情诗，并且要到成年人才适于写戏剧。至于老年人，最多只能想象他们是史诗的作家，如奥西安，荷马；因为讲故事适合老年人的性格。"(《作为意志和表象的世界》第348页)

〔2〕《桃花扇》：孔尚任(1648—1718)著，清代传奇戏曲名著。

〔3〕《长生殿》：洪昇(1645—1704)著，清代传奇戏曲名著。

【译文】

叔本华说："抒情诗，少年时期的作品。叙事诗和戏曲，壮年时期的作品。"我认为：抒情诗，国民幼稚时代的作品。叙事诗，国民盛壮时代的作品。所以曲的发展趋势是古不如今。(元曲虽然常有出于天籁的佳作，但是思想内容的陋下低劣，篇章布置的粗糙笨拙，几乎篇篇如此，真叫人为之喷饭。至于本朝的《桃花扇》《长生殿》等传奇，就大有进境。)词的发展趋势是今不如古。因为一个是以谋篇布局为主，一个必须有所兴发才能有所创作。

四　牛峤词不在见删之数

"岂不尔思，室是远而"。而孔子讥之。故知孔门而用词，则牛峤之"甘作一生拌，尽君今日欢"等作，必不在见删之数。

【题解】

《论语·子罕》载："（古诗曰）'唐棣之花，偏其反尔。岂不尔思，室是远而。'子曰：'未之思也，夫何远之也？'"说明孔子反对说假话。以为：并不是因为相距太远，而是根本就不曾思念。因此，王国维借此进一步发挥：如果像牛峤所说"甘作一生拌，尽君今日欢"，必定不会被删除。王氏倡导境界说，提倡真景物、真感情，牛峤所谓"作情语而绝妙者"（删稿一一则），关键在其真，这是王氏所赞赏的。

【注释】

〔1〕牛峤：见删稿一一则注释。

【译文】

古诗写道："岂不尔思，室是远而。"孔子曾嘲笑他并揭露他的虚伪性。所以，如果依照孔门对于诗歌所持的观点而对待歌词，那么，牛峤所写的"甘作一生拌，尽君今日欢"等作品，就一定不在被删除的范围之内。

五　"暮雨潇潇郎不归"未必 白傅（居易）所作

　　"暮雨潇潇郎不归"，当是古词，未必即白傅所作。故白诗云"吴娘夜雨潇潇曲，自别苏州更不闻"也。

【题解】

　　"暮雨潇潇郎不归"，为《长相思》词句。黄昇《花庵词选》（卷一）将此词列于白居易名下。王国维据白居易《寄殷协律》诗句"吴娘暮雨潇潇曲，自别江南更不闻"，谓此词未必白傅所作，但未曾考证此词作者。据叶申芗《本事词》载："吴二娘，江南名姬也，善歌。白香山守苏时，尝制《长相思》'深画眉'一阕云云。吴善歌之，故香山有'吴娘暮雨潇潇曲，自别江南久不闻'之咏，盖指此也。"又查《乐府纪闻》所载与《本事词》同。明卓人月《古今词统》将此词列在吴二娘名下。可知，此词可能即为唐歌妓吴二娘所作（详参《全唐五代词》第 136 页）。

【注释】

　　〔1〕"暮雨句"：吴二娘《长相思》云："深画眉。浅画眉。蝉鬓鬅鬙云满衣。阳台行雨回。　　巫山高，巫山低。暮雨潇潇郎不归。空房独守时。"（据《全唐五代词》第 136 页）

　　〔2〕白傅：白居易。见本编五八则注释。

　　〔3〕"吴娘"二句：白居易《寄殷协律》云："五岁优游同过日，一朝

消散侣（别作"似"）浮云。琴诗酒伴皆抛我，雪月花时最忆君。几度听鸡歌白日，亦曾骑马咏红裙。（予在杭州日，有歌云：'听唱黄鸡与白日。'又有诗云：'著红骑马是何人。'）吴娘暮雨潇潇曲，自别江南更不闻。"（江南吴二娘曲词云：暮雨潇潇郎不归。）（据《全唐诗》第七函第六册）

【译文】

"暮雨潇潇郎不归"，应当是古词，不一定就是白居易所作。所以白居易诗中写道："吴娘夜雨潇潇曲，自别苏州更不闻。"

六 张玉田词欠风流蕴藉

贺黄公裳《皱水轩词笙》云："张玉田《乐府指迷》，其调叶宫商，铺张藻绘，抑亦可矣。至于风流蕴藉之事，真属茫茫。如啖官厨饭者，不知牲牢之外，别有甘鲜也。"此语解颐。

【题解】

贺裳论张炎词，以为其词合音律，富藻彩，但欠风流蕴藉。贺裳以为，词乃"小技"，为文章之馀事，主要为歌唱，并非为阅读。而张炎的词，只是在字句上着功夫，贺裳对此甚鄙视，曾以一比喻加以嘲讽。谓："如啖官厨饭者，不知牲牢之外别有甘鲜也。"王国维不满张炎词，对贺裳此语颇为赞赏。

【注释】

〔1〕贺黄公：贺裳，字黄公，清代词学家。所著《皱水轩词笙》云："词诚薄技，然实文事之绪馀，往往便于伶伦之口者，不能入文人之目。张玉田《乐府指迷》，其词协宫商，铺张藻绘，抑以可矣。至于风流蕴藉之事，真属茫茫，如啖官厨饭者，不知牲牢之外，别有甘鲜也。"（据《词话丛编》本）

〔2〕《乐府指迷》：当是《词源》之误。调叶宫商，当是"词叶宫商"之误。

【译文】

　　贺黄公裳《皱水轩词筌》说:"张炎（玉田）著《乐府指迷》,他的词协音律,善铺张,富藻彩,已极其能事。但是,缺乏姿态,欠风流蕴藉。比如在官厨吃饭,不知道大鱼大肉之外,还有甘美新鲜食物。"这段话令人大笑不止。

七 玉田只在字句上著功夫

周保绪（济）《词辨》云："玉田近人所最尊奉，才情诣力亦不后诸人；终觉积谷作米、把缆放船，无开阔手段。"又云："叔夏所以不及前人处，只在字句上著功夫，不肯换意。""近人喜学玉田，亦为修饰字句易，换意难。"

【题解】
王国维不满张炎的词品及人品。这里，借用周济语进一步加以贬斥。周济批评张炎，一是谓其境界不开阔，二是谓其创意不够用功夫。王氏对此颇有同感。

【注释】
〔1〕周济（保绪）论张炎（玉田）语："玉田，近人所最尊奉。才情诣力，亦不后诸人。终觉积谷作米，把缆放船，无开阔手段。然其清绝处，自不易到。"又云："玉田词，佳者匹敌圣与，往往有似是而非处，不可不知。叔夏所以不及前人处，只在字句上著功夫，不肯换意，若其用意佳者，即字字珠辉玉映，不可指摘。近人喜学玉田，亦为修饰字句易，换意难。"（据《介存斋论词杂著》）

【译文】
周济（保绪）《词辨》说："张炎（玉田）是近人所最尊奉的作

家，他的才情以及艺术创造力并不比同时代人差，但是他的词却让人觉得太拘谨。比如积蓄谷子作粮食，把住缆绳行船，终究缺乏开阔洒脱的大手笔。"又说："张炎（叔夏）的成就之所以比不上前代人，只是因为他偏重字句藻彩，不愿意在创意上下功夫。""近人喜欢学习张炎（玉田），也是因为修饰字句容易，换意困难的缘故。"

八　杂　剧　先　声

毛西河《词话》谓：赵德麟令畤作商调鼓子词谱西厢传奇，为杂剧之祖。然《乐府雅词》卷首所载秦少游、晁补之、郑彦能（名仅）《调笑转踏》，首有致语，末有放队，每调之前有口号诗，甚似曲本体例。无名氏《九张机》亦然。至董颖《道宫薄媚》大曲咏西子事，凡十只曲，皆平仄通押，竟是套曲。此可与《弦索西厢》同为曲家之荤路。曾氏置诸《雅词》卷首，所以别之于词也。颖字仲达，绍兴初人，从汪彦章、徐师川游，彦章为作《字说》。见《书录解题》。

【题解】

　　毛奇龄《西河词话》（卷二）称：北宋词人赵令畤所作商调《蝶恋花》（商调鼓子词）为杂剧之祖。赵氏所作《蝶恋花》一套凡十二首（载《侯鲭录》卷五），其中十首，谱写西厢传奇（《会真记》）故事，韵文（曲）、散语（传）相间，有唱有说，抒情叙事结合，已具杂剧雏形。王国维所著《戏曲考原》，对赵氏所作也倍极赞赏（据《王国维戏曲论文集》）。此则，王国维并举秦观、晁补之、郑仅所作《调笑转踏》为例，以为"甚似曲本体例"。此外，王国维还指出，无名氏《九张机》两套曲及董颖《道宫薄媚》

大曲，同样也是杂剧先声。总之，王国维认为：鼓子词、大曲、诸宫调均为元杂剧的形式开辟了道路。这是符合杂剧体制发展演化实际的。

【注释】

〔1〕毛西河：毛奇龄（1623—1716），曾名甡，字大可，又字於一、齐於，号秋晴，又号初晴，以郡望西河，称西河先生。萧山（今属浙江杭州）人。清代学者，文学家。

〔2〕赵德麟：赵令畤（1051—1134），字景贶，又字德麟，自号聊复翁，又号藏六居士。北宋词人。所作商调《蝶恋花》十二首载《全宋词》。文繁不录。

〔3〕晁补之（1053—1110），字无咎，济州钜野（今山东巨野）人。北宋词人。

〔4〕郑彦能：郑仅，字彦能，彭城（今江苏徐州）人。北宋词人。

〔5〕《调笑转踏》：原载曾慥《乐府雅词》，王国维《戏曲考原》《唐宋大曲考》曾引用。文繁不录。

〔6〕无名氏《九张机》：

《醉留客》者，乐府之旧名；《九张机》者，才子之新调。凭戛玉之清歌，写掷梭之春怨。章章寄恨，句句言情。恭对华筵，敢陈口号：

一掷梭心一缕丝。连连织就九张机。从来巧思知多少，苦恨春风久不归。

一张机。织梭光景去如飞。阑房夜永愁无寐。呕呕轧轧，织成春恨，留著待郎归。

两张机。月明人静漏声稀。千丝万缕相萦系。织成一段，回纹锦字，将去寄呈伊。

三张机。中心有朵耍花儿。娇红嫩绿春明媚。君须早折，一枝浓艳，莫待过芳菲。

四张机。鸳鸯织就欲双飞。可怜未老头先白。春波碧草，晓寒深处，相对浴红衣。

五张机。芳心密与巧心期。合欢树上枝连理。双头花下，两同心处，一对化生儿。

六张机。雕花铺锦半离披。兰房别有留春计。炉添小篆，日长一线，相对绣工迟。

七张机。春蚕吐尽一生丝。莫教容易裁罗绮。无端剪破，仙鸾彩凤，分作两般衣。

八张机。纤纤玉手住无时。蜀江濯尽春波媚。香遗囊麝，花房绣被，归去意迟迟。

九张机。一心长在百花枝。百花共作红堆被。都将春色，藏头裹面，不怕睡多时。

轻丝。象床玉手出新奇。千花万草光凝碧。裁缝衣著，春天歌舞，飞蝶语黄鹂。

春衣。素丝染就已堪悲。尘世昏污无颜色。应同秋扇，从兹永弃，无复奉君时。

歌声飞落画梁尘。舞罢春风卷绣茵。更欲缕成机上恨，尊前忽有断肠人。

敛袂而归，相将好去。

同前（无前后口号）

一张机。彩桑陌上试春衣。风晴日暖慵无力，桃花枝上，啼莺言语，不肯放人归。

两张机。行人立马意迟迟。深心未忍轻分付，回头一笑，花间归去，只恐被花知。

三张机。吴蚕已老燕雏飞。东风宴罢长洲苑，轻绡催趁，馆娃宫女，要换舞时衣。

四张机。咿哑声里暗颦眉。回梭织朵垂莲子，盘花易绾，愁心难整，脉脉乱如丝。

五张机。横纹织就沈郎诗。中心一句无人会，不言愁恨，不言憔悴，只凭寄相思。

六张机。行行都是耍花儿。花间更有双蝴蝶，停梭一晌，闲窗影里，独自看多时。

七张机。鸳鸯织就又迟疑。只恐被人轻裁剪，分飞两处，一场离恨，何计再相随。

八张机。回纹知是阿谁诗。织成一片凄凉意，行行读遍，厌厌无语，不忍更寻思。

九张机。双花双叶又双枝。薄情自古多离别，从头到底，将心萦系，寄过一条丝。

（以上十八首见《乐府雅词》卷上。据《全宋词》第 3649～3651 页。又据《词谱》卷四〇校律。）

〔7〕《道宫薄媚》：原载曾慥编《乐府雅词》，王国维《唐宋大曲考》《戏曲考原》《宋元戏曲考》均曾引用，文繁不录。

〔8〕《弦索西厢》：即《西厢记诸宫调》，金代董解元作。

〔9〕荜路：荜路蓝缕，语出《左传·宣公十二年》："荜路蓝缕，以启山林。"后世用以形容创业之艰辛。

〔10〕曾氏：曾慥，字端伯，自号至游子，晋江（今福建）人。南宋词人。有《皇宋诗选》《乐府雅词》诸书。

〔11〕汪彦章：汪藻（1079—1154），字彦章，饶州德兴（今江西德兴）人。南宋词人。

〔12〕徐师川：徐俯，字师川，洪州分宁（今江西修水）人。黄庭坚之甥。南宋词人。

〔13〕《书录解题》：即《直斋书录解题》，南宋陈振孙撰。

【译文】

毛奇龄（西河）《西河词话》说：赵令畤（德麟）作商调鼓子词，谱写西厢传奇故事，堪称杂剧的开山祖师。但是，曾慥《乐府雅词》卷首所载秦观（少游）、晁补之、郑仅（彦能）所作《调笑转踏》，开头有教坊致语，末了放出小儿队，每调之前有口号诗，却颇具曲本的体例。无名氏《九张机》也是如此。至于董颖《道宫薄媚》大曲，咏写西子故事，共十曲，平仄通押，已是套曲。这类作品可以与《弦索西厢》一起，共同称为曲家的开先。曾慥将它们列在《乐府雅词》卷首，正是为了与词相区别。董颖字仲达，绍兴初人，曾师事汪藻（彦章）、徐俯（师川），汪藻（彦章）为他作《字说》。事见《直斋书录解题》。

九 致语与放队

宋人遇令节、朝贺、宴会、落成等事，有"致语"一种。宋子京、欧阳永叔、苏子瞻、陈师道皆有之。《啸馀谱》列之于词曲之间。其式：先"教坊致语"（四六文），次"口号"（诗），次"勾合曲"（四六文），次"勾小儿队"（四六文），次"队名"（诗二句），次"问小儿"、"小儿致语"，次"勾杂剧"（皆四六文），次"放队"（或诗或四六文）。若有女弟子队，则勾女弟子队如前。其所歌之词曲与所演之剧，则自伶人定之。少游、补之之《调笑》乃并为之作词。元人杂剧乃以曲代之，曲子楔子、科白、上下场诗，犹是致语、口号、勾队、放队之遗也。此程明善《啸馀谱》所以列致语于词曲之间者也。

【题解】

宋人集子中有致语口号等韵文样式，这是为令节、朝贺、宴会、落成等事而作的。在搬演过程中，致语、口号在前，为排场之始。致语一般为四六文，口号可作近体诗。致语、口号的职责在叙说此日之乐，如今日之报幕也。口号既毕，而后勾合曲，也为四六文。所谓"勾"者，勾出之也。既奏勾合曲，而后教坊合乐。

乐毕，勾小儿队（四六文）。小儿入队。而后演其队名（诗二句），且问其入队之来意（问小儿），故小儿又致语。既讫事，始勾杂剧（皆四六文）。杂剧出而无所不有，科诨戏谑，寓讽寓谏，皆教坊立之。及终，则放小儿队（或诗或四六文），即放队，谓放之使还而乐终也。如果所勾为女童队，就从头搬演一遍（详参苏轼《帖子词口号》六十五首之王文诰按语。《苏轼诗集》卷四十六。中华书局，1982年2月第1版）。这种搬演形式为后来的元杂剧提供了借鉴。王国维《戏曲考原》对前后的继承关系，所考甚为周详。

【注释】

〔1〕程明善：字若水，歙县（今属安徽黄山市）人。明天启（1621—1627）中监生。著《啸馀谱》十卷。其书总载诗曲之式，以歌之源出于啸，故名曰啸馀。首列啸旨、声音度数、律吕、乐府原题一卷。次诗馀谱三卷、致语附焉。次北曲谱一卷，《中原音韵》及务头一卷。次南曲谱三卷，《中州音谱》及《切韵》一卷。此书以通俗便用，故流传至今，并非善本（详参《四库全书总目提要·啸馀谱提要》）。

【译文】

宋人遇到节日、朝贺仪式、宴会、落成典礼等事情，常以“致语”形式表示祝贺。宋祁（子京）、欧阳修（永叔）、苏轼（子瞻）、陈师道（后山）集中都有致语。《啸馀谱》将它列于词曲之间。它的表现程式是：以四六文体先上教坊致语，先致辞，再是念口号（近体诗），报告今日节目。口号完毕，然后演奏勾合曲（四六文）。演奏完毕，勾出小儿队（四六文）。小儿入队，而后演其队名（诗二句），并问小儿队来意，而后小儿致语。致语完毕，始勾杂剧（都是四六文），放小儿队（有的是诗，有的是四六文），表示搬演结束。这里，如果所勾为女童，就引出女弟子队从头搬演一遍。在整个搬演过程所歌唱的词曲和所演出的杂剧，都是教坊伶人歌妓所确定的。秦观（少游）、晁补之的《调笑转踏》都配上长短句填词。元人杂剧则用曲代替词。曲中的楔子、科白、上下场诗，就好像是致语、口号、勾队、放队一样。这就是程明善的《啸馀谱》之所以将致语列在词与曲之间的缘故。

一〇　《尊前集》传刻经过

明顾梧芳刻《尊前集》二卷，自为之引。并云：明嘉禾顾梧芳编次。毛子晋《词苑英华》疑为梧芳所辑。朱竹垞跋称：吴下得吴宽手钞本，取顾本勘之，靡有不同，因定为宋初人编辑。《提要》两存其说。按《古今词话》云："赵崇祚《花间集》载温飞卿《菩萨蛮》甚多，合之吕鹏《尊前集》不下二十阕。"今考顾刻所载飞卿《菩萨蛮》五首，除"咏泪"一首外，皆《花间》所有，知顾刻虽非自编，亦非复吕鹏之旧矣。《提要》又云："张炎《乐府指迷》，虽云唐人有《尊前》《花间》集，然《乐府指迷》真出张炎与否，盖未可定。陈直斋《书录解题》'歌词类'以《花间集》为首，注曰'此近世倚声填词之祖'，而无《尊前集》之名。不应张炎见之而陈振孙不见。"然《书录解题》"阳春集"条下引高邮崔公度语曰：《尊前》《花间》往往谬其姓氏。"公度元（按：原误作"公"）祐间人，《宋史》有传。北宋固有，则此书不过直斋未见耳。又案：黄昇《花庵词选》李白《清平乐》下注云："翰林应制。"又云："案：唐吕鹏《遏云集》载应制词四首，以后二首无清逸气韵，疑非太白所作。"云云。今《尊前集》所载太白《清平乐》有五首，岂《尊前集》一名《遏云集》，而四首五首之不同，乃花庵所见之本略异欤？又，欧阳炯《花间集》谓："明皇朝有李太白应制《清平乐》四首。"则唐末时只有四首，岂末一首为梧芳所羼入，非吕鹏之旧欤？

【题解】

《尊前集》为宋初人编辑的唐五代词总集，辑者未详。全集辑录唐明皇（李隆基）至徐昌图三十六人词，二百六十首。此集宋时即与《花间集》并行。但因宋本不传，后世论者对于此集成书过程颇多争议。此则与王著《庚辛之间读书记》所述此集传刻经过皆甚为详尽，可供参考。

【注释】

〔1〕《提要》两存其说：《四库全书总目提要》"尊前集"条云："不著编辑者姓名。前有万历嘉兴顾梧芳序云：'余爱《花间集》，欲播传之，而余斯编第有类焉。'似即梧芳所辑。故毛晋亦谓梧芳采录名篇，厘为二卷。而朱彝尊跋，则谓于吴下得吴宽手钞本，取顾本勘之，词人之先后，乐章之次第，靡有不同，因定为宋初人编辑。考宋张炎《乐府指迷》曰：'粤自隋唐以来，声诗间为长短句，至唐人则有《尊前》《花间》集。'似乎此书与《花间集》皆为五代旧本。然《乐府指迷》一云沈伯时作，又云顾阿瑛作，其为真出张炎与否，盖未可定。又，陈振孙《书录解题》'歌词类'以《花间集》为首。注曰'此近世倚声填词之祖'，而无《尊前集》之名。不应张炎见之而陈振孙不见。彝尊定为宋本，亦未可尽凭。疑以传疑，无庸强指。且就词论词，原不失为《花间》之骖乘。玩其情采，足资沾溉，亦不必定求其人以实之也。"

〔2〕《古今词话》：见注释〔4〕王氏原注。

〔3〕欧阳炯：欧阳炯（896—971），益州华阳（今四川成都）人。五代词人。

〔4〕（总论传刻经过）王国维《庚辛之间读书记》《尊前集》条："《尊

前集》二卷，明刊本，题明嘉禾顾梧芳编次，东吴史叔成释。前有万历壬午梧芳自序，盖其自刊本也。梧芳序云：'余素爱《花间集》胜《草堂诗馀》，欲播传之。曩岁刻于吴兴茅氏，兼有附补，而余斯编第有类焉。'其意盖以为自编也。毛氏《词苑英华》重刊此本。跋曰：'雍熙间有集唐末五代词命名"家宴"，为其可以侑觞也。又有名《尊前集》者，殆亦类此，惜其本不传。嘉禾顾梧芳氏采录名篇，厘为二卷，仍其旧名。'云云。则毛氏亦以此为梧芳自编也。唯朱竹垞《曝书亭集》跋此本则云：'康熙辛酉冬，余留白下，有持吴文定公手钞本告售。书法精楷，卷首识以私印。取刊本勘之，词人之先后，乐章之次第，靡有不同。始知是集为宋初人编辑。'《四库总目》亦采其说，而颇以其名不见宋人书目为疑。余按：《碧鸡漫志》'清平乐'、'麦秀两歧'二条下，均引《尊前集》。《直斋书录解题》'阳春录'条下，引崔公度序云'《花间》《尊前》往往谬其姓氏'，则宋时固有此书矣。且《南唐二主词》为高、孝间人所辑，而《虞美人》以下八首，《蝶恋花》《菩萨蛮》二首，皆注见《尊前集》，今此本皆有之。惟阙《临江仙》一首（恐顾氏以有阙字删去——王氏原注），则南宋人所见之本与此本略同。至编次出何人手，不见记载。唯《历代诗馀》引《古今词话》云：'赵崇祚《花间集》载温飞卿《菩萨蛮》甚多，合之吕鹏《尊前集》不下二十阕（按：《古今词话》一为宋杨湜撰，一为国朝沈雄撰。杨书已佚，颇散见宋人书中。此系不知杨书或沈书，然当有所本——王氏原注），则以此集为吕鹏作。吕鹏亦罕见记载。黄昇《花庵词选》李白《清平乐》下注：'按唐吕鹏《遏云集》载应制词四首，后二首无清逸气韵，疑非太白所作。'今此本载太白应制《清平乐》有五首，则与吕鹏《遏云集》不合。又，欧阳炯《花间集序》云："明皇朝有李白应制《清平乐》四首。"则唐末宋初只有四首，末首自系后人羼入。然则此本虽非梧芳所编，亦非吕鹏之旧矣。此本前有'醲舫'朱文长印，即竹垞旧藏。而竹垞跋此书乃云不著编次人姓氏。殆作跋时未检原书，抑欲伸其宋初人编辑之说故没其事？不知明人所题编次纂辑等语全不足据。此本亦题东吴史叔成释，何尝释一字耶？拈出此事，可供目录家一粲也。"（据《海宁王静安先生遗书》第五册）

【译文】

　　明代顾梧芳刻《尊前集》二卷，有梧芳自序。称：明嘉禾顾梧芳编次。毛晋（子晋）刻《词苑英华》，怀疑此集为顾梧芳所编辑。朱彝尊（竹垞）跋此集称：我在江苏时，曾得到吴宽（匏庵）的手钞本，用它与顾本互勘，没有不相同的，因此断定此集为宋初人所编辑。《四库全书总目提要》两说并存。按《古今词话》说："赵崇祚《花间集》载温飞卿《菩萨蛮》多首，包括吕鹏《尊前集》所载，不下二十首。"今考顾刻本所载温庭筠（飞卿）《菩萨蛮》五首，除"咏泪"一首外，其馀《花间集》都有。由此可见，顾刻本虽然不是顾氏自己编辑的，但也不是吕鹏原来编辑的那个样子。《四库全书总目提要》又说："张炎《乐府指迷》，虽说唐人有《尊前集》《花间集》，但《乐府指迷》是否出自张炎，还不能确定。陈直斋（振孙）《直斋书录解题》'歌词类'将《花间集》列于首位，注明，这是近世倚声填词的开山祖，而不载《尊前集》名。不应当是张炎见到《尊前集》而陈振孙反倒未见到。"但是，《直斋书录解题》在"阳春集"条下引用高邮崔公度的话说："《尊前集》《花间集》经常把作者的姓氏弄错了。"公度为元祐年间（1086—1094）人士，《宋史》有传。那么，北宋已有《尊前集》，大概是这集子陈振孙（直斋）不曾经见罢了。又按：黄昇《花庵词选》于李白《清平乐》下注明"翰林应制"，又说"唐吕鹏《遏云集》载录应制词四首，因为后面二首缺乏清高俊逸的气度与风韵，怀疑不是李太白所作。"等等。而今本《尊前集》所录李白（太白）《清平乐》共五首，难道是因为《尊前集》又名《遏云集》吗？而四首与五首的区别，是不是就是花庵（黄昇）所见刻本不同呢？此外，欧阳炯《花间集序》称："唐明皇时期有李白（太白）应制的《清平乐》四首。"是不是唐代末期只有四首，而最后一首是梧芳羼入的呢？也就是说与吕鹏辑本不同。

一一　《古今词话》的来历

　　《提要》载："《古今词话》六卷，国朝沈雄纂。雄字偶僧，吴江人。是编所述上起于唐，下迄康熙中年。"然维见明嘉靖前白口本《笺注草堂诗馀》林外《洞仙歌》下引《古今词话》云："此词乃近时林外题于吴江垂虹亭。"（明刻《类编草堂诗馀》亦同）案：升庵《词品》云："林外字岂尘，有《洞仙歌》书于垂虹亭畔。作道装，不告姓名，饮醉而去。人疑为吕洞宾。传入宫中。孝宗笑曰：'"云崖洞天无锁。""锁"与"老"协韵，则"锁"音"扫"，乃闽音也。'侦问之，果闽人林外也。"（《齐东野语》所载亦略同）则《古今词话》宋时固有此书。岂雄窃此书而复益以近代事欤？又，《季沧苇书目》载《古今词话》十卷，而沈雄所纂只六卷，益证其非一书矣。

【题解】

　　沈雄《古今词话·凡例》称："词话者，旧有《古今词话》一书，撰述名氏久矣失传，又散见一二则于诸刻。兹仍旧名，而断自六朝，分为四种。据旧辑及新钞者，前后登之。一见制词之原委，一见命调之异同。僭为纂述，以鸣一时之盛。"（据《词话丛编》

本）可见，此书并非沈氏之首创，但原辑录者何人，尚未可考。此则以《笺注草堂诗馀》所录林外《洞仙歌》一词注文，证实宋时已有《古今词话》一书。王氏所说与沈雄"凡例"基本相合。

【注释】

〔1〕林外《洞仙歌》：外字岂尘，福建晋江人。绍兴三十年（1160）进士，官兴化令。有《懒窟类稿》，不传。《全宋词》录其《洞仙歌》一首云："飞梁压水，虹影澄清晓。橘里渔村半烟草。今来古往，物是人非，天地里，惟有江山不老。　　雨巾风帽。四海谁知我。一剑横空几番过。按玉龙、嘶未断，月冷波寒，归去也、林屋洞天无锁。认云屏烟障是吾庐，任满地苍苔，年年不扫。"（据《全宋词》第1767页）

〔2〕升庵：杨慎（1488—1559），字用修，号升庵，新都（今属四川）人。明代文学家。

〔3〕吕洞宾：吕洞宾（798—？）民间传说中的八仙之一。名喦（一作岩），号纯阳子，相传为唐京兆人，一作河中府（今山西永济市）人。科举落第，自称回道人。胡仔《苕溪渔隐丛话》（前集卷五十八）云：《洞仙歌》，"人亦为吕仙作"。

〔4〕《季沧苇书目》：季振宜撰。振宜，字诜兮，号沧苇，清代藏书家。

【译文】

《四库全书总目提要》载："《古今词话》六卷，国朝沈雄编纂。雄字偶僧，吴江人。此书所记述，上起自于唐，下至于康熙中期。"但我看到嘉靖前所传白口本《笺注草堂诗馀》，其中林外《洞仙歌》一词注文，曾引用《古今词话》语，并称："这是近时林外题在吴江垂虹亭上的一首词。"（明刻本《类编草堂诗馀》也有此注文）据杨慎（升庵）《词品》称："林外字岂尘，有《洞仙歌》一词题于垂虹亭。林氏以道家打扮，不露姓名，酒醉后离去。人们怀疑是吕洞宾。这首词传入宫中，孝宗（赵眘）笑着说：'"云崖洞天无锁"。"锁"字与"老"字韵部不同而互相取协，就是将"锁"读作"扫"，这是闽人方音。'经过询查，林外果然是福建人。"（《齐东野语》所记载的也大致相同）由此可见，《古今词话》一书宋时已有，是不是沈雄窃取古书而添加上近代的事实呢？而且，季振宜所撰《季沧苇书目》著录《古今词话》十卷，而沈雄所纂只有六卷（实为八卷），更加可证实二者并非同一部书。

一二　善创与善因

楚辞之体，非屈子所创也。《沧浪》《凤兮》之歌已与《三百篇》异，然至屈子而最工。五七律始于齐、梁而盛于唐。词源于唐而大成于北宋。故最工之文学，非徒善创，亦且善因。

【题解】

文学史上，各种文学样式都有个创新及继承的发展演变过程。既要看到各种文体在兴盛时期的成就，又不能忽视其渊源之所自。例如楚辞，发展至屈原已是登峰造极，但楚辞之体，却并非屈原之首创。五七言律绝，创始于齐梁而大盛于唐。长短句填词起源于唐而大成于北宋。各种文体之所以能够发展演变成为"一代之文学"，不仅要善于创新，要有好的开端，而且还要善于继承，包括变革。这是符合各种文体的发展规律的。叶燮论诗，也曾阐述过创新及继承的关系。他在《原诗》卷二中说："夫惟前者启之，而后者承之而益之；前者创之，而后者因之而广大之。……诗自三百篇以至于今，此中终始相承相成之故，乃豁然明矣。岂可以臆画而妄断者哉。"（据《清诗话》下册，上海古籍出版社，1978 年 9 月新 1 版）此说可供参考。

【注释】

〔1〕屈子：屈原。详删稿三九则注释。

〔2〕《沧浪》歌：见《孟子·离娄》。见删稿三九则注释。

〔3〕《凤兮》歌：见《论语·微子》。见删稿三九则注释。

【译文】

　　楚辞这一文学样式，并非屈原首创。在他之前的《沧浪》歌及《凤兮》歌，已经与三百篇不同，但这种文学样式至屈原时发展得最为完备。五七言律绝创造于齐、梁时期而兴盛于唐朝。长短句填词起源于唐朝，到了北宋才发展成为一代之胜。所以，最完善的文学样式，不仅要善于创造，而且要善于继承。

一三　淫词、鄙词与游词

金朗甫作《词选后序》，分词为"淫词""鄙词""游词"三种。词之弊尽是矣。五代北宋之词，其失也淫。辛、刘之词，其失也鄙。姜、张之词，其失也游。

【题解】

金应珪将淫词、鄙词与游词看作是"近世为词"的三大弊病。王国维以此类推，以为五代、两宋人填词，同样也有这三种弊病。但如何判断这三种弊病，王国维似不仅仅看其表面现象，而且颇能看其实质。例如，所谓淫词，王氏并不只是看它是否作艳语，如果作艳语而有品格，也还是予以肯定的；王氏所反对的是作"儇薄语"，感情不真实。王国维曾说：淫词与鄙词之病，非淫与鄙之病，而游词之病也（本编六二则）。王国维认为：淫词与鄙词之所以可厌恶，就因为其并非"热心为之"（删稿四九则），因为其失真。因此，所谓淫词、鄙词与游词，其要害就在一个"假"字。

【注释】

〔1〕金应珪《词选后序》云："近世为词，厥有三蔽：义非宋玉，而独赋蓬发；谏谢淳于，而唯陈履舄。揣摩床笫，污秽中冓，是谓淫词，其蔽一也。猛起奋末，分言析字，诙嘲则俳优之末流，叫啸则市侩之盛气，此犹巴人振喉以和阳春，龟蜾怒嗌以调疏越，是谓鄙词，其蔽二也。规模物

类，依托歌舞，哀乐不衷其性，虑叹无与乎情，连章累篇，义不出乎花鸟，感物指事，理不外乎酬应，虽既雅而不艳，斯有句而无章，是谓游词，其蔽三也。"（据《词选》，中华书局，1957 年 8 月北京第 1 版）

【译文】

金朗甫（应珪）《词选后序》将词分作"淫词""鄙词"与"游词"三种。词的弊病全在这三者当中。五代、北宋时期的词，它们的弊病是过于淫荡。辛弃疾、刘过的词，它们的弊病是过于粗鄙。姜夔、张炎的词，它们的弊病是言不由衷。

一四　王国维自论其词

余之于词，虽所作尚不及百阕，然自南宋以后，除一二人外，尚未有能及余者，则平日之所自信也。虽比之五代、北宋之大词人，余愧有所不如，然此等词人，亦未始无不及余之处。

【题解】

王国维传词不多，《观堂集林》卷二十四（《海宁王静安先生遗书》第四册）录其长短句二十三首，《苕华词》（又名《人间词》）存词九十二首，计百十五首，但他自视甚高，以为可以与五代、北宋之大词人相提并论。在词史上，王国维究竟应当占有怎样的地位，尚须进行全面研究，才能得出较为切合实际的结论。这里，只能从某个侧面加以探讨。一般说来，词体初兴，主要为合乐应歌，多数为代言体。当创作队伍逐渐文人化之后，词与诗一样，同样被用作言情、述志的工具，其功用，已不仅仅是为妓女立言。于是，诗骚中的传统，香草美人，比兴、寄托，也就全套搬入词中。从早期的文人词，直到近代人所作词，莫不如此。但是，王国维所作却有所不同。王国维似乎已经意识到，诗骚传统代代相传，已经简单化和庸俗化，使词的创作与研究不断产生弊病：诸如深文罗织、无限上纲等等，所谓"见仁""见智"，都是曲解比兴寄托的结果。为此，王国维第一个将西方哲理引入词中，以象征方法论词、填词，确实提出了某些惊人之论并创造出若干高人一筹的篇章来。他倡导"境界说"，要求创造"思边疆""意无穷"的境界，虽然植根于传统诗骚土壤，但他所运用的方法，即象征方法，却帮助他在一定程度上突破了传统的局限；他的某些词作品，题材虽然不出春花秋月、离别相思等范围，但其中注入了作者对于自然界变化以及社会人生变化所具有的一种"忧患意识"，却大大不同于一般伤春怨别词。简而言之，王国维在词中引进"象征主义"，善于将哲人之思与诗人之感融合为一，这确是前无古人的。王国维所说，古之大词人"亦未始无不及余之处"，所指大概就是他的这一新创造。对此，今日论词、读词，同样仍须予以充分的肯定。王国维自论其词的一段话，见《静庵文集续编·自序（二）》(《海宁王静安先生遗书》第五册)，诸本未载，谨补录于此，以供参考。

【注释】

〔1〕王国维自论其词的一段话，见《静庵文集续编·自序（二）》。据《海宁王静安先生遗书》第五册。诸本未载，谨补录于此，以供参考。

【译文】

我对于词，虽然所作还不上一百首，但是可以这么说：自从南宋以后，除了一两个人以外，还没有人能够比得上我。这是我平时所坚信不移的看法。我的词，和五代、北宋时期的大词人相比较，虽然还有某些自愧不如的地方，但是所谓大词人，他们也未尝没有不如我的地方。

附　录

人间词话选

　　余于七八年前，偶书词话数十则。今检旧稿，颇有可采者，摘录如下：

壹
　　词以境界为最上。有境界则自成高格，自有名句。五代北宋之词所以独绝者在此。

贰
　　言气格，言神韵，不如言境界。境界，本也。气格、神韵，末也。境界具，而二者随之矣。

叁
　　有造境，有写境。此理想与写实二派之所由分。然二者颇难区别。因大诗人所造之境，必合乎自然，所写之境，必邻于理想故也。

肆
　　境非独谓景物也，情感亦人心中之一境界。故能写真景物、真感情者，谓之有境界，否则谓之无境界。

伍
　　"红杏枝头春意闹"，著一"闹"字而境界全出。"云破月来花弄影"，著一"弄"字而境界全出矣。

陆

境界有大小，然不以是而分优劣。"细雨鱼儿出，微风燕子斜"，何遽不若"落日照大旗，马鸣风萧萧"。"宝帘闲挂小银钩"，何遽不若"雾失楼台，月迷津渡"也。

柒

《诗·蒹葭》一篇，最得风人深致。晏同叔之"昨夜西风凋碧树。独上高楼，望尽天涯路"意颇近之。但一洒落，一悲壮耳。

捌

"我瞻四方，蹙蹙靡所骋"。诗人之忧生也。"昨夜西风凋碧树。独上高楼，望尽天涯路"似之。"终日驰车走，不见所问津"。诗人之忧世也。"百草千花寒食路。香车系在谁家树"似之。

玖

成就一切事，罔不历三种境界："昨夜西风凋碧树。独上高楼，望尽天涯路"。此第一境也。"衣带渐宽终不悔。为伊消得人憔悴"。此第二境也。"众里寻他千百度。回头蓦见，那人正在，灯火阑珊处"。此第三境也。此等语均非大词人不能道，然遽以此意解诸词，恐为晏、欧诸公所不许也。

拾

太白词纯以气象胜。"西风残照，汉家陵阙"。寥寥八字，遂关千古登临之口。后世惟范文正之《渔家傲》、夏英公之《喜迁莺》，差堪继武，然气象已不逮矣。

拾壹

温飞卿之词，句秀也。韦端己之词，骨秀也。李后主之词，神秀也。词至李后主而境界始大，感慨遂深，遂变伶工之词而为士大夫之词。宋初晏、欧诸公，皆自此出，而花间一派微矣。

拾贰

冯正中词除《鹊踏枝》《菩萨蛮》数十阕最煊赫外，如《醉花间》之"高树鹊衔巢，斜月明寒草"，虽韦苏州之"流萤渡高阁"、孟襄阳之"疏雨滴梧桐"，不能过也。

拾叁

"画屏金鹧鸪"，飞卿语也，其词品似之。"弦上黄莺语"，端己语也，其词品亦似之。若正中词品欲于其词求之，则"和泪试严妆"殆近之欤？

拾肆

欧阳公《浣溪沙》词"绿杨楼外出秋千"。晁补之谓：只一"出"字便后人所不能道。余谓此本于正中《上行杯》词"柳外秋千出画墙"，但欧语尤工耳。

拾伍

少游词境最为凄婉。至"可堪孤馆闭春寒，杜鹃声里斜阳暮"，则变而凄厉矣。东坡赏其后二语，犹为皮相。

拾陆

东坡之词旷，稼轩之词豪。无二人之胸襟而学其词，犹东施之效捧心也。

拾柒

读东坡、稼轩词，须观其雅量高致，有伯夷、柳下惠之风。白石虽似蝉蜕尘埃，终不免局促辕下。

拾捌

昭明太子称陶渊明诗"跌宕昭彰，独超众类。抑扬爽朗，莫之与京"。王无功称薛收赋"韵趣高奇，词义晦远。嵯峨萧瑟，真不可言"。词中惜少此二种气象。前者东坡词近之，后者惟白石略得一二耳。

拾玖

白石写景之作，如"二十四桥仍在，波心荡、冷月无声"，"数峰清苦，商略黄昏雨"，"高树晚蝉，说西风消息"，虽格韵高绝，然如雾里看花，终隔一层。梅溪、梦窗诸家写景之作，其病皆在一"隔"字。北宋风流，过江遂绝，抑真有风会存乎其间耶？

贰拾

东坡、稼轩，词中之狂。白石，词中之狷。若梅溪、梦窗、草窗、玉田、西麓、竹山之词，则乡愿而已。

贰拾壹

问"隔"与"不隔"之别，曰："生年不满百，常怀千岁忧。昼短苦夜长，何不秉烛游。""服食求神仙，多为药所误。不如饮美酒，被服纨与素。"写情如此，方为不隔。"采菊东篱下，悠然见南山。山气日夕佳，飞鸟相与还。""天似穹庐，笼盖四野。天苍苍，野茫茫，风吹草低见牛羊。"写景如此，方为不隔。词亦如之。如欧阳公《少年游》咏春草云："阑干十二独凭春。晴碧远连云。千里万里，三月二月，行色苦愁人。"语语皆在目前，便是不隔。至换头云："谢家池上，江淹浦畔，吟魄与离魂。"使用故事，便不如前半精彩。然欧词前既实写，故至此不能不拓开，若通体如此，则成笑柄。南宋人词，则不免通体皆是"谢家池上"矣。

贰拾贰

国朝人词，余最爱宋直方《蝶恋花》"新样罗衣浑弃却，犹寻旧日春衫著”及谭复堂之“连理枝头侬与汝，千花百草从渠许”，以为最得风人之旨。

贰拾叁

近人词如复堂之深婉，彊村之隐秀，当在吾家半塘翁上。彊村学梦窗，而情味较梦窗反胜，盖有临川、庐陵之高华，而济以白石之疏越者。学人之词，斯为极则。然于古人自然神妙处，尚未梦见。《半塘丁稿》和冯正中《鹊踏枝》十阕，乃《鹜翁词》之最精者。“望远愁多休纵目”等阕，郁伊惝恍，令人不能为怀。“定稿”只存六阕，殊为未允。

后　叙

王国维与中国当代词学
——《人间词话》导读

王国维《人间词话》手订稿六十四则，最初刊行时间为 1908 年 11 月 13 日及 1909 年 1 月 11 日和 2 月 20 日（详本书《王国维治词业绩平议——〈人间词话〉前言》注①）。从这一时间算起，《人间词话》在学界流传，至今已有八十多年历史。八十多年来，凡是学诗词的人，几乎没有不知道《人间词话》的；这是人人案头必备之书。那么，今日读《人间词话》，究竟应当注意哪些问题呢？——这就是"导读"所要说明的内容。

本书前言在评述王国维治词业绩时，曾着重说了三个问题：

第一，关于境界说；

第二，关于两宋词优劣说；

第三，关于治词门径。

王国维说词，千头万绪，本书所录词话一五六则，似已涉及到词学领域的各个方面，但从总体上看，王氏所说基本上可用此三个问题加以概括。因此，本文只对此三个问题作些补充说明。

一、王国维著《人间词话》，倡导境界说，标志着中国新词学的开始

一般地说，自有词的作品问世，便有对于词作品的鉴赏、批评，或有关考订等工作，这一些就是所谓"词学"。中国有千年词史，因

而也有千年词学史。这是毫无疑问的。千年词学史,其发展演变可以王国维为分界线:王国维之前,词的批评标准是本色论,属于旧词学;王国维之后,推行境界说,以有无境界衡量作品高下,是为新词学。王国维在中国词学发展史上占有重要的地位。这是今日读《人间词话》应当注意的第一个问题。

二、境界说与本色论比较

以上我将王国维的境界说作为中国新词学的标志,对于中国词学所进行的新旧之分,其依据除了观念上的含义之外,更主要的还在于模式,即批评的标准与方法。具体地说,以本色论词,着重看其似与非似,不一定都要落到实处,诸如"上不类诗,下不入曲"等说法,实际并无明确界限,这和只重意会、不重言传的传统批评方法是完全一致的,所以为"旧";而境界说,不仅因其注入了西人哲思,而且只就境界而言,起码也有个空间范围在,所谓阔大深长、高下厚薄等等,似乎都可借助现代科学方法加以测定,所以为"新"。这是境界说与本色论的主要区别。以下说具体运用。

《人间词话》附录之二五则称:

> 温飞卿《菩萨蛮》:"雨后却斜阳,杏花零落香。"少游之"雨馀芳草斜阳,杏花零落(当作"乱")燕泥香",虽自此脱胎,而实有出蓝之妙。

这里所说的是两首词:温庭筠(飞卿)的《菩萨蛮》和秦观(少游)的《画堂春》。如果从本色论的批评标准看,所谓当行出色,这两首词的优与劣,是不易说清的。但是,如果从境界说的批评标准看,两首词则不难一比高下。以下是本书对于王氏这则词话的"题解":

> 少游《画堂春》有句"雨馀芳草斜阳,杏花零乱燕泥香",乃由温词"雨后却斜阳,杏花零落香"脱胎而出,王国维以为

有出蓝之妙。二者相对照，少游之不同于飞卿，不过是于飞卿
所造物境再加上"芳草"与"燕泥"二物而已。就字面上看，
二者实在难见高下优劣，但就全词所造意境看，少游添上二
物，效果就不一样。原来，温词所写只有"斜阳"及"杏花"，
一点明时令，一为眼前实景——零落之杏花，虽能与"无聊
独闭门"时之主人公之心境相映照，使得词中所写"物"与
"我"，境与意，互相切合，但其所造意境，其阔大、深长之程
度还是很有限的。少游在此基础之上，平添二物，"芳草"与
"斜阳"相接，显得无边无际；"杏花"与"燕泥"相合，更加
可惜可怜。于是，词中所谓"无限思量"，其内涵就更加丰富。
就两首词的意境看，少游确实高出一筹。

这是依据境界说的标准所进行的审美判断。我想，王国维的"出
蓝"之说，应该也着眼于此。

当然，以本色论词，并非完全落不到实处，也并非不能言传。
一千多年来，从宋、元间所出现的论词片段、词学专著，到明、清时
所出现的词谱、词韵专著以及大量词话、词评，其中大部分都以本色
论作为立论的依据。本文将境界说与本色论进行比较，目的并不在于
否定本色论，而是为了说明：境界说与本色论，各自体现着不同的批
评模式和方法；从某种意义上讲，境界说比本色论更加可感、更加切
实，因而也更加具有一定的可行性。这是王国维倡导境界说的历史功
绩，也是今日读《人间词话》所应当注意的第二个问题。

三、境界说的缺陷及其误人误世的表现

有关境界说的缺陷问题，本书前言曾指出：

> 王国维以境界说词，往往将思路引向词的外部，在词外求
> 取"解脱"办法。这一点，使王国维自觉不自觉地走向自己的
> 反面，在新的分道口上，与自己的对手会合。这就是说，王国

维倡导境界说，本意在纠正比兴说、寄托说所出现的偏向，结
果自己在某些问题上也不可避免地出现为填词诸公所不许的现
象，即难免牵强附会。

并指出：

王国维反对比兴说、寄托说，片面强调艺术上的"不隔"，
反对"隔"，对于传统艺术表现方法进行全面否定，这也是违
背艺术创作自身的发展规律的。

这是境界说本身的问题，即其批评标准和方法所存在的问题。此
外，还必须指出：

王国维的境界说仍然属于一般的诗歌批评理论，而并非
词的本体理论。境界说关于有无境界的标准以及创造境界的方
法等重要论述，只是涉及一般诗歌创作及批评的共同问题，对
于词所特有的问题，诸如词的入门途径、词的结构方法等有关
词体自身的问题，或者根本不曾涉及，或者已涉及而说了外行
话，仍然未能帮助解决词的有关个性问题。

这是我在另一篇文章——《词体结构论简说》（载台北《中国文哲
研究通讯》第三卷第二期，第 39～55 页。1993 年 6 月出版）中所
说的一段话，指的也是境界说本身的问题。以上为境界说的先天缺
陷，至其后天影响，亦即其误人误世的负面影响（详下文所述），
也是不可忽视的。因此，对于王国维创立新说，既要给予很高的评
价，进行充分肯定，又必须看到其不足之处。这是今日读《人间词
话》所应当注意的第三个问题。

四、王国维与中国当代词学

如上所述，王国维是中国新词学的开创者，因而，中国当代

词学也是从王国维开始的。王国维堪称为中国当代词学之父，他的《人间词话》堪称中国当代词学的奠基作品。八十多年来，王国维的学说对于中国当代词学的发展有着极为深远的影响。但是，在前四十馀年及后四十馀年这两个不同发展阶段，其影响之具体体现及实际效果，则有所不同。

大致说来，从清末民初至四十年代末期，为前一个四十馀年，这是中国当代词学发展的第一个阶段。在这一阶段，中国当代词学经历了新旧交替的过程以及多种发展道路的探索过程，已有初步的建树。

清末民初，词坛上以复旧势力占主导地位。晚清词坛代表人物——王鹏运、郑文焯、朱祖谋、况周颐及文廷式，其词业活动主要在这一时期。王、郑诸人的词业活动，标志着千年词业的终结，而其影响却未终结；王国维独当一面，大胆革新，为当代词业发展开辟了一条新路，稍后，新一代作者也陆续登上词坛，而王氏的影响，在此时尚未见实质性的效果。在清末民初，词坛新势力尚未能与传统势力相抗衡。

民国以后，随着"五四"新文化运动的兴起，中国词坛也产生了变化，主要是开始了多方探索。拙作《百年词通论》（载北京《文学评论》1989 年第 5 期，第 43～53 页，转 73 页。1989 年 9 月 15 日出版）曾将"五四"新文化运动至抗日战争时期的词业队伍划分为三派：解放派、尊体派、旧瓶新酒派。三派中，积极推行王国维学说的首先是解放派，其次是旧瓶新酒派，而尊体派，就总的趋势看，其所推尊的仍为传统的本色论。一方面，解放派首领胡适在尝试以白话文作新诗的同时，大力鼓吹用所谓新起的词体来作"新诗"，重内容、轻音律，将王国维"词以境界为最上"的论词宗旨进一步加以推广；另一方面，尊体派队伍庞大，词业活动相当活跃，对于传统词业各领域，包括词的创作、词学论述、词学考订等，均多所开拓，本色论的内容与表达方式，由此得到了极大的充实与完善。这是抗战以前的情况。至于旧瓶新酒派，那是抗战期间才出现的。这一派对于传统题材及传统表现方法，尤其是对于词的传统格式，既非采取推倒重来的做法，又非毫无保留地全盘接受，这是对以上两派的调和与折衷。当然，三派的划分并非绝对，三派中也有善于取长补短的词家和词论家，不能一概而论。三派的建树，共同为中国当代词学建设奠定了坚实的基业。

可见，在第一个阶段，《人间词话》的影响，主要体现在对于处理内容与形式的矛盾这一问题上，牵涉面不很广，追随者也甚寥寥；只有到第二阶段，《人间词话》才在中国当代词学史上产生出人意料之外的影响。

五十年代至今，为后一个四十馀年，这是中国当代词学发展的第二个阶段。在这一阶段，《人间词话》曾产生过左右全局的作用。这里所说，主要指大陆词界。五十年代开始，中国词学颇有振兴之势。原来的三派——解放派、尊体派、旧瓶新酒派，跃跃欲试，都想在广阔天地里大显身手。但不久，毛泽东《关于诗的一封信》公开发表，词界三派就只剩下一派半——解放派和部分旧瓶新酒派，词业活动被限定在极为有限的空间里进行。即：只能在批判继承方针指导下进行评赏。而此时所用的评赏武器——风格论，便是由王国维的境界说演化而来的。

二十年代，胡适编撰《词选》，鼓吹词史上的解放派，其论词标准是作者的天才与情感，而其具体批评方法则看如何处理意境与音律的关系。胡适赞扬苏、辛，贬斥史达祖、吴文英、张炎等人，以为有意境的词可不管音律，这都是从王国维的境界说引申出来的。三十年代，胡云翼著《中国词史略》和《中国词史大纲》，将苏轼以前及以后的词分为女性的词及男性的词两种，并将词风分为凄婉绰约与豪放悲壮二类。这是胡适理论的进一步发挥及明确化。至此，中国当代词学史上的境界说正式演化为风格论。不过，在前四十馀年，胡适、胡云翼的理论推衍，并不引人注目，倒是五十年代以后，尊体派抬不起头来，解放派得势，胡适追随者才在大陆大量涌现。六十年代，胡云翼编辑《宋词选》，将宋词作家分为二派——以苏轼、辛弃疾为首的豪放派和以晏、欧及周、姜等人为首的婉约派，这就是中国当代词学史上所出现的豪放、婉约"二分法"。这种"二分法",将风格论推向极端,但却风行一时,成为一种固定的批评模式。因此,词界产生了重豪放而轻婉约、重思想而轻艺术、以政治鉴定代替艺术评判的偏向。这一偏向的产生,虽不能完全归咎于王国维的境界说,但与王氏论词忽略词体本身的问题,却颇有关联。这就是上文所说的负面影响。"文革"后的再评价,反其道而行之,而批评模式仍旧也还是胡适、胡云翼的风格论。这说明,在第二个阶段,《人间词话》之经过发扬光大,已占居词坛的领导地位。这当是中国当代词学史上的一大"奇迹"。——这是问题的一个方面。另一方面,在这一阶段,还是有一批不愿随风倒的词家、词论家,坚持词的本体理论研究,为词学基本建设做了大量工作。因本文不拟对此进行全面评述,就不多说。总而言之,在第二个阶段,《人间词话》的负面影响是比较明显的。

七十年代末至八十年代后,中国词界产生了大量新人新作,有关风格论这一批评模式也在一定程度上得到了改造,词界呈现出蓬勃发展的新局面。这期间,有两位冲锋陷阵的猛将值得一提:一位是叶嘉莹教授,跨洋过海而来,重新标举王国维的境界说,感发联想,赋予风格论以新的内容,并引进西方文论(诠释学、符号学),对于大陆词学研究起了一定推动作用;一位是业师吴世昌教授,知难而进,坚决反对以豪放、婉约"二分法"论词,对于独立思考、进行别开生面的研究工作,起了一定的启发作用。近几年来,某些研究者致力于词的艺术世界的探讨,并重视批评模式的思考,已有若干新的著述问世,就总的发展趋势看,突破王国维的学说,超越《人间词话》,并不是一件遥远的事情。

大陆以外,北美、台湾两大词学重镇,也值得称述。北美词家、词论家,生活在西方社会,颇以为"天之骄子"而自豪,近二十几年来,硕果累累,而其中有关词体结构及研究方法的著述,更加处于国际领先地位。这是中国当代词学的发展助力。台湾词家、词论家,利用其雄厚的财力,加紧进行词学基本建设,并且有部署地开展全面研究工作,具有很大的吸引力量。这是中国当代词学的一个重要组成部分。此外，日本人的求实精神，用在词学上，其成绩也相当可观。至于港澳地区，虽尚未形成重镇，但其潜在力量的发展，将不可估量。我相信，当中国当代词学进入其第三个发展阶段时，王国维所开创的中国新词学将出现更加辉煌的业绩。这是今日读《人间词话》所当注意的第四个问题。

我的这部《人间词话译注》写成于 1988 年 9 月。1990 年 4 月，由南宁广西教育出版社印行初版，1991 年 5 月，由台北贯雅文化事业有限公司印行新版。今征得贯雅文化事业有限公司负责人同意，由香港学津出版社印行香港版。在此对于广西教育出版社及贯雅文化事业有限公司的热情支持，表示衷心感谢，并盼读者对本书多予批评指正。

施议对
1993 年 8 月 26 日于香江之敏求居

（此文原载 1994 年 8 月 19 日及 26 日香港《大公报》艺林副刊。）

台湾版《文心雕龙》《诗品》《人间词话》
三书译注本合序

南北朝齐梁时期刘勰的《文心雕龙》、钟嵘的《诗品》以及清朝末年王国维的《人间词话》，这是中国文学批评史上三部具有划时代意义的文学理论名著。

刘勰的《文心雕龙》，"笼罩群言"、"体大而虑周"（章学诚语，据《文史通义·内篇诗话》）代表着齐梁时期文学理论思维的最高成就。钟嵘的《诗品》，历溯渊源，"思深而意远"，向来被尊为品诗之祖、"诗话之源"（同上）。在规模、体制上，王国维的《人间词话》，尽管不及《文心雕龙》、《诗品》那样周全、严谨，但著者将西方思想精粹引入词论，却同样引人注目。如果说《文心雕龙》和《诗品》，其主要功绩在于集论文、论诗之大成，那么应该说，王国维的《人间词话》则在于另辟蹊径。前者侧重于继承，而后者则侧重于创新。三部名著立论的文化背景以及批评标准和思维模式是有较大区别的。经过长期摸索，对其得失利弊，学界已有定论。但是，将三部名著摆在一起，将它们看作是全部中国文学批评史系列的三个重要环节，进行比较研究，却仍有许多问题需要探讨。广西教育出版社将这三部名著的译注本作为《中国古典文学理论名著译注丛书》之一，推向学界，这是很有益处的。

据我所知，广西的这一工作是从七十年代末、八十年代初开始的。《文心雕龙》、《诗品》和《人间词话》三书译注，得到了学界前辈的热情支持和帮助。就近代研究情况看，这三部名著虽然已有多种注本或校释本行世，评论文章不可计数，但是将这三部名著逐篇逐条（则）加以注释、翻译，并以题解形式进行评判，这在学界可能还是个首倡之举。两岸隔绝已久，不明对岸情景，也许失言，而内地情况即如此。三书译注，既倾注了老一辈学者的心血，也体现了新一代研究者的理解与思考。当然，这其中难免较多地包含着内地学者独特的思维习惯，但两岸的"根"是连在一起的，这种不同的习惯，也许更加能够启发智慧。

今承"贯雅"（台北贯雅文化事业有限公司）主人林惠珍小姐之雅意，刘勰《文心雕龙》、钟嵘《诗品》、王国维《人间词话》，这三部文学理论名著的译注本即将与对岸读者见面，作为这三部名著的译注者之一，我感到十分高兴，因不惮谫陋，说了以上这些话，希望与对岸读者，在更加频繁的交流中，获得更多的"共识"。

施议对
1990 年 4 月 4 日
于中国社会科学院文学研究所

王国维治词业绩平议

——《人间词话译注》前言

王国维，初名国桢，字静安，亦字伯隅，号观堂，又号永观，浙江海宁人。1877 年（清光绪三年）12 月 3 日生，1927 年 6 月 2 日自沉于北京颐和园之昆明湖而死，享年五十。在其短短的一生中，对于学术、文化的诸多领域乃至整个社会人生进行了广泛的探讨，著作六十馀种，而填词与论词，则仅仅在其三十岁前后，花费二三年功夫。据称，王国维乃于治哲学之暇，兼以填词自遣。二十九岁至三十岁刊行《人间词》甲稿，三十一岁刊行《人间词》乙稿，共存词百馀首。三十至三十二岁发表《人间词话》[1]。此后，王国维就转而专治宋元明通俗文学了。但是，王国维治词颇为自信。曾说："余之于词，虽所作尚不及百阕，然自南宋以后，除一二人外，尚未有能及余者，则平日所自信也。虽比之五代、北宋之大词人，余愧有所不如，然此等词人，亦未始无不及余之处。"（补录第一四则）并说："严沧浪诗话谓：'盛唐诸公唯在兴趣。羚羊挂角，无迹可求。故其妙处，透彻玲珑，不可凑拍。如空中之音、相中之色、水中之影、镜中之象，言有尽而意无穷。'余谓：北宋以前之

---

[1] 《人间词话》手订稿六十四则，最初发表于邓枚秋（实）主编之《国粹学报》，分三期连载。自第一则至第二十一则载 1908 年 11 月 13 日出版的该刊第 47 期；自第二十二则至第三十九则载 1909 年 1 月 11 日出版的该刊第 49 期；自第四十则至第六十四则载 1909 年 2 月 20 日出版的该刊第 50 期。赵万里《王静安先生年谱》谓此稿写定于宣统二年（1910），显系误记。据陈鸿祥《〈人间词话〉三考》。（姚柯夫编《〈人间词话〉及评论汇编》，书目文献出版社，1983 年 12 月北京第 1 版）

词，亦复如是。然沧浪所谓兴趣，阮亭所谓神韵，犹不过道其面目，不若鄙人拈出'境界'二字，为探其本也。"（本编第九则）

对于王国维的治词业绩，尤其是词论，八十年来，学界不断展开讨论。至今，有关《人间词话》的注本已有五种：（一）靳德峻注本《人间词话笺证》（北京文化学社，1928 年印行。四川人民出版社 1981 年出版《人间词话》，除靳氏原笺外，尚有蒲菁补笺）。（二）许文雨注本《人间词话讲疏》（南京正中书局，1937 年印行。成都古籍书店 1983 年将许氏《诗品讲疏》及《人间词话讲疏》合为一册印行，并将徐调孚所辑《人间词话补遗》收为附录）。（三）徐调孚注本《校注人间词话》（上海开明书店，1940 年第 1版，1947 年增补重印。1955 年 3 月，北京中华书局用 1947 年上海开明书店原版重印）。（四）徐调孚注、王幼安校订本《蕙风词话·人间词话》，即通行本（人民文学出版社，1960 年 4 月北京第1 版）。（五）滕咸惠注本《人间词话新注》（齐鲁书社，1981 年 11月第 1 版，1986 年 8 月新 1 版）。此外，有关《人间词话》的研究文章，则难以计数。

八十年来，王国维的《人间词话》一直是热门课题。但是，如何对王国维词论中所提出的各种概念，包括境界说等进行科学的诠解，从而对其治词业绩给予恰如其分的评判，似乎还有进一步探讨的必要。本书为译注，并于每则词话前附题解，旨在对王国维的全部论词语录进行一番具体考察，帮助读者了解每则词话的实际内容并对与之相关的词学问题重新加以思考。这里，谨就译注过程中所涉及的三个问题，谈谈自己的看法。

第一，关于境界说。

境界说是王国维《人间词话》论词的理论核心，也是八十年来有关讨论的一个"热点"。但是，八十年来对于境界说的讨论，多数仅侧重于考证"境界"二字的来源以及探究其各种含义，颇有点"就事论事"的偏向。实际上，在《人间词话》中，所谓"境界"，是作为一种批评标准而提出的。诸如"词以境界为最上。有境界则自成高格，自有名句。五代北宋之词所以独绝者在此"（本编第一则）云云。十分明显，王国维对于词的评价，是以有无"境界"定优劣的。因此，探研境界说，似应当在"就事论事"的基础上，进一步将其放在诗歌批评史的发展过程中重新加以评判。

我国诗歌批评，历来注重教化、注重美刺。《诗大序》曰："上以风化下，下以风刺上，主文而谲谏，言之者无罪，闻之者足以戒。"教化（或风化）、美刺（或风刺）已成为我国的传统诗教。"诗三百"自汉代开始，即被奉为经典，《国风·关雎》一直被解释为对于后妃之德的赞颂。而传统诗教的批评标准是"比兴"二字。"比"与"兴"是手段，诸如"比者，比方于物也"，"兴者，托事于物"[1]云云。这就是民间歌谣的表现方法或日常语言的修饰方法。同时，"比"与"兴"也被看作是目的，诸如"比，见今之失，不敢斥言，取比类以言之。兴，见今之美，嫌于媚谀，取善事以喻劝之"[2]云云。这就是对于现实政治"失"与"美"的批评，也就是教化与美刺。以比兴论诗，将诗歌创作纳入封建统治阶级所谓"正得失""美教化"（《诗大序》）的轨道，这就是我国诗歌批评史上共同遵循的一条原则。

用"比兴"二字作为批评标准，即强调诗歌的社会功能，又强调诗歌的艺术特质，"比"与"兴"，至今仍然是诗歌创作的重要方法。但是，以比兴论诗，也有其流弊，即易于出现以政治鉴定替代艺术批评的偏向。我国诗歌批评史上所谓牵强附会、深文罗织等现象，就是这种流弊的具体体现。

我国诗歌批评史上所出现的兴趣说和神韵说，以为"诗有别材"，"诗有别趣"，应当注重其特殊的艺术功能，这对于以比兴论诗所出现的流弊，无疑有一定的纠偏作用。但是，随着我国封建统治的不断强化，诗歌批评中的比兴原则也随着遭到曲解，其流弊越来越明显。因此，所谓冤假错案，层出不穷，严重危害了诗歌的发展。这一偏向，在词学领域同样也未能免。

[1] 转引自《毛诗注疏》卷一，据《国学基本丛书》本。
[2] 转引自《毛诗注疏》卷一，据《国学基本丛书》本。

据载，鲖阳居士论苏轼《卜算子》云："缺月，刺明微也。漏断，暗时也。幽人，不得志也。独往来，无助也。惊鸿，贤人不安也。回头，爱君不忘也。无人省，君不察也。拣尽寒枝不肯栖，不偷安于高位也。寂寞沙洲冷，非所安也。此词与《考槃》诗极相似。"[1]"苏轼这首词，明明是一首自写寂寞之感的抒情作品，却被断章取义，支解成一首无限忠于君王的政治诗。这是词史上曲解比兴原则的一个范例。

清代常州派首领张惠言以"意内言外"之旨论词，倡导寄托说，完全继承鲖阳居士的衣钵。张氏提出："传曰：意内而言外谓之词。其缘情造端、兴于微言以相感动，极命风谣里巷、男女哀乐以道贤人君子幽约怨悱、不能自言之情，低徊要眇以喻其致。盖诗之比兴，变风之义，骚人之歌，则近之矣。然以其文小其声放者为之，或跌荡靡丽杂以昌狂俳优，然要其至者，莫不恻隐盱愉、感物而发，触类条鬯、各有所归，非苟为雕琢曼辞而已。"（《词选·目录叙》）张氏论词，所谓"兴于微言以相感动"，其目的就在于借用"风谣里巷、男女哀乐以道贤人君子幽约怨悱，不能自言之情"，即以比兴手段表达风骚旨趣，也就是寄托。因此，张氏论苏轼《卜算子》，照搬鲖阳居士语，论其他词人，亦如法炮制。如评温庭筠《菩萨蛮》（"小山重叠金明灭"）云："此感士不遇也。……'照花'四句，《离骚》初服之意。"（《词选》卷一）又评欧阳修《蝶恋花》（"庭院深深深几许"）云："庭院深深，闺中即以邃远也。楼高不见，哲王又不寤也。章台游冶，小人之径。雨横风狂，政令暴急也。乱红飞去，斥逐者非一人而已，殆为韩、范作乎？"（《词选》卷一）等等。此类论词方法，大都强作解人，将古人说得面目皆非。

王国维对于张惠言之流的论词法极为反感，在《人间词话》中，曾指出：

固哉，皋文之为词也！飞卿《菩萨蛮》、永叔《蝶恋花》、子

〔1〕 据张惠言《词选》卷一转引。中华书局，1957 年 8 月第 1 版。

瞻《卜算子》，皆兴到之作，有何命意？皆被皋文深文罗织。阮亭《花草蒙拾》谓："坡公命宫磨蝎，生前为王珪、舒亶辈所苦，身后又硬受此差排。"由今观之，受差排者，独一坡公已耶？

可见，王国维倡导境界说，除了因为兴趣说、神韵说未能道其本源之外，还另有一定的针对性，即：为了矫正以比兴论诗词所出现的任意差排古人的流弊。

王国维反对寄托说，反对以比兴论诗词。他主张以有无"境界"定优劣，将"境界"二字作为批评标准。具体地说，所谓有无"境界"，就是看其是否具有"言外之味，弦外之响"（本编第四二则），即"思无疆"，或"意无穷"。这就是成为第一流作者的一个重要标志。王国维认为：要创造"思无疆"或"意无穷"的境界，不是靠比兴，也不是靠寄托，而是靠一个"真"字以及能观、能写的本领。所谓"真"，王国维曾指出：

> 境非独谓景物也。喜怒哀乐，亦人心中之一境界。故能写真景物、真感情者，谓之有境界。否则谓之无境界。

"真"的内容，就是"真景物、真感情"。要做到这一点，王国维认为，一是要求少阅世，二是要求对于自然之物，即客观世界，"必遗其关系、限制之处"。例如李煜及纳兰性德，因其"生于深宫之中，长于妇人之手"，不多阅世，或因其"初入中原，未染汉人风气"，两人均"不失其赤子之心"，故能"以自然之眼观物，以自然之舌言情"。这是创造"思无疆"或"意无穷"境界的重要条件。至于能观、能写的本领，一是不用替代字，不用典，不用比兴，做到"不隔"即"语语如在目前"；二是尝试运用象征手法，增加景物与感情的深度与厚度。这是创造"思无疆"或"意无穷"境界的另一重要条件。

以上两个方面与传统批评标准中的比兴说与寄托说相比较，其不同之处在于：比兴说与寄托说强调"物"对于"我"的观照，而王国维则强调"我"对于"物"的体现,正如叔本华一样,认为"世界是我的表象"。二者的思维定式是截然不同的。因此,王国维之所谓"境界",是"我"所赋予的,是由"我"的智心出发,将其创造力传达给外在世界的意象。这就是说,所谓"境界"是人的灵魂的外在体现。

王国维在境界说中注入西方的哲理。他将诗歌与社会人生联系在一起,曰:

> "我瞻四方,蹙蹙靡所骋"。诗人之忧生也。"昨夜西风凋碧树。独上高楼,望尽天涯路"似之。"终日驰车走,不见所问津"。诗人之忧世也。"百草千花寒食路。香车系在谁家树"似之。

他并将诗歌与大事业、大学问联系在一起,曰:

> 古今之成大事业、大学问者,必经过三种之境界:"昨夜西风凋碧树。独上高楼,望尽天涯路"。此第一境也。"衣带渐宽终不悔,为伊消得人憔悴"。此第二境也。"众里寻他千百度。回头蓦见(当作"蓦然回首"),那人正(当作"却")在,灯火阑珊处"。此第三境也。此等语皆非大词人不能道。然遽以此意解释诸词,恐为晏、欧诸公所不许也。

王国维的境界说,帮助人们摆脱传统诗教的束缚,改变传统批评标准和方法,令人眼界大开。王国维境界说在中国诗歌批评史上的地位是应予充分肯定的。但是,王国维的境界说仍然有着严重的缺陷:王国维以境界说词,往往将思路引向词的外部,在词外求取"解脱"办法。这一点,使王国维自觉不自觉地走向自己的反面,在新的分道口上,与自己的对手会合。这就是说,王国维倡导境界说,本意在纠正比兴说、寄托说所出现的偏向,结果自己在某些问题上也不可避免地出现为填词诸公所不许的现象,即难免牵强附会。而且，王国维反对比兴说、寄托说，片面强调艺术上的"不隔"，反对"隔"，对于传统艺术表现方法进行全面否定，这也是违背艺术创作自身的发展规律的。因此，我认为，王国维的境界说仅是一般的艺术批评标准，尚未能成为词本身的本体理论。

第二，关于两宋词优劣说。

王国维论两宋词，重北宋而轻南宋。曾曰：

> 词家时代之说，盛于国初。竹垞谓：词至北宋而大，至南宋而深。后此词人，群奉其说。然其中亦非无具眼者。周保绪曰："南宋下不犯北宋拙率之病，高不到北宋浑涵之诣。"又曰："北宋词多就景叙情，故珠圆玉润，四照玲珑。至稼轩、白石，一变而为即事叙景，使深者反浅，曲者反直。"潘四农德舆曰："词滥觞于唐，畅于五代，而意格之闳深曲挚，则莫盛于北宋，犹诗之有盛唐。至南宋则稍衰矣。"刘融斋熙载曰："北宋词用密亦疏，用隐亦亮，用沉亦快，用细亦阔，用精亦浑。南宋只是掉转过来。"可知此事自有公论。虽止弇词颇浅薄，潘刘尤甚。然其推尊北宋，则与明季云间诸公，同一卓识也。

并曰：

> 予于词，五代喜李后主、冯正中而不喜《花间》。宋喜同叔、永叔、子瞻、少游而不喜美成。南宋只爱稼轩一人，而最恶梦窗、玉田。介存《词辨》所选词，颇多不当人意。而其论词则多独到之语。始知天下固有具眼人，非予一人之私见也。

具体地说，王国维论词主北宋，大致三个方面的原因：

（一）北宋词"有意境在"（附录二二则）。因为有意境，所以显得"真"，而且"有句"；而"南宋词人之有意境者，唯一稼轩"，其馀则既失其"真"，又"无句"。

王国维曾指出：

"昔为倡家女，今为荡子妇。荡子行不归，空床难独守"。"何不策高足，先据要路津？无为久贫（当作"守穷"）贱，辗轲长苦辛"。可谓淫鄙之尤。然无视为淫词、鄙词者，以其真也。五代北宋之大词人亦然。非无淫词，读之者但觉其亲切动人。非无鄙词，但觉其精力弥满。可知淫词与鄙词之病，非淫与鄙之病也，而游词之病也。"岂不尔思，室是远而"。而子曰："未之思也，夫何远之有？"恶其游也。

并指出：

唐五代北宋之词家，倡优也。南宋后之词家，俗子也。二者其失相等。但词人之词，宁失之倡优，不失之俗子。以俗子之可厌，较倡优为甚故也。

十分明显，王国维主北宋，就因为一个"真"字。同时，王国维曾指出：

朱子《清邃阁论诗》谓："古人诗中（原无"诗中"两字，依《朱子大全》增）有句，今人诗更无句，只是一直说将去。这般诗（原无"诗"字）一日作百首也得。"余谓北宋之词有句，南宋以后更无句。如玉田、草窗之词，所谓"一日作百首也得"者也。

"有句"与"无句"，这也是王国维论词有所偏好的一个依据。
（二）就表现方法看，王国维认为，北宋词重意境创造，意与境二者无有偏废，南宋词则惟文字之是务，"专事摹拟"，已是掉转过来，"使深者反浅，曲者反直"（王氏引周济语），因此，王国维对南宋词家曾多所贬斥。
署名樊志厚所作《人间词》甲稿序称：

　　君之于词，于五代喜李后主，于北宋喜永叔、子瞻、少游、美成，于南宋除稼轩、白石外，所嗜盖鲜矣。尤痛诋梦窗、玉田。谓梦窗砌字，玉田叠句。一雕琢，一敷衍。其病不同，而同归于浅薄。六百年来词之不振，实自此始。

　　（三）就文学发展观点看，王国维认为一切文体都有个"始盛终衰"的过程，就一种文体而论，"后不如前"的论断是不可移易的（详本编五四则）。所以，王国维看不起南宋词。

　　王国维曾历数南宋词的缺点，指出：

　　诗至唐中叶以后，殆为羔雁之具矣。故五代北宋之诗，佳者绝少，而词则为其极盛时代。即诗词兼擅如永叔、少游者，词胜于诗远甚。以其写之于诗者，不若写之于词者之真也。至南宋以后，词亦为羔雁之具，而词亦替矣。（《文学小言》十三此下有"除稼轩一人外"六字注）此亦文学升降之一关键也。

并指出：

　　南宋词人，白石有格而无情，剑南有气而乏韵。其堪与北宋人颉颃者，唯一幼安耳。近人祖南宋而祧北宋，以南宋之词可学，北宋不可学也。学南宋者，不祖白石，则祖梦窗，以白石、梦窗可学，幼安不可学也。学幼安者率祖其粗犷、滑稽，以其粗犷、滑稽处可学，佳处不可学也。幼安之佳处，在有性情，有意境。即以气象论，亦有"横素波、干青云"之概，宁后世龌龊小生所可拟耶？

王国维认为词至南宋，已沦为羔雁之具，丧失其艺术生命力，不可学也。

　　词史上，有关南北两宋词的争论，由来已久。王国维推崇北宋词，贬斥南宋词，其依据已如上述。除此以外，王国维之厚此薄彼，还是有一定针对性的。吴徵铸评《人间词话》称：

> 静安先生之严屏南宋，盖有其苦心。词自明代中衰以后，至清而复兴。清初朱（竹垞）厉（樊榭）倡浙派，重清虚骚雅而崇姜张。嘉庆时张皋文立常州派，以有寄托尊词体，而崇碧山。晚清王半塘、朱古微诸老，则又提倡梦窗，推为极则。有清一代词风，盖为南宋所笼罩也。卒之学姜张者，流于浮滑；学梦窗者，流于晦涩。晚近风气，注重声律，反以意境为次要。往往堆垛故实，装点字面，几于铜墙铁壁，密不通风。静安先生目击其弊，于是倡境界为主之说以廓清之，此乃对症发药之论也。[1]

可见，王国维有关两宋词优劣说与境界说一样，在诗歌批评史上，同样有着救弊补偏的作用。但是，王国维的论断，仍带有一定的片面性。南北两宋词相比，在传情造境以及性质特征、形式结构等方面，固然各异其趣，却未必尽如王国维所说："词之最工者，实推后主、正中、永叔、少游、美成，而后此诸公不与焉。"（删稿第三九则）王国维论两宋词，胸中是有成见的。因此，他对于南宋词人的褒与贬，难免有失当之处。而且，王国维的论断，仅仅是就词的外部特征进行比较，诸如"东坡之词旷，稼轩之词豪"（本编第四四则）；"读东坡、稼轩词，须观其雅量高致，有伯夷、柳下惠之风，白石虽似蝉蜕尘埃，然终不免局促辕下"（本编第四五则）；"美成词多作态，故不是大家气象，若同叔、永叔虽不作态，而一笑百媚生矣"（附录第二七则）等等。王国维所说都属于意境的外部表现，尚未及其内部结构。王国维有关两宋词优劣说，和胡适颂扬苏（轼）、辛（弃疾），批判周（邦彦）、吴（梦窗）的做法颇为相近，可以说王国维的论断为四十年来用豪放、婉约"二分法"论宋词开了先例。王国维的词论，既有新人耳目的一面，又有误人、误世的

---

[1] 据姚柯夫《〈人间词话〉及评论汇编》。

另一面，后世论者不可不引以为戒。

第三，关于治词门径。

王国维治词颇重门径，但他不主张"问涂碧山，历梦窗、稼轩以还清真之浑化"（周济《宋四家词选·目录序论》），也反对近人避难就易的做法（详本编第四三则）。

近人治词，避难就易，所谓祖南宋而祧北宋，与张惠言、周济所提示的途径基本一致。王国维认为，从碧山（王沂孙）、梦窗（吴文英）入门，或者仅仅是从自己以为"可学"的地方入门，必将坠入魔道，而无法得其"佳处"。这是不足取的。

王国维论词主"境界"，其所作词也在"境界"二字上下功夫。王国维指出：

> 原夫文学之所以有意境者，以其能观也。出于观我者，意馀于境。而出于观物者，境多于意。然非物无以见我，而观我之时，又自有我在。故二者常互相错综，能有所偏重，而不能有所偏废也。（《人间词》乙稿序）

可见王国维主张从"境界"（或意境）入手治词，主要功夫放在处理"我"与"物"的关系上，即观"我"与观"物"上。如何达到这一境界，王国维是经过一番认真的考察的。他从温（庭筠）、韦（庄）、正中（冯延巳）、珠玉（晏殊）、六一（欧阳修）、小山（晏幾道）、淮海（秦观）、美成（周邦彦）、稼轩（辛弃疾）以及梦窗（吴文英）、玉田（张炎）等人的创作实践中吸取经验教训，并参照纳兰侍卫（纳兰性德）、朱（彝尊）、陈（维崧）、项（鸿祚）、蒋（春霖）及乾嘉以后作者的具体做法，探索到自己的入门途径。这一入门途径就是：从境界（或意境）入手，以五代、北宋人为门径。

在署名樊志厚所作《人间词》乙稿序中，对于王国维的治词门径曾有如下一段描述：

> 静安之为词，真能以意境胜。夫古今人词之以意胜者，莫

若欧阳公。以境胜者，莫若秦少游。至意境两浑，则惟太白、后主、正中数人足以当之。静安之词，大抵意深于欧，而境次于秦。

乙稿序文并列举《浣溪沙》（"天末同云黯四垂"）、《蝶恋花》（"昨夜梦中多少恨"及"百尺朱楼临大道"）诸词，作为王氏探索入门途径、创造"意境两忘、物我一体"境界的例证。

十分明显，王国维治词乃"从顶頔上做来"（严羽《沧浪诗话·诗辨》），他将北宋大词人当作自己的对手，并努力超越他们。正如王国维自己所说，其所作词，比之五代、北宋之大词人，虽有所不如，但五代、北宋之大词人也有不如他的地方。所以，王国维认为，"自南宋以后，除一二人外，尚未有能及余者"。

综观《人间词》甲乙稿，可以这么说，王国维的探索基本上是成功的，在某些方面，确实超越前人。简而言之，王国维超越前人之处，亦即其成功之处，乃在于"真能以意境胜"。但其所谓"以意境胜"，似乎又侧重在"意"。所谓"意"，又似乎与历来作者所说的"意"有所不同。缪钺先生论王国维《人间词》曾指出："吾国古人诗词含政治与伦理之意味者多，而含哲学之意者少，此亦中西诗不同之点。……王静安以欧西哲理融入诗词，得良好之成绩，不啻为新诗试验开一康庄。"谓王氏能将欧西哲理（主要是叔本华哲理）融入诗词，别开境界。此类词作，除《人间词》乙稿序文中所列三篇外，缪钺先生并以另外两首词作为例证加以阐发。一为《浣溪沙》：

掩卷平生有百端。饱更忧患转冥顽。偶听啼鸦怨春残。　　坐觉无何消白日，更缘随例弄丹铅。闲愁无分况清欢。

这首词说自己想于"弄丹铅"（治考证）当中暂忘其生活之欲以求得自我解脱，又因"弄丹铅"（治考证）难为遣愁之方、忘忧之地，无法使自己从人生痛苦中解脱出来的心情。即：虽尽量压抑情感，渐至冥顽，但内心冲突更剧，更加痛苦。词作所立意，是关于人生之大事。对于人生的看法，王国维完全接受叔本华哲学影响。叔本华以为人生为痛苦，其解脱办法有久暂两种。暂时之解脱为艺术之欣赏，能暂忘其生活之欲。永久之解脱则为灭绝意欲，与佛道所谓寂灭者相近。这首词所说乃暂时之解脱。另有一首《蝶恋花》：

> 辛苦钱塘江上水。日日西流，日日趋东海。终古越山颅洞里。可能消得英雄气。　说与江潮应不至。潮落潮生，几换人间世。千载荒台麋鹿死。灵胥抱愤终何是。

缪钺先生指出：这首词开头数语托意颇深。"钱塘江水，日日西流，而日日东趋于海，可以象征冲突之苦。静安心中，盖隐寓此种痛苦，故见钱塘江而借以寄兴也。"这是以象征手法表现哲理，其内心冲突，可能是永久解脱的一种反映[1]。由此可见，王国维创造境界注重"意"，确能独擅胜场。

王国维治词能够独辟新境，对于近代词业如何在浙、常二派的范围之外求得新的发展提供了典范。而且，他的主张对于纠正近人治词所出现的弊病也起了一定的作用。所谓"入门须正，立志须高"（《沧浪诗话·诗辨》），王国维所指示的入门途径，乃属于"向上一路"。但是，王国维的经验并非人人都可适用，前人的主张也并非完全不可行，今之治词者，可不拘一格，多方探讨。

以上三个问题，从各个不同角度体现了王国维的治词业绩，三个问题贯穿全部《人间词话》。本文所述，仅供读此书者参考。

（此文原载沈阳《辽宁大学学报》1986 年第六期。）

---

〔1〕 此段参考缪钺《王静安与叔本华》。据《诗词散论》第 103～112 页。上海古籍出版社，1982 年 11 月上海第 1 版。

引用书目

壹

◆ **人间词话笺证**

近人王国维撰　靳德峻笺证　文化学社　1928 年北京版

◆ **人间词话**

近人王国维撰　靳德峻笺证　蒲菁补笺　四川人民出版社　1981
年 9 月成都第 1 版

◆ **人间词话讲疏**　二卷

近人王国维撰　许文雨注　成都古籍书店　1983 年 5 月成都第 1
版　据南京正中书店 1937 年许氏注本　新版与许氏《诗品讲疏》
合为一册印行并将徐调孚所辑《人间词话补遗》收为附录

◆ **校注人间词话**　上下二卷补遗一卷

近人王国维撰　徐调孚注　中华书局　1952 年 2 月北京第 1 版
据上海开明书店 1947 年原版重印

◆ **人间词话**　一卷删稿一卷附录一卷

近人王国维撰　徐调孚注　王幼安校订　人民文学出版
社　1960 年 4 月北京第 1 版　与《蕙风词话》合刊

◆ **人间词话新注**　二卷

近人王国维撰　滕咸惠注　齐鲁书社　1986 年 8 月济南新 1 版

◆《人间词话》及评论汇编
近人姚柯夫编　书目文献出版社　1983 年 12 月北京第 1 版

◆ 海宁王静安先生遗书　十六册
近人王国维撰　商务印书馆　1940 年上海版

◆ 王国维遗书　十六册
近人王国维撰　上海古籍书店　1983 年 9 月上海古籍书店据商
务印书馆 1940 年版影印版

◆ 苕华词　一卷
近人王国维撰　《海宁王静安先生遗书》第五册

◆ 王国维戏曲论文集
近人王国维撰　中国戏剧出版社　1957 年 11 月北京第 1 版

◆ 宋元戏曲考
近人王国维撰　中国戏剧出版社　1957 年北京版　《海宁王静安
先生遗书》第十五册

贰

◆ 战国策　三十三卷
汉高诱注　清同治八年　（1869）湖北崇文书局重刻剑川姚氏本

◆ 史记　一百三十卷
汉司马迁撰　中华书局　1959 年 9 月北京第 1 版

◆ 汉书　一百卷
汉班固撰　唐颜师古注　中华书局　1962 年 6 月北京第 1 版

◆ **三国志** 六十五卷
　　晋陈寿撰　南朝宋裴松之注　中华书局　1959 年 12 月北京第 1 版

◆ **宋书** 一百卷
　　南朝梁沈约撰　中华书局　1974 年 10 月北京第 1 版

◆ **南史** 八十卷
　　唐李延寿撰　中华书局　1975 年 6 月北京第 1 版

◆ **隋书** 八十五卷
　　唐魏徵、令狐德棻撰　中华书局　1973 年 8 月北京第 1 版

◆ **旧唐书** 二百卷
　　后晋刘昫等撰　中华书局　1975 年 5 月北京第 1 版

◆ **资治通鉴今注** 二百九十四卷
　　宋司马光撰　近人李宗侗、夏德仪等校注　台湾商务印书馆
　　1966 年 10 月台北初版

◆ **续资治通鉴** 二百一十二卷
　　清毕沅编著　标点《续资治通鉴》小组校点　中华书局　1957
　　年 8 月上海第 1 版

◆ **宋史** 四百九十六卷
　　元脱脱等撰　中华书局　1977 年 11 月北京第 1 版

叁

◆ **宋六十名家词** 六十一种八十九卷
　　明毛晋辑　清光绪十四年（1888）钱唐汪氏据汲古阁原本重校刊本

◆ **四印斋所刻词** 二十一种六十二卷
清王鹏运辑 清光绪十四年（1888）王氏家塾本

◆ **彊村丛书** 一百七十五种二百六十卷
近人朱祖谋辑 1922 年第三次校补本

◆ **唐五代二十一家词辑** 二十卷
近人王国维辑 《王忠悫公遗书》本

◆ **唐五代宋辽金元名家词集** 六十种
近人刘毓盘辑 北京大学排印本

◆ **校辑宋金元人词** 七十三卷
近人赵万里辑 民国二十年（1931）二月 国立中央研究院历史语言研究所印行

◆ **唐五代词**
近人张璋、黄畬辑 上海古籍出版社 1986 年 2 月上海第 1 版

◆ **全宋词** 五册
近人唐圭璋辑 中华书局 1965 年 6 月北京第 1 版

◆ **清名家词** 一百家
近人陈乃乾编辑 太平书局 1963 年 11 月香港版

肆

◆ **花间集** 十卷
后蜀赵崇祚辑 四印斋所刻词本

◆ **花间集评注** 十卷
后蜀赵崇祚辑　近人李冰若评注　开明书店　1935年上海版

◆ **花间集校** 十卷附录二
后蜀赵崇祚辑　近人李一氓校　人民文学出版社　1958年7月
北京第1版

◆ **尊前集** 一卷
宋初人辑　《彊村丛书》本

◆ **金奁集** 一卷
唐温庭筠、五代前蜀韦庄、后蜀欧阳炯、南唐张泌合集　《彊村
丛书》本

◆ **花庵词选** 二十卷
宋黄昇选　中华书局　1958年8月北京第1版

◆ **绝妙好词笺** 七卷续抄一卷附补余
宋周密原辑　清查为仁、厉鹗同笺　清余集续钞徐楙补录　上
海古籍出版社　1984年1月上海第1版

◆ **草堂诗馀** 四卷
南宋人编集　四印斋所刻词本

◆ **增修笺注妙选草堂诗馀** 二卷
南宋人编集　明人增修笺注　上海涵芬楼借杭州叶氏藏明刊本
影印

◆ **词综** 三十六卷
清朱彝尊编　上海古籍出版社　1978年12月上海第1版

◆ **词选** 二卷

清张惠言编 附录一卷 清郑善长选 《续词选》二卷 清董毅录清道光十年（1830）刊本

◆ **历代诗馀** 一百二十卷

清沈辰垣等编 影印清内府刊本

◆ **宋四家词选** 一卷

清周济编 古典文学出版社 1958 年上海版 商务印书馆香港分馆 1959 年 4 月港版

◆ **宋七家词选** 七卷

清戈载编 清光绪间曼陀罗华阁重刊本

◆ **艺蘅馆词选** 五卷

清梁令娴编 清光绪三十四年（1908）八月刊本

◆ **宋词三百首笺注**

近人上彊村民（朱祖谋）重编 唐圭璋笺注 中华书局股份有限公司 1961 年 2 月香港初版

◆ **词选**

近人胡适选注 商务印书馆 1927 年上海版

◆ **唐宋名家词选**

近人龙榆生编选 上海古籍出版社 1980 年 2 月上海新 1 版

◆ **宋词选**

近人胡云翼选注 中华书局 1962 年 2 月上海第 1 版

◆ **唐五代两宋词选释**

近人俞陛云选注　上海古籍出版社　1985 年 9 月上海第 1 版

◆ **清词选集评**

近人徐珂纂　中国书店据商务印书馆 1926 年版影印　1988 年 3 月北京第 1 版

伍

◆ **金荃词**　一卷

唐温庭筠撰　近人刘毓盘辑《唐五代宋辽金元名家词集》本

◆ **浣花词**　一卷

五代前蜀韦庄撰　《唐五代宋辽金元名家词集》本

◆ **阳春集**　一卷

南唐冯延巳撰　四印斋所刻词本

◆ **张子野词**　二卷补遗二卷

宋张先撰　《彊村丛书》本

◆ **乐章集**　三卷续添曲子一卷

宋柳永撰　《彊村丛书》本

◆ **珠玉词**　一卷

宋晏殊撰　《宋六十名家词》本

◆ **六一词**　一卷

宋欧阳修撰　《宋六十名家词》本

◆ **小山词**　一卷
宋晏幾道撰　《彊村丛书》本

◆ **东坡乐府**　二卷
宋苏轼撰　四印斋据元延祐年间刻本

◆ **东坡乐府笺**　三卷
宋苏轼撰　近人朱彊邨（朱祖谋）编年圈点龙沐勋（龙榆生）
校笺　商务印书馆　民国二十五年（1936）一月上海版

◆ **山谷琴趣外篇**　三卷
宋黄庭坚撰　《彊村丛书》本

◆ **淮海居士长短句**　三卷
宋秦观撰　《彊村丛书》本

◆ **片玉集**　十卷
宋周邦彦撰　宋陈元龙注　《彊村丛书》本

◆ **清真集**　二卷附集外词一卷
宋周邦彦撰　四印斋仿元巾箱本

◆ **漱玉词**　一卷补遗一卷附录一卷
宋李清照撰　四印斋所刻词本

◆ **稼轩词**　四卷
宋辛弃疾撰　涵芬楼影汲古阁钞本

◆ **稼轩长短句**　十二卷
宋辛弃疾撰　世界书局景元大德本　世界书局　1959 年 10 月台

北 1 版

◆ **姜白石词编年笺校**　五卷不编年一卷外编一卷
宋姜夔撰　近人夏承焘笺校辑著　上海古籍出版社　1981 年 5
月上海新 1 版

◆ **梅溪词**　一卷
宋史达祖撰　四印斋所刻词本

◆ **梦窗词**　四卷
宋吴文英撰　《宋六十名家词》本

◆ **山中白云**　八卷
宋张炎撰　《彊村丛书》本

◆ **衍波词**
清王士禛撰　《清名家词》本

◆ **通志堂词**
清纳兰性德撰　《清名家词》本

◆ **茗柯词**
清张惠言撰　《清名家词》本

◆ **立山词**
清张琦撰　《清名家词》本

◆ **水云楼词**
清蒋春霖撰　《清名家词》本

◆ **忆云词**
清项廷纪（鸿祚）撰 《清名家词》本

◆ **复堂词**
清谭献撰 《清名家词》本

◆ **半塘定稿**
清王鹏运撰 《清名家词》本

◆ **彊村语业**
清朱祖谋撰 《清名家词》本

◆ **蕙风词**
清况周颐撰 《清名家词》本

◆ **西厢记** 五本
元王实甫著 近人王季思校注 上海古籍出版社 1978 年 12 月
上海第 1 版

陆

◆ **词话丛编** 六十种
近人唐圭璋编 民国二十三年（1934）南京《词话丛编》社铅
印本 1986 年 1 月中华书局北京版增至八十五种

◆ **词源** 二卷
宋张炎撰 《词话丛编》本

◆ **乐府指迷** 一卷
宋沈义父撰 《词话丛编》本

◆ **乐府指迷笺释**
宋沈义父撰　近人蔡嵩云笺释　人民文学出版社　1963 年 9 月
北京版

◆ **词旨**　一卷
元陆辅之撰　《词话丛编》本

◆ **艺苑卮言**　一卷
明王世贞撰　《词话丛编》本

◆ **爰园词话**　一卷
明俞彦撰　《词话丛编》本

◆ **词品**　六卷拾遗一卷
明杨慎撰　《词话丛编》本

◆ **词苑丛谈**　十二卷
清徐釚撰　近人唐圭璋校注　上海古籍出版社　1981 年 4 月上
海第 1 版

◆ **窥词管见**　一卷
清李渔撰　《词话丛编》本

◆ **西河词话**　二卷
清毛奇龄撰　《词话丛编》本

◆ **古今词论**　一卷
清王又华撰　《词话丛编》本

◆ **远志斋词衷**　一卷
清邹祇谟撰　《词话丛编》本

◆ **花草蒙拾** 一卷
清王士禛撰 《词话丛编》本

◆ **皱水轩词筌** 一卷
清贺裳撰 《词话丛编》本

◆ **古今词话** 八卷
清沈雄撰 澄晖堂刊本

◆ **历代词话** 十卷
清王弈清等撰 《词话丛编》本

◆ **词综偶评** 一卷
清许昂霄撰 《词话丛编》本

◆ **介存斋论词杂著** 一卷
清周济撰 《词话丛编》本 北京人民文学出版社于 1959 年 10
月印行《介存斋论词杂著》《蒿庵论词》（冯煦）《复堂词话》合
刊本

◆ **莲子居词话** 四卷
清吴衡照撰 《词话丛编》本

◆ **赌棋山庄词话** 十二卷续词话五卷
清谢章铤撰 《词话丛编》本

◆ **蒿庵词话** 一卷
清冯煦撰 《词话丛编》本 人民文学出版社 1959 年 10 月北
京合刊本

◆ **白雨斋词话** 八卷
清陈廷焯撰 《词话丛编》本 人民文学出版社 1959 年 10 月北京第 1 版

◆ **复堂词话** 一卷
清谭献撰 《词话丛编》本 人民文学出版社 1959 年 10 月北京合刊本

◆ **李笠翁曲话**
明李渔撰 中国戏剧出版社 1959 年北京第 1 版

◆ **词律** 二十卷
清万树撰 清康熙刊本

◆ **词谱** 四十卷
清王奕清等撰 清康熙五十四年（1715）武英殿刻本

柒

◆ **先秦汉魏晋南北朝诗** 一百三十五卷
近人逯钦立辑校 中华书局 1983 年 9 月北京第 1 版

◆ **全汉三国晋南北朝诗** 五十四卷
近人丁福保编 中华书局 1959 年北京断句排印本

◆ **毛诗注疏** 三十卷
汉毛亨传 郑玄笺 唐孔颖达疏 《国学基本丛书》本

◆ **诗集传** 二十卷
宋朱熹集注 上海古籍出版社 1980 年 2 月上海新 1 版

◆ **楚辞集注**　八卷附辩证二卷后语六卷
宋朱熹集注　近人李庆甲校点　上海古籍出版社　1979 年 10 月
上海第 1 版

◆ **玉台新咏**　十卷
南朝陈徐陵编　《四部丛刊》本

◆ **乐府诗集**　一百卷
宋郭茂倩编撰　中华书局　1979 年 11 月北京第 1 版

◆ **全唐诗**　九百卷
清曹寅等编　中华书局　1960 年 4 月北京第 1 版

◆ **全唐诗**　十二函一百二十册
清曹寅等编　上海古籍出版社　1986 年 10 月上海第 1 版

◆ **敦煌歌辞总编**　三册七卷补遗一卷
近人任半塘辑校　上海古籍出版社　1987 年 12 月上海第 1 版

◆ **孟浩然集**　四卷
唐孟浩然撰　唐王士源编　《四部丛刊》本

◆ **苏轼诗集**　五十卷
宋苏轼撰　近人孔凡礼点校　中华书局　1982 年 2 月北京第 1 版

◆ **元遗山诗集笺注**　十四卷
金元好问撰　清施国祁笺注　《四部备要》本

◆ **吴梅村诗集笺注**　十二卷附录诗馀一卷诗话一卷
清吴梅村著　清程穆衡原笺、杨学沆补注　上海古籍出版

社　1983 年 12 月上海第 1 版

捌

◆ **文选**　六十卷附考异十卷
南北朝梁萧统编　唐李善注　商务印书馆香港分馆 1978 年 2 月据 1936 年 2 月初版重印

◆ **文选注**　六十卷附考异十卷
南北朝梁萧统编　唐李善注　北京中华书局 1977 年据胡克家翻刻宋尤袤本印行

◆ **玉海**　二百卷附辞学指南四卷
宋王应麟撰　清光绪九年（1883）浙江书局刊本

◆ **说郛**　一百卷
元陶宗仪编　涵芬楼排印本

◆ **礼记正义**　六十三卷序一卷论一卷
汉郑玄注　唐孔颖达疏　《十三经注疏》本

◆ **论语正义**　二十四卷
清刘宝楠撰　《诸子集成》本

◆ **孟子正义**　三十卷
清焦循撰　《诸子集成》本

◆ **庄子集解**　八卷
清王先谦撰　《诸子集成》本　上海书店影印本　1987 年 3 月上海第 1 版

◆ **庄子解** 三十三卷
清王夫之著 近人王孝鱼点校 中华书局 1964 年 10 月北京第 1 版

◆ **淮南子** 二十一卷
汉刘安撰、高诱注 清庄逵吉校 《诸子集成》本

◆ **新序** 十卷
汉刘向撰 《四部丛刊》本

◆ **陆士衡集** 十卷
三国吴陆机撰 《四部丛刊》本

◆ **陶渊明集** 十卷
东晋陶潜撰 宋李公焕注 《四部丛刊》本

◆ **世说新语** 三卷
南朝宋刘义庆撰 《四部备要》本

◆ **昌黎先生集** 四十卷外集十卷遗文一卷
唐韩愈撰 宋廖莹中辑注 《四部备要》本 商务印书馆 1958 年重版本

◆ **韩昌黎文集校注**
唐韩愈撰 清马其昶（通伯）校注 古典文学出版社 1957 年 12 月上海第 1 版

◆ **韩昌黎文集校注** 八卷文外集二卷遗文一卷附录集外文三篇集传一卷
唐韩愈著 清马其昶（通伯）校注 马茂元编次 中华书局 1957 年 12 月上海第 1 版

◆ **刘禹锡集** 三十卷外集一卷
唐刘禹锡撰 上海人民出版社 1975 年上海版（校点本）

◆ **唐柳河东集** 四十五卷外集五卷遗文一卷附录一卷
唐柳宗元撰 明蒋之翘辑注 《四部备要》本

◆ **柳宗元集** 四十五卷外集三卷外集补遗一卷附录一卷
唐柳宗元撰 中华书局 1979 年 10 月北京第 1 版（校点本）

◆ **猗觉寮杂记** 二卷
宋朱翌著 据《笔记小说大观》第六册 江苏广陵古籍刻印
社 1983 年 10 月扬州第 1 版

◆ **宾退录** 十卷
宋赵与时著 近人齐治平校点 上海古籍出版社 1983 年上海
第 1 版

◆ **东坡志林** 十二卷
宋苏轼著 《笔记小说大观》第七册

◆ **周邦彦清真集笺**
宋周邦彦撰 近人罗忼烈笺 三联书店 1985 年 2 月香港第 1 版

◆ **曲洧旧闻** 十卷
宋朱弁撰 《知不足斋丛书》本

◆ **碧鸡漫志** 五卷
宋王灼撰 《知不足斋丛书》本

◆ **能改斋漫录** 十八卷
宋吴曾撰 上海古籍出版社 1979 年 11 月上海第 1 版

◆ **贵耳集** 　三卷
宋张端义撰　中华书局上海编辑所校本　中华书局　1958 年上海第 1 版

◆ **朱子语类** 　一百四十卷
宋黎靖德编　近人王星贤点校　中华书局　1986 年 3 月北京第 1 版

◆ **攻媿集** 　一百二十卷
宋楼钥撰　《四部丛刊》本

◆ **武林旧事** 　十卷
宋四水潜夫（周密）辑　西湖书社　1981 年 1 月杭州版

◆ **齐东野语** 　二十卷
宋周密撰　《稗海》本　中华书局　1983 年 11 月北京第 1 版张茂鹏点校本

◆ **藏一话腴** 　十二卷
宋陈郁撰　《豫章丛书》本

◆ **陈卧子先生安雅堂稿** 　三卷
明陈子龙撰　上海时中书局铅印本　台北伟文图书公司 1977 年重印本，题为《安雅堂稿》

◆ **陈忠裕公全集** 　三十卷
明陈子龙撰　清王昶辑　赣山草堂刊本

◆ **曝书亭集** 　八十卷附录一卷
清朱彝尊撰　《四部备要》本

◆ **定盦文集** 三卷续集四卷文集补四集文集补编四卷文集佚文三篇
清龚自珍撰 《国学基本丛书》本

玖

◆ **历代诗话** 二十七种
清何文焕辑 中华书局 1981 年 4 月北京版

◆ **历代诗话续编** 二十九种
近人丁福保辑 中华书局 1983 年 8 月北京第 1 版

◆ **诗品** 三卷
南朝梁钟嵘撰 《广汉魏丛书》本

◆ **诗品集解** 一卷附录一卷
南朝梁钟嵘撰 近人郭绍虞集解 人民文学出版社 1963 年 10
月北京第 1 版

◆ **文心雕龙** 十卷
南朝梁刘勰撰 清黄叔琳注、纪昀评《文心雕龙辑注》本 中
华书局 1957 年 8 月北京第 1 版

◆ **苕溪渔隐丛话** 前集六十卷后集四十卷
宋胡仔撰 人民文学出版社 1962 年 6 月北京第 1 版

◆ **诗人玉屑** 二十卷
宋魏庆之撰 中华书局 1959 年 8 月上海版

◆ **沧浪诗话** 一卷
宋严羽撰 《历代诗话》本

◆ **沧浪诗话校释**

宋严羽撰　近人郭绍虞校释　人民文学出版社　1961 年 5 月北京第 1 版

◆ **宋诗话辑佚**　二卷

近人郭绍虞辑　1937 年燕京学社排印本　中华书局　1980 年 9 月北京重排本

◆ **艺苑卮言**　十二卷

明王世贞撰　《弇州山人四部稿》本

◆ **归田诗话**　三卷

明瞿佑撰　《历代诗话续编》本

◆ **诗薮**　二十卷

明胡应麟撰　上海古籍出版社　1978 年 10 月上海第 1 版

◆ **清诗话**　二册四十三种五十一卷

清王夫之等撰　丁福保编　上海古籍出版社　1978 年 9 月上海新 1 版

◆ **带经堂诗话**　三十卷序例一卷

清王士禛撰　张宗楠辑　人民文学出版社　1963 年 11 月第 1 版

◆ **原诗**　四卷

清叶燮著　《清诗话》本

◆ **艺概**　六卷

清刘熙载撰　上海古籍出版社　1978 年 12 月上海第 1 版

◆ **随园诗话** 十六卷补遗十卷
清袁枚撰 近人顾学颉校点 人民文学出版社 1960 年 5 月北京第 1 版

◆ **瓯北诗话** 十二卷
清赵翼撰 近人霍松林、胡主佑校点 人民文学出版社 1963 年 2 月北京第 1 版

◆ **文史通义** 内篇五卷外编三卷
清章学诚著 嘉业堂本

◆ **陈石遗先生谈艺录** 不分卷
黄曾樾辑 《民国诗话丛编》第一册 上海书店出版社 2002 年 12 月上海第 1 版

拾

◆ **直斋书录解题** 二十二卷
宋陈振孙撰 清光绪九年（1883）八月江苏书局刊本

◆ **四库全书总目提要** 四册
清永瑢等编撰 商务印书馆 民国二十二年（1933）七月上海版

拾壹

◆ **词学通论**
近人吴梅著 商务印书馆 民国二十一年（1932）上海再版

◆ **填词要略及词评四篇**
近人陈声聪著 广东人民出版社 1986 年 6 月广州第 1 版

◆ **唐宋词论丛**
近人夏承焘著　古典文学出版社　1956 年 12 月上海第 1 版

◆ **诗词散论**
近人缪钺著　上海古籍出版社　1982 年 11 月上海新 1 版

◆ **中国词史略**
近人胡云翼著　大陆书局　民国二十二年（1933）六月上海初版

◆ **中国词史大纲**
近人胡云翼著　北新书局　1933 年 9 月上海初版

◆ **罗音室诗词存稿**　附罗音室文
近人吴世昌著　商务印书馆香港分馆　1963 年香港版

◆ **罗音室诗词存稿**　增订本
近人吴世昌著　商务印书馆香港分馆　1984 年 9 月香港初版

◆ **词学论丛**　（《罗音室学术论著》第二卷）
近人吴世昌著　中国文联出版公司　1991 年 11 月北京第 1 版

◆ **两小山论文集**
近人罗忼烈著　中华书局　1982 年 7 月北京第 1 版

◆ **迦陵论词丛稿**
近人叶嘉莹著　上海古籍出版社　1980 年 11 月上海第 1 版

◆ **谈艺录**
近人钱钟书著　开明书店　民国三十七年（1948）六月上海初版　中华书局 1984 年 9 月北京版

◆ **浦江清文录**
近人浦江清著　人民文学出版社　1958 年 10 月北京第 1 版

◆ **作为意志和表象的世界**
［德］叔本华著　石冲白译　杨一之校　商务印书馆　1982 年
11 月北京第 1 版

◆ **古音与教学**
近人郭启熹著　福建教育出版社　1986 年 7 月福州第 1 版

◆ **词与音乐关系研究**　三卷
近人施议对著　中国社会科学出版社　1985 年 7 月北京第 1 版

后记一

　　1983 年春，夏瞿禅（承焘）师命我合作译注《人间词话》。当时，写成若干则，并呈审阅。后因接受其他课题，将此事搁置下来。想不到，一搁就是四五年。

　　四五年间，因为采取"有求必应"的"作战方针"，几部书稿同时并进，结果一部都完不成。自去冬开始，下定决心"各个击破"，才在《当代词综》结稿之时，集中力量撰写本书。但是，瞿禅师已于两年前遽归道山。未能再得其亲切教诲，这是一个重大的损失。

　　自《人间词话》问世至今，已有多种注本及大量评论文章刊行。本书为译注本，包括题解、原文、译文、附注四部分。所录词话，以徐调孚注、王幼安校订本为底本，得一四二则，据滕咸惠注本补录一三则，并据《海宁王静安先生遗书》补录一则，合一五六则。全书共四卷：卷一，本编，六四则；卷二，删稿，四九则；卷三，附录，二九则；卷四，补录，一四则。另据滕注本并参照刘烜《王国维人间词话的手稿》（《读书》，1980 年第七期）将《人间词话》选二十三则，采作本书附录。相关条目，并参照北京图书馆善本特藏部藏《人间词话》手稿，加以订正。本书题解部分，凡采用有关研究成果者，均注明出处。附注部分，于各种注本有所采摘，亦依各自情形，逐一说明。

　　因水平所限，错误难免，恐有"佛头著粪"之嫌，有待大方之家批评指正。

　　师母吴无闻先生对本书写作十分关注。程兴业、郑妙昌先生曾予热情支持与帮助。沈轶刘先生为本书题签。在此，衷心致以谢意。

施议对

1988 年 9 月 6 日

于京门之能迟轩

后记二

本书今次增订，加入两项内容：一、《人间词话》导读，二、引用书目。其馀部分，除更正错字外，基本未有改动。

施议对
1993 年 11 月 18 日
于濠上之赤豹书屋

后记三

　　我的这本小册子，题称：人间词话译注。1990年4月，广西教育出版社刊行初版。1991年5月，台北贯雅文化事业有限公司刊行繁体字版。1993年，香港学津出版社拟予刊行增订本而未成事。2003年9月，增订本由岳麓书社刊行。岳麓书社并于2008年12月刊行增订本新版。最近，因应所需，岳麓书社拟在原有增订本以外，另行出版阅读无障碍本。与增订本比较，增订本原有题解及引用书目，今番所出新版均予以删减。但其馀则未作改动。

　　从1990年初版刊行，至今三十馀年。我的这本小册子，于两岸四地辗转流播，可见学界对于王国维学说的关注程度。同样，在这三十年间，学习、思考，亦不断加深理解。因借此机会，略述自己的体验，以与读者共分享。

　　"译注"的写作，自1983年春至1988年秋。在北京。全稿竣工，撰成《王国维治词业绩平议》，作为前言。那段时间，词界即将进入反思、探索阶段，而豪放、婉约"二分法"仍甚流行。解读王国维，认识到：王国维的贡献，主要在于提供批评模式。王国维之前一千年，以本色与非本色看待词与词学；王国维之后，境界说出现，有了另一选择。因而，也认识到：所谓词学研究，关键是对于批评模式的掌握，而非豪放与婉约的评赏。

　　1993年，在港澳。准备刊行"译注"的增订本。曾以"导读"为标榜，撰写《王国维与中国当代词学》一文。文中提出：王国维著《人间词话》，倡导境界说，标志着中国新词学的开始。并且论定：王国维堪称为中国当代词学之父，他的《人间词话》堪称中国当代词学的奠基作品。文章就王国维之后，两个四十馀年，《人间词话》在词界所遭到的境遇，揭示境界说被推演为风格论的事实及其在大陆词界所出现的"奇迹"。指出：王国维的境界说既有其先天的缺陷，于后天亦曾产生误人、误世的负面影响。但责任不能完全归咎于王国维和他的境界说。

本尚未刊行，"导读"则于 1994 年 8 月 19 日及 26 日，在香港《大公报》艺林副刊发表。1995 年，撰写《以批评模式看中国当代词学——兼说史才三长中的"识"》一文，于澳门《文化杂志》发表。文章依据王国维、胡适的划分与判断，将百年词学划分为三个时期：开拓期、创造期、蜕变期。并将蜕变期词学划分为三个阶段：批判继承阶段、再评价阶段、反思探索阶段。提出：1908 年，为新旧词学，亦即古今词学的分界线。这是对于王国维学说的历史论定。

步入新世纪，增订本刊行。曾撰一小文，列述三个问题，以为书稿"前论"。三个问题，一说三个里程标志。将王国维的境界说与李清照的本色和吴世昌的词体结构论，看作中国词学史上的三座里程碑，三大理论建树。二说文化阐释问题。提出：王国维的学说，贯通古今之变，洞察人天之际，真正是文化阐释。三说词学误区问题。指出：境界说之被推衍，就是被异化，由"词以境界为最上"，变成词以豪放为最上。这是蜕变期词学之所以出现误区的重要原因。文章表示：过去一百年，从境界说之被推衍、被异化，到回归与再造，走了一大圈，终于返回本位。王氏于地下有知，当感到欣慰。

自从增订本的刊行，至今又过去将近十年。围绕王国维的《人间词话》，对于古今词学的思考及检讨，越来越受到关注。我的这本小册子，希望有助词界的思考及检讨。错漏之处，也希望得到广大读者的批评与指正。

施议对

壬辰立夏（2012 年 5 月 5 日）于濠上之赤豹书屋

后记四

　　撰著《人间词话译注》，其来龙去脉，本书《后记一》已作交代。译注的增订本，移居港澳后所作，《后记二》也曾简要地加以申明。时隔十年，至 2003 年 9 月，增订本由岳麓书社发行。接着十来年，岳麓书社于 2008 年 12 月及 2009 年 10 月第一次、第二次先后印行增订本新版，于 2012 年 8 月及 2014 年 7 月第一次、第二次先后印行《人间词话》的"阅读无障碍本"，于 2015 年 8 月印行《人间词话》的"插图珍藏本"，并将于近期推出《人间词话》的"周读书系"本。有关增订本、增订本新版以及"阅读无障碍本"，本书《后记三》也已作了说明。

　　今番所刊《人间词话译注》，据岳麓书社 2008 年 12 月所印行的新一版。"阅读无障碍本"删减部分已予补回。本书现收入上海古籍出版社《中国古代名著全本译注丛书》，根据丛书体例，格式上略有调整，特此说明。

　　旧著新刊，犹如故友重逢。既亲切又有点生疏。接读样稿，厚厚一大叠，仿若回到当年埋头书案的日子。1988 年 9 月，《人间词话译注》稿本初成，上距 1908 年 9 月《人间词话》问世，相隔整整八十年。2008 年，增订本新版刊行，上距《人间词话》问世，正好一百年。

　　一百年来，世界经历了许多变化。中国词学的发展历史，亦复如是。1908 年之作为古与今的分界线，赋予王国维《人间词话》划时代的意义。王国维身后，境界说的推广屡经挫折，但过去的一百年仍然是王国维的一百年。过去一百年，中国词学历经开拓期、创造期、蜕变期三个时期的发展、演变以及五代词学传人的承接，其历史使命已经终结，但王国维之作为今词学的开拓者，他的历史使命尚未终结。步入新世纪，中国词学进入新的开拓期，仍然离不开王国维；由新的开拓期进入新的创造期的中国词学，仍然需要王国维。可以想见，中国词学的新世纪，仍然是王国维的世纪。

我的这本小册子，自 1990 年 4 月刊行，经过增订，一版、再版，并以多种形式行世，其推广及传播，首先是文本，其次才是对于文本的阐释。小册子的刊行，希望有助于对文本的阅读与理解。

施议对

乙未大寒前五日（2016 年 1 月 15 日）于濠上之赤豹书屋

中国古代名著全本译注丛书

周易译注
尚书译注
诗经译注
周礼译注
仪礼译注
礼记译注
大戴礼记译注
左传译注
春秋公羊传译注
春秋穀梁传译注
论语译注
孟子译注
孝经译注
尔雅译注
考工记译注

国语译注
战国策译注
三国志译注
贞观政要译注
吕氏春秋译注
商君书译注
晏子春秋译注
入蜀记译注·吴船录译注

孔子家语译注

孔丛子译注
荀子译注
中说译注
老子译注
庄子译注
列子译注
孙子译注
鬼谷子译注
六韬·三略译注
管子译注
韩非子译注
墨子译注
尸子译注
淮南子译注
说苑译注
近思录译注
传习录译注
齐民要术译注
金匮要略译注
食疗本草译注
救荒本草译注
饮膳正要译注
洗冤集录译注
周髀算经译注
九章算术译注
茶经译注（外三种）修订本